소중한 마음을 가득 담아서

_____ 님께 드립니다.

STICK **사랑합니다. 스틱!** 스틱은 당신을 응원합니다.
가까이 있는 당신을 생각합니다. 멀리 있는 그대를 그리워합니다. 가족을 사랑합니다.

탈출

존재의 조건을 찢는 자들

신창용 지음

STICK

스틱도서번호 S033 | 표지 (한국제지) 아르떼 백색 210g/㎡ | 본문 (홍원제지) 미색 백상지 100g/㎡

존재의 조건을 찢는 자들

탈 출

초판 1쇄 인쇄 2017년 8월 7일
초판 1쇄 발행 2017년 8월 14일
지은이 신창용

발행인 임영묵 | **발행처** 스틱(STICKPUB) | **출판등록** 2014년 2월 17일 제2014-000196호
주소 (10353) 경기도 고양시 일산서구 일중로 17, 201-3호 (일산동, 포오스프라자)
전화 070-4200-5668 | **팩스** (031) 8038-4587 | **이메일** stickbond@naver.com
ISBN 979-11-87197-20-1 (03810)

"원고투고" stickbond@naver.com
출간 아이디어 및 집필원고를 보내주시면 정성스럽게 검토 후 연락드립니다. 저자소개, 제목, 출간의도, 핵심내용 및 특
징, 목차, 원고샘플(또는 전체원고), 연락처 등을 이메일로 보내주세요. 문은 언제나 열려 있습니다. 주저하지 말고 힘차
게 들어오세요. 출간의 길도 활짝 열립니다.

차례

† 일러두기
문학적 의도 및 작가적 표현에 기반한 비문. 문법이나 통상의 용례에 어긋난 표현이 더러 있으니 이 점
고려되기를 바랍니다.

1

탈출

사병으로 복무를 마치고 제대하여 산속 군부대 초병의 경례를 받고 걸어
나선 즈음, 요란한 호각소리가 들린다. 뒤돌아보니 징글맞게 굴던 중사의
오토바이가 비탈길을 달려 내려오고 있다. M은 무작정 달아난다. 전력 질
주하지만 발은 제자리 맴돌고 오토바이는 자꾸 가까워진다. 이래서는 곧
잡히고 만다. 길을 버리고 곧 산으로 뛰어든다. 뒤따라 붙는 중사의 호각소
리가 들리더니 "비상사태로 제대가 연기되었어! 귀대해!"라는 외침이 들린
다. 무슨 소리인가? 다시 뒤돌아보니 거대한 늑대가 직립으로 달려오고 있
다. 아무리 힘써도 발이 나아가지 않고 늑대가 M의 어깨를 잡았을 때 비명
을 지르다 잠에서 깼다.

　눈뜨고 보니 누군가 차창을 두드리고 있다. 잠을 깨운 자는 꿈속의 늑
대인가? 차창을 두드리는 저놈인가? 험한 산허리를 넘다가 지쳐 차를 세
워 잠들었는데, 잠에 떨어진 지 두 시간은 더 지난 것 같다. 차창 앞에는 푸
른 모자를 눌러 쓴 덩치 큰 젊은 사내가 서 있다. 창문을 내리니 검문이라
며 통행증을 보잔다. M은 무슨 말인지 모른다. 사내는 경찰도 군인도 아닌
사복에, 다만 붉은 글씨의 '산림보호'라고 쓰인 완장을 팔에 차고 있다. M
은 누구냐고 물었다. 산림감시원이란다. 통행증이 뭐며 산림감시원이 왜 그

런 것을 따지느냐니까, 산림감시원은 통행증도 확인한다며 M에게 차에서 나오라고 했다. 통행증 같은 것은 없는 M은 차에서 내렸지만, 이 상황을 알 수 없다. 사내는 별것이 아니라는 듯이 "남들처럼 다른 걸로 대신하면 되지, 뭘 그리 고민하고 있소!"라고 했다. M은 "다른 걸로 대신하다니, 그게 무슨 말이?"라고 했다. 감시원은 혀를 차며 "허! 그걸 말로 하라는 거요. 다들 아는 건데…."라고 했다. 뭘까? 통행증 운운은 그냥 하는 말일 것이고, 산길 옆 공간에 지나지 않지만, 불법주차를 이유로 돈이 필요하다는 뜻인 것만 같았다. M의 나라에서는 이미 없어진 교통경찰의 '자질구레한 삥뜯기'와 같은 것으로 알고 2만 원을 내밀었다. 사내는 "멀쩡하게 생긴 양반이, 이런 껌값을 통행수료료라니!" 하더니 돈은 받지 않고 자동차 키를 빼앗어버렸다. M이 다시 7만 원을 주니까 사내는 뒤돌아서더니 자신의 하의 뒷주머니를 손바닥으로 툭! 쳤다. M이 유난히도 큼직하게 생긴 사내의 뒷주머니에 돈을 찌르자, 사내는 동무놀이를 하듯 M의 어깨를 끌어안고 어디로 데려가려고 했다. M이 사내를 밀치며 돈을 줬는데 왜 이러냐니까, 사내는 입국심사받는 건데 금방 끝날 것이라고 했다. M은 입국심사라는 것이 뭐며 대체 어디로 간다는 것이냐고 따지며 버티었다. 사내는 "아따, 말 많네. 배울 만큼 배운 것 같은데 뭘 이리도 모를까!" 하고는 M의 혁대를 잡고는 위로 번쩍 들었다가는 흔들어버렸다.

끌려간 곳은 산허리길 반 바퀴 돌아 위치한 건물이었다. 함석지붕에 벽돌로 된 것으로 결코 작지를 않았다. 얼른 보아서는 뭘 하는 곳인지 알 수 없었는데, 다시 보니 '산림감시소'라는 낡은 글씨가 출입문에 쓰여 있었다. 헐벗은 산봉우리만 뻗어 있었기에, 저 멀리까지 사람 살 만한 평지는 없을 것만 같았다. 사내와 함께 건물로 들어서니 사무실이 있었고, 잠자는 곳으로 보이는 방도 몇 개나 있었고, 주방에는 조리기구와 식기들이 많은 것이 전체적으로는 사무소를 겸한 가정집인가도 싶었다.

M의 존재에는 아랑곳없이 끌고 온 사내를 포함해 수 명의 남녀가 주방 앞 식탁에서 라면을 끓여 소주를 마시고 있다. 그 사내는 후다닥 라면을 먹은 후 M에게 '조사대기석' 표시 아래 늘어선 의자에 앉으라고 했다. 그는 소주 한 잔을 마시더니 밖으로 나가버렸다. 나머지는 M을 쳐다보지도 않고 라면에, 라면국물에 말은 밥에, 술에 열중할 뿐 M이 대기하고 있다는 따위는 잊어버린 듯이 했다.

뇌물을 받아먹은 자는 어디로 사라진데다가 유기되어 버린 M은 더는 참지 못했다. "어, 여보시오 들! 대체 내가 무슨 죄인이라고 잡아 놓고는, 지금 뭐하는 짓들이오. 비록 처음 와본 곳이지만 통행수수료인지를 뭔지를 받아먹고도 사람을 이렇게 잡아 내팽개치다니, 이건 무슨 놈의 훼괴한 짓이오?"라고 했다. 김치 조각을 입으로 가져가던 한 사내가 "아따, 저런 싸가지! 그래, 자신이 죄인이라는 것도 모르는 인간이라니! 지금 통행수수료 따위나 타령한다는 거야. 통행증 없이 국경을 침범한 자에 대한 조사가 있으니, 그리 알고 군말 말고 기다리기나 해!"라고 했다.

이게 뭔가? M은 납득을 할 수 없다. 국경을 침범한 것으로 따진다면 처음 파스란국에서 로만공화국으로 국경을 넘어올 때, 그곳에서 뭔가 절차가 있었어야 했지 않는가? 그 이전에 파스란에서 들은 얘기도 그랬지만 실제로 국경을 넘을 때 아무런 확인이나 단속 같은 것은 없었고, 사람들을 실은 버스나 트럭도 그냥 그 국경을 통과하는 것도 보았다. 단속 여부나 그 사람들이 무슨 용무로 넘어오는지 따위는 생각지도 않았다. 국경에서 잠이 든 그곳까지 좁고 가파르던 산길을 한 시간이나 지나는 동안 그 누구의 통제도 받지 않았다. M은 이제 와서 문제를 삼는 부당에 대해 따졌지만, 이들은 그런 것은 자신들의 소관이 아니라며 엉뚱한 소리만 하고 있다.

또 다른 사내는 "멀쩡하게 생긴 양반이 뭘 모르는 듯이 쫀쫀하게 괜히 머리 쓰지 마시오. 당신 혹시 무슨 간첩이라도 되는 거요? 이 산을 넘어 대체 어딜 가려는 거요? 하긴, 뭣 때문에 왔든 그런 건 우리가 알 바 아니지. 일단 여기에 하룻밤 구금된 후 내일 경찰에 압송되어 판사한테 즉결심판을 받는다는 것이나 알고 있으란 말이오!"라며 말 조각을 툭툭 던졌다. M은 화들짝 놀라며 "여기서 하룻밤을 보내고, 그것도 모자라 즉결심판까지 받는다고? 까짓것, 되돌아가겠소. 무슨 이런 훼괴한 짓거리라니!"라고 하고는 의자에서 벌떡 일어났다.

산적 같은 꼴이나 하고 있는 놈들이 호구 잡았다며 뇌물을 더 받아 처먹으려고 헛소리를 해대고 있구나! 그들은 술 마시며 계속 떠들고 있고, M의 자동차 키는 그리 멀리 않은 선반 위에 아무렇게 놓여 있다. M은 살금살금 걸어 키를 잡은 후 출입문 쪽으로 한 발 두 발 발걸음을 띠었다. 몇 발을 띠었을까 싶은 순간, 한 사내가 빠른 휘파람을 불었다. 즉시 짓는 소리와 함께 큼직한 개가 날듯이 오더니 M을 잡아먹을 듯 으르렁대며 노려보고 있다. 얼어붙어 버린 M은 개의 움직임을 어림하면서 우선 개부터 치워달라고 애원했다. 한 여자가 식탁에서 일어나더니 "그만! 이리와!"라고 하자 개는 물러났다. 그녀는 M의 손에 든 자동차 키를 뺏어 식탁에 던져버리고는 뭔지 모를 웃음과 함께 손짓으로 M에게 따라오라고 했다. M을 맞은편 방으로 데려가더니, 자신은 낡은 침대 끝에 앉고 M에게는 마주 보는 의자에 앉게 했다. 자신을 '앤'이라고 소개하고는 입을 열었다.

─불쾌하고 놀라셨죠. 그리 걱정하지 않아도 될 거예요. 그 차림이든 풍기는 분위기든 뭐로 보나 분명 많이 배우신 분인데, 참, 운수 사나운 날이네요. 뭘 모르시나 본데, 사실인즉슨~요, 통행증 없이 국경을 넘어오는 자들~요, 모조리 봇짐이나 작은 짐차로 오는 장사치들이거든요. 와서 일주일이나 열흘이 나라 골목골목 다니면서 물건을 팔고 가는데, 그러니까 그쪽 나라에서는 빈민이나 진배없는 보따리장수들이죠. 그자들에게 통행료를 받으면 몇 푼

이나 되겠어요! 그자들 열 명 스무 명을 합쳐도 선생님 같은 한 분에 미치지 못할 거죠. 그것도 선생님 같은 분은 한 해에 얼마 있을까인데, 그런데 말예요, 그분들은 굳이 통행증이 문제가 되지 않는 주로 공무상 하루 이틀 일보고 돌아갈 분들이거든요. 그러니 그분들은 이곳에 올 일도 없고, 물론 그분들은 건드릴 수 없죠. 어림없죠. 로만의 관리와 비슷한 위치인 그분들을 건드리다니, 큰일 나게요. 또 그분들은 한 번 오고는 다시 오는 일도 없다지요. 실제로도 그런 것 같고 그렇게 듣고 있거든요. 들리는 말로는 로만 사람들의 일하는 방식이나 생각이 하루도 버티기 힘들다나 뭐라나? 그래서 모두들 이 나라로 출장 오는 일은 어떻게든 피한다고들 하는 소리던데, 그게 대체 무슨 말인지 무슨 불만인지 우리로서는 그리 납득이 되지 않으니 말예요. 그냥 자신들보다 못사는 나라라고만 하면, 그건 기분 나빠도 그렇다고 치는 것이겠지만요. 하긴 선생님의 나라에서는 빈민들이나 쓰는 물건을 이 나라에서는 꽤 좋은 물건으로 팔리니, 이 나라 로만을 그냥 형편없는 것 그 이상으로 여기겠지만요. 어쨌든 설령 공무가 아니더라도 그 나라에서 배우거나 가진 사람들이 이 나라에서 할 게 뭐가 있겠어요. 그 이전에 이곳에 와서 벌어먹을 일이라곤 있을 리가 없죠. 그렇지만, 이 나라가 그 나라와는 도저히 국교는 트지 못해도 불가피한 일은 없지 않을 터여서 피차의 연락사무소가 있는 정도이지만, 그래도 그 연락사무소가 분명 뭔가는 하고 있는가는 봐요. 들리는 말로는 사실은 훨씬 중요한 일도 한다고들 하니 말예요. 선생님, 혹시라도 무슨 공무로 오신 건 아니죠? (M은 아니라고 했다.) 그럴 거예요. 아주 오래전에 딱 한 번 있었던 일인데, 그때 혼쭐이 났는데, 뭐냐면, 멀쩡한 사내 하나를 이곳에 잡아 왔는데 그게 알고 보니 파스란정부에서 일 때문에 온 사람이었던 거예요. 파스란의 연락사무소에 전화로 신분이 확인되었는데, 참, 그때 우리 사무소 모두 작살이 나버렸거든요. 우리가 한 번도 겪지 못한 일이었기도 하지만 어쩌다가 일이 이상하게 되어 그리된 건데, 그 연락사무소에서 우리가 무례를 저질렀다고 우리 외교부에 항의를 했다나 봐요. 나중에 들리는 말로는 우리나라 높은 관리들도 그 주재사무소에 함부로 못하고,

심지어는 거기에 근무하는 사람들에게 잘 보이려고 안달하는 일도 있다는 것 같던데요. 아마도 '로만공화국에 와있는 관리'라는 사실 그 자체와 무슨 관련이 있을 것이지요. 어쨌든 이곳에 근무하다 보니 저도 그곳 연락사무소 의 하급자들 몇 사람은 알고 있지만요. 어쩌다가 있는 일이지만 서로 연락 할 일이 없지는 않거든요.

그건 그렇고, 그래요 정말, 선생님은 오늘 운이 좀 사나운 편은 맞네요. 안타 까운 일이지만, 사실이 그러니 어쩌겠어요. 요는, 그 사실이라는 것을 간과 하지 않아야 한다는 거예요. 여기는 감시소장을 포함해서 여럿이 있는데, 소 장님과 저를 제외하고는 모두 그냥 산을 돌아다녀요. 다닌다고 해서 보셨다 시피 나무라곤 없는 산이니 산불이라고 날 일은 없죠. 주민들이 땔감으로 모조리 배어가거나 훑어가 버리니 크든 작든 나무가 자랄 틈조차 없는 거 죠. 인원에 비해 담당하는 산이 너무 넓기도 하지만, 밤이나 새벽에 나무를 가지고 줄행랑을 쳐버리는 자들을 뭘 어찌하겠어요. 또 잡아본들 우리 감시 원들에게 무슨 소득인들 되는 것도 아니고요. 그래도 실적은 필요하니 체면 치레로 억지로라도 사람을 잡아 보고를 올리기는 했었죠. 그런데 그것도 못 할 짓이니 산림본청 담당에게 수수료 중에서 떼어서 대충 때우고 있는 형편 이고요. 모두 정식 직원이기는 하지만, 월급으로는 도저히 생활이 되지 않거 든요. 오래 근무를 했다고 해서 월급이 그리 오르는 것도 아니고요. 다들 한 달에 몇 번 집에 갔다 오는 외에는 이곳에서 숙식을 하는데, 그게 입을 더는 것이기도 하지만 집에 갈 때는 꼼짝없이 한숨이죠. 제비새끼마냥 기다리는 새끼들을 비롯해 오랜만에 가속을 만나는데도, 손에 든 것이 변변치 않으니 발길이 무거울 수밖에요.

선생님에게는 오늘은 운이 사나운 날이라고 했는데, 여러 사정이 있어요. 우 선, 멀지 않은 초소에서 한 사람이 곧 올 건데 그가 특히 문제인데, 절대 그 냥 넘기지 않을 거고요. 다른 직원들도 이 기회를 그냥 버릴 리가 만무하긴 마찬가지일 거고요. 사실 이런 경우는 없다시피 하는 것이지만, 그렇기 때문 에 더욱 그렇다고 해야겠지만, 기회가 주어진 대로 그대로 적용되는 것을요.

무슨 말이냐면~요, 즉결심판이라면 자질구레한 경범죄인들과 섞여 이리저리 치이는 고생은 해도 과태료를 내는 것으로 끝이지만, 지금 사정은 단지 즉결심판이 아니라 아무래도 '불법입국'이 적용될 수도 있다는 거예요. 그 경우에는 보통 한두 달 구금 후 추방되는데, 물론 벌금으로 대신할 수는 있지만, 그 벌금이라는 것이 우리로 따지면 몇 달 치 월급만큼이나 되고, 그렇다 보니 그것이 결국 지금 여기서의 수수료의 기준이 될 수가 있고, 그래서 제가 하는 말이 지금 상황에 대한 이해에 도움이 되셔야 할 것이고요. 그런데 성함이 어떻게 되시죠?

긴 주절댐이 단지 돈을 갈취하려는 수작으로 밀어버리기엔, 이 여자의 그 '운이 사납게 되었다!'가 뭔가 무게를 가질 것만 같다. 그렇지만 M은 "내 이름은 'M'인데, 산림감시소에서 왜 통행증을 확인하며 또 불법입국인지를 따지는 거지요. 이상하잖아요. 경찰이든 군인이든 출입국관리원이든 어딘가 담당이 있을 건데, 백배 양보해, 그런 권한을 확인할 증서라도 내놓아보시오."라고, '모호하거나 불리할 땐 공격이 유리함으로 비약한다!'를 실행하듯 따졌다.

앤은 M의 말을 모르진 않지만, 자신들이 하는 통행증 확인이나 불법입국자 검거에 대해 해당기관에서도 오랜 관행으로 맡겨뒀고, 이젠 그것이 법이 되었다고 했다. 그리고는 이미 법이 된 것을, 아무도 따지지 않은 그런 것을 거론하는 M을 납득할 수 없다고 하고서는 방에서 나갔다. 그 수수료라는 것이 뭣이기에 그 타령인지 인정할 수 없지만, 만약에 '불법입국'으로 가버리면 저들의 몇 달 치 월급이나 된다니 기어이 부당함을 따져야만 했다. 따지려고 M이 문을 여는 순간 짖는 소리와 함께 그 개가 문을 향해 날았고, M은 급히 문을 도로 닫고 꽉 밀쳤다. 개가 한참을 으르렁대었기에 M은 바닥에 주저앉아 등으로 문을 밀고 있었다.

그러고는 또 예의 그 자리에서 잠이 들었는데, 이유도 없이 수임료를 반환하라는 칼을 든 거인으로부터 빈민가 좁은 길에서 쫓기다 잠이 깼다. 쫓기던 곳은 집행유예를 넘어 벌금형까지 기대를 한 불구속 피고인이 실형을 받고 법정구속이 되자, 그 가족들이 사무실로 쳐들어와 수임료를 토해내라며 난동할 때 몰래 뒷문으로 빠져나와 도망하던 때의 뒷골목과 겹쳐 나타났다. 꿈에서 쫓던 거인은 누구인가? M은 채 끝나지 않은 꿈자리와 함께 문 앞에 모로 쓰러져 있었다. 얼마나 지났을까? 문을 살짝 열어보니 앤은 보이지 않고, 한 사내가 자는지 어떤지 책상에 엎어져 있다. 개는 감시소 출입문 쪽에 쪼그려 앉아서는 자신의 발을 혀로 핥느라고 여념이 없다. 어떻게든 몰래 빠져나가려고 했던 M은 포기를 할 수밖에 없어 문을 닫았다. 한참이 지난 후 누군가 왔다가 나간 것 같은 소리가 들렸고 개도 짖었다. 그렇다면 책상에 엎어져 있던 그 사내가 적어도 지금은 완전히 잠들어 있는 상태는 아닐 것으로 보아야 할 터였다.

이러지도 저러지도 못하는 사이 분주한 발소리들이 있더니 무슨 회의를 하는 듯한 목소리들이 오갔다. 들리는 것으로 봐서 대여섯 명이 되는 것 같은데 누군가의 "이번 건은 불법입국으로 처리해야 할 것이잖아!"라는 말이 들렸다. M은 급히 문틈에 바짝 귀를 대었는데, 그들의 회의라는 것이 어떤 결론도 내지는 못하고 분분한 주장들로 난무했다. 그러던 중 갑자기 문이 덜컹 밀리면서 어느 하나라도 놓칠세라 듣고 있던 M을 넘어뜨렸다. 앤이었다. 앤이 "아이고 M 씨, 이런 어쎄요!"라면서 M을 통째 끌어안아 일으키는데, 해어진 옷 사이로 불쑥 기어 나온, 희고 통통한 두 유방이 M의 입과 코를 집어 먹으면서 압박했다. 문을 잡고 오래 버티던 긴장이 풀린 M은 침대에 축 늘어졌다.

때가 끼고 너덜너덜 찢어진 천장을 생각이란 것이 달아난 채 맥없이 보고 있는 M의 눈꺼풀은 바로 무거워지는데, 앤은 침대에 올라 자신의 몸뚱

어리를 M의 옆에 놓고는 역시 천장을 보며 말을 꺼내었다.

― 그쪽 나라에서 오는 장사치들이 감히 하지 못하는 권리나 주장을 내세울 정
　도인 분이, 분명 많이 배우고 지위도 있을 분이 이 나라에 오셨을 때는 그래
　야만 하는 뭔가의 이유야 있겠지요. 그렇지만 우린 그런 것은 묻지 않아요.
　그런 것을 안다는 것은 예의가 아니고 오히려 불편을 만들거든요. 자, 저가
　제안을 할게요. 이곳 12급 직원의 석 달 치 정도의 월급을 부담하시고 편하
　게 떠나세요. 다른 직원들의 기대수준에는 떨어지지만, 그건 저가 해결할 수
　있어요. 그 정도면 불행 중 다행이라고 생각하셔야 하고요. 어쩌실래요. 저
　가 할 수 있는 건 여기까지예요.
― 그 석 달 치라는 것이 얼마죠?
― 90만 원요! 그 나라 기준으로 치면 반 달 치나 되나요?

순간 M은 벌떡 일어났고 이어 앤도 일어나 앉았다.

M이 "뭐요? 날 끌고 온 그 감시원에게 이미 7만 원을 줬을 뿐만이 아니
라 지금 무슨 법적인 근거도 없이 이 나라를 공익을 위해 기여를 할 사람에
게 이렇게까지 무례라니!"라고 했다. 앤은 "예? 이 나라 공익을 위해 기여
를~요? '공익'이라면 관리들과 관계있다는 건가요?"라고 하고는 방바닥으
로 뛰어내렸다. 그러고는 경계하는 듯도 하면서 눈을 동그랗게 해서는 M을
빤히 쳐다보았다. 한편으로의 위험을 누른 뭔지 모를 기대가 먼저 가버린
조바심일 것이었다. M이 머뭇대다가는 뭘 생각했는지 "로만공화국 특별입
법조사위원에"라고 한 상태에서 다음을 잇기도 전에 앤은 "그, 그것이 무,
무슨 직책, 아니 몇 급이세요? 높은가요? 얼만큼요? 몇 급요? 예, 예, 빨리
요!"라며 M의 대답을 재촉했다. 이 여자가 왜 이래? 뭘 알려는가? 신분과
관련한 것은 같은데, 그게 어쨌다는 건가? M은 로만공화국 특별입법조사
위원에 '선정될 수 있을는지 알아보러 왔다.'에는 나아가지 못한 것이 오히

려 기회라는 듯이 침대에 벌렁 누운 후, 별것 아니고 귀찮다는 투로 "글쎄, 특별입법조사위원 위촉의 문제로 이 나라에 처음 왔지만, 특수한 업무이니 만치 함부로 말이라는 것을 해도 될지는 모르겠소. 내일 국회에 가보면 알 겠지만, 자리의 비중에 비춰 3급 정도에야 해당치 않겠소. 그 급이라는 건 왜 묻소. 지금 그게 뭐가 중요하다고, 거참!"이라고 하고는, 피곤하다며 벽 을 향해 돌아누워 버렸다.

앤은 놀라자빠지며 "3급~요!"라더니 "급을 왜 묻다니요? 위원님! 저는 지 금껏 3급 관리는 보지도 못했어요. 어쩌다 나오는 감독관도 7급이 아니면 8급이고, 몇 달에 한 번씩 본청에 들어가 보는 관리들도 죄다 그래요. 거기 서 혹시 5급이나 6급을 멀리서나 봤는지는 모르지만요. 안 되겠어요. 사정이 어떤지 확인을 하고 금방 올 테니 잠깐만 기다리세요. 체통에 맞지 않게 그 러지 마시고 침대에서 내려와 이 의자에 아주 점잖이 앉아 계세요."라고 한 후, 무슨 호기라도 만난 듯이 엉덩이를 흔들어대고 뭐라고 중얼대며 나갔다.

대체 무슨 일인가? 저렇게 호들갑에다가 서두르는 건, 고급공무원을 만 났으니 뭘 해야 한다는 건가? 뭘 한다는 건가? 지금까지는 전혀 다른 대 우를? 그런데 확인을 한다고? 확인이라니? 특별입법조사위원으로 위촉을 받은 것이 맞는지 확인한다고? 네 말만으로 어찌 알 수 있어? 지금껏 한 짓 으로 봐도 돌아 먹은 놈들이고 년인데, 전화 한 통이면 직방이지 않는가! 그리되면 또 다른 더 큰 공격이 들어올 것은 불 보듯 뻔하다. 이러고 있다 가는 이 연놈들에게 몰매부터 맞아 죽을지도 모른다. 있는 돈 없는 돈 끌어 모아 왔는데, 이들이 그 돈에 환장하지 말라는 법이 어디 있는가! 지금 M의 수중에 있는 돈이라면, 그건 적어도 이자들의 10년 치 봉급을 넘을 것이 아 닌가! 외국에서 굴러 온 자를 없애버리고 돈을 가진 후, 그 몸통을 이 산속 에다 파묻어버린들 대체 뭐가 문제가 되겠는가!

M은 급히 창으로 가서 고개를 쭉 내밀어 창밖 아래를 보았다. 뛰어내리는 데에 아무런 문제가 없었다. 산속이니 도망가기도 그저 그만이었다. 창틀을 이리저리 정신없이 흔든 후 확 당겨버리니, 낡은 창틀은 쇳녹과 먼지를 쏟으며 떨어졌다. 떼어낸 창틀을 침대에 던져버리고는 방문 밖에 벗어둔 신발은 어떡할까 하다가 바로 포기하고 창틀로 기어올랐다. 허리가 창틀에 놓이고 몸의 반이 창밖으로 나간 후, 땅에 그대로 굴러 내리려고 두 팔로 안간힘을 다해 몸을 밀고 있었다. 빌어먹을! 그 순간 들어선 앤이 "위원님! 지금 뭐하시는 거예요!" 하면서 뛰어들어 M을 안고 끌어내려 버렸다. 방바닥에 나뒹굴어진 M은 제발 그냥 창을 넘어가게끔 눈감아달라고 애원했으나, 앤은 갑자기 왜 이런 짓을 하느냐고 반복해 물을 뿐이다. M은 아무것도 묻지 말라고 하고는 황급히 지갑에서 손에 잡히는 대로 지폐를 꺼내 덥석 앤의 손을 잡고 쥐여줬다. 앤은 이 상황이 뭔지를 알 듯 모를 듯이 한 것인지 두툼한 지폐를 손에 든 채 바삐 방 안을 오가다가는 딱 멈추더니, M을 노려보면서도 조심스레 "혹, 그 조사위원이라는 것이 사실이 아닌가요?"라고 했다.

뭐야? 그 '확인'이라는 것이 그럼 뭐였다는 거야! 아뿔싸! 사실이다 아니다 그런 것보다는, 그, 그러니까, 지금이라도 '그 조사위원에 선정되려는 것이지만, 되고 말 것이기 때문에'라고 하면 될까? 그러면 이 여자가 어찌 나올까? 그게 통할까…? M은 굳은 채 아무런 말을 못하고 있다. 앤은 M에게 의자에 앉으라고 하고 자신도 침대 끝에 걸터앉아 "자, 차분히 말을 해봐요. 그렇게까지 해서 몰래 빠져나가려고 했다는 건, 그 입법조사위원이라는 것은 아니라는 건가요? 아니면, 그렇게 해야만 하는 무슨 사정이라도 있다는 거예요? 직업은 뭐예요?" 이를 어쩌하나! 빠져나갈 길은 없다! "사, 사실은 그 조사위원을 뽑는데 면접을 보러 온 건데, 그렇지만 되고 말 것이오. 직업은 변호사고요."

어느 날 변호사들과의 점심에서 로만공화국이 입법위원을 구한다는 얘기가 있었다. 그 실제는 소문이 밥상머리로 바람으로 왔다가는 아무런 관심을 받지 않고 가버린 정보였다. 그 소문이 밥상머리에서 요리된 것이 〈새로운 입법을 위한 전문가가 필요한데 로만에서는 그런 사람이 없으니 파스란에서 구한다는 정보가 있다. 구하는 곳이 야당이라고 한다. 국교도 단절된 나라인 파스란의 전문가를 정부가 아닌 야당이 자신들의 필요에 의해 구한다는 것이니, 그리 수긍은 되지 않는다. 소문으로 온 것이기는 하지만 허튼 정보는 아니라는 말도 있다. 제도상의 변화를 모색해 왔던 야당의 입장에서 뭔가 새로운 입법을 하고 싶어도, 보나 마나 그 나라에는 낡은 법률만 아는 변호사나 이론가뿐이었을 것이다. 그래서 외국의 법률가가 필요했지만 같은 언어를 사용하는 나라는 파스란 밖에는 없으니, 정부·여당과는 달리 파스란에 대한 적대감이 실제로는 거의 없는(표명은 그럴 수 없지만) 야당이 파스란의 어디에다가 사람을 찾는 작업을 은밀히 요청을 했을 것이다. 그런데 문제는, 파스란에서 과연 갈 사람이 있겠는가? 보나 마나 없을 것이다. 여기서보다 보수를 더 받는다고 하더라도, 어떻게 그 후지고 답답하기가 짝이 없는 로만에서 살 수가 있겠는가! 원래부터가 종교와 풍습을 비롯해 모든 것이 달랐던 데다가, 파스란에서 분리독립이 된 지 수십 년이 지난 이제는 공기조차 다를 것인 그 로만에서 그 누군들 버텨낼 것인가 말이다. 거기다가 야당 중에도 일부 의원의 고집으로 성사된 것이라면, 그것 또한 문제가 아닐 수 없을 것이다. 해당 의원들과 나머지 훨씬 많은 다수(정부, 여당, 동조하지 않는 야당의원들) 사이에 뭔지 모를 그 새로운 입법들을 두고 싸우는 틈바구니에서, 막상 채용되어 간 후에는 말려 죽을지도 모른다. 그리고 가족은 같이 가지도 못한다는 것 같고, 행동거지도 지랄 맞게도 조심해야 한다고 들리더라. 결국, 그 나라 자체가 전체적으로 개방되기 전에는 갈 사람은 없을 것이 아닌가!〉라는 것이었다. M은 구체적인 정보를 잡으려고 백방으로 뛰어보았으나, 모순되거나 혼란스러운 것 외에는 이렇다 할 도움이 되는 것은 없었다. 그렇지만 M은 이곳에 올 수밖에 없었다. 로만공화국의 특별입법조사위원이 되어야 했다. 그럴 수는 없지만, 설령 입법조사위원이 되지 못하는 한이 있더라도 M은 이 나라에서 뭐든 일으켜야 한다. 이 나라에서의 변호사사무소는 내지 못하더라도 법에 관한 일이든 뭐든, 그게 뭐든 해야 한다.

앤은 놀라며 "벼, 변호사님이시라고요?!" 하고는 무슨 말을 선택하느라고 그러는 듯 주춤하더니 "그러면 면접을 보러 오셨다고 말씀을… (갑자기 말을 멈추고는 몇 번이나 고개를 갸우뚱하더니) 아니, 아니, 좋아요. 그런데 신분이 변호사라면, 왜 이 나라에 오는 거지요? 변호사는 관리 다음으로 높고, 하급관리보다는 더 높을 수도 있는데요. 무슨 사건이 나도 사무장이나 만나지, 변호사는 법정에서 겨우 얼굴이나 볼 정도이지 말 한마디도 붙이기 어려운데요. 변호사가 얼마나 높은 직업인데, 그 입법조사위원이 변호사보다 훨씬 높은 것인지는 모르지만, 하여튼 이해가 되지 않아요. (말을 멈춘 후 M으로부터 아무런 반응이 없자) 그런데 말예요, 그런 탈출이 성공할 것으로 아셨나요? 차도 이미 우리 수중에 있고 이 깊은 산 속에서, 여기 직원들 외에도 추가로 동원이 되어 온 천지를 수색할 건데, 어떻게 하려고요. 그래서 잡혀 잘못되면 5년 10년을 썩을 수도 있는데요. 혹, 그렇게 빠져나가서 이 나라에 잠입해버리려고 한 것은 아니었나요?" 잠입이라고? 어떤 의도였는가에 따라 다르게 적용될 수 있는 죄책을 묻는 건가? 아니면, 아니면… 그 '아니면'이 뭘까?

— 어떤 대답을 듣고 싶나요? 어쨌으면 좋았었겠어요?
— 몰라 묻는 것은 아닐 테지요. 우리에게는 어느 쪽이냐에 따라 액수가 달라져요. 변호사님의 입장에서 뭐가 달라지는지는 우리의 관심이 아니고요. 선택을 하세요.

M은 바로 로만의 수도인 P시로 가겠다고 했다. 앤는 "잘 결정하셨어요!"라고 하더니 물병, 물수건, 로션, 머리빗, 솔 등을 가져왔다. M을 의자에 앉히고는 머리를 빗는다며 물병의 물을 자신의 입에 넣었다가는 M의 머리 위에 뿜어대었다. M이 지금 무슨 짓이냐고 따지니까 무조건 입을 다물라고

했다. M이 그냥 빗질을 하지 머리카락이 더 떡이 지게 물을 뿜고 난리냐고 따지자, 앤은 시간도 없는데 쓸데없는 소리는 하지 말라고 했다. 머리빗질을 한 후 앤은 M의 얼굴을 물수건으로 닦고, 로션을 바르고, 솔로 옷의 티끌을 털어내었다. 그런 후 앤은 M에게 밖으로 나오라고 했는데, 흙먼지로 엉망이었던 구두가 반짝이고 있었다. 앤은 M을 다른 방에 데리고 갔는데, '산림감시소장'이라는 팻말이 붙은 책상 앞의 긴 등받이 의자에 M을 앉게 했다. M이 다시 이게 무슨 짓이냐고 묻자, 앤은 "이 나라에 남기로 한 변호사님에게 무엇이 이익인지 생각이라는 것을 좀 해봐요. 조금 있으면 직원들이 올 겁니다. 그때까지라도 그 상태로 눈이라도 좀 붙이세요."라고 하고는 밖으로 나가려고 했다. M은 급히 "자, 잠깐, 직원들이 오면 뭘 한다는 것이며, 소장님이 온 후에도 그의 자리인 여기에 그대로 있다는 건가요? 당신도 다른 직원들도 모두 공무원들일 것인데, 당신들은 대체 몇 급이기에 봉급이 그렇게 작다는 거요? 그래서 내 돈을 당신들이 그냥 가진다는 거요?"라고 말했다. 앤은 그것도 모르냐고 나무랐다.

―뭐하기는요, 그걸 정말 몰라서 묻는가요. 고급관리에게 무례에 대한 용서를 구하고, 호텔까지 격에 맞게 모셔야지요. 우리는 공무원에는 들겠지만, 관리는 아니에요. 1급부터 9급까지만 관리이고, 우리와 같이 10급부터 15급까지는, 뭐랄까, 보조에요. 관리의 보조인 셈을요. 보조는 아무리 오래 근무해도 관리는 될 수 없고, 15급이나 14급으로 들어와 10급까지 올라갈 수는 있어도 월급은 아주 조금씩만 더 받아요. 소장님은 8급 관리인데, 본청이나 다른 곳에 있다가 우리가 잡은 산토끼나 산돼지로 회식을 한다든지 할 때나 오는 거고요. 그런데 앞서 말한 12급 직원의 석 달 치 정도의 월급인 그 90만 원으로는 사정이 바뀌어 곤란하게 되었어요. 신분이 변호사라는 사실이 밝혀졌으니 이젠 우리의 규정에 따라 12급 직원의 다섯 달 치 정도인 그 150만 원으로 변경되었어요. 물론 그 돈은 이 나라에 남기로 했으니까 그렇게 된 것이지만, 변호사님이 그 조사위원이 되면 3분의 2는 돌려드리는 거예요. 그러니까

150만 원 중 100만 원은 반환한다는 거예요. 이 모든 것은 저도 어쩔 수 없는 규정이 그렇게 하는 것이니 조정은 있을 수가 없고요. 이만하면 더 궁금한 것은 없죠.

이 여자의 말들이 모조리 무슨 소리인가? 용서를 빌라고 일 나간 사람들을 불러들인다는 것도 그렇지만 격에 맞게 호텔에 모시다니? 공무원이지만 관리는 아니라면 공무원은 뭣이며 관리는 뭔가? 10급까지 올라가게 되더라도 월급이나 연봉의 인상 같은 것은 없다는 건가? 소장은 이곳 소속이면서도 출근은 하지 않는다는 건가? M은 앤이 한 말에서 그 어느 것도 이해도 납득도 되는 것이 없다. 그런데 저런 건 M이 고민할 것이 아니지만, 돈에 대한 이 여자의 말은 터무니가 없다. 그러나 분명히 잘못된 그 돈의 처리에 대해 뭔가를 따져야 하나, 마땅히 주효한 말이 잡히지 않는다. 이미 건너간 돈에 보태어 150만 원으로 채워줘도 수중엔 훨씬 많은 액수가 남아는 있지만, 아, 90만 원으로 해치울 것이 달아나려다 걸려 60만 원의 혹을 더 붙여버렸구나! 그런데 '규정'이라니? 이 여자는 갈취하면서 그것을 '규정'이라고 하는가! 파스란에서 돈을 벌려고 어떤 개고생을 마다치 않았는데….M은 무슨 짓으로 나올지 모르니 앤에게 일단 150만 원이 되도록 채워줬다. 그런 다음 언제쯤 어떻게 되돌려받을 것인가에 빠져 있던 중에 직원들이 하나둘씩 들이닥쳤다. 모두 온 후 일어난 일은 더욱이 기이하고 얼떨떨할 뿐이다. 푸른 모자를 쓰고 '산림감시원'이라고 쓰인 완장을 찬 11명의 직원들이 일렬횡대로 줄지어 섰다. 그중 둘은 술에 취해 안간힘을 다해 버티는 것 같다. 그리고는 상급자순으로, 같은 급인 경우에는 근무기간 순으로 M에게 차례로 거수경례를 하고 관등성명을 큰 소리로 외친다. 그리고는 몰라보아서 큰 죄를 지었다며 모두 동시에 외친다. M으로부터 7만 원을 갈취한 자가 그 돈을 M에게 내어놓자, 상급자 중 하나가 그자에게 매를 치기 시작한다. M이 그럴 것까지는 없다고 말리니까, 그 상급자는 그것은 로만공화국의 법이라며 그자의 엉덩이에 계속 매질을 해대었다.

2

넬리의 희망

M은 산림감시소 차량의 에스코트를 받으며 수도 P시에 소재하는 호텔 진입로까지 쉽게 도달했다. 따라왔던 앤은 M이 호텔로 들어가는 것을 보고 가겠다고 했다. 이 여자는 M을 왜 하필 이 호텔에 데려왔을까? 위원이 되면 돈을 돌려준다는 약속을 지킬 것인가? M은 조만간 호텔을 방문하겠다고 하고는 돌아가려는 앤을 잡고서는 종이에 뭔가를 끌쩍인 후 내밀었다. M이 위원이 되면 약속한 100만 원을 반드시 반환한다는 각서였는데, 사인을 하라니까 앤은 무슨 뜻인지 모른다고 했다. "그냥 사인만 하면 되는 거요, 사인요!" 앤은 M이 이상하다며 이런 것을 하는 규정이 없다고 했다. M은 규정이 있고 없고 간에 의무를 확인해 두는 것이니 당연한 것이라고 했다. 그러자 앤은 "저가 여기까지 따라온 것은 변호사님이 이 호텔에 묵는 것을 보고 가는 거예요. 각서 얘기는 그만두세요. 이런 경우 이 나라에서 그 누구도 각서 같은 것을 하지는 않아요. 변호사님이 그 위원이 되면 그 돈보다 더 큰 이익이 제게 주어질 수 있는데, 그런 면에서도 각서 같은 것은 불필요하고 이상한 것이에요."라고 했지만, M은 이 여자가 무슨 말을 하는지 알 수가 없다.

답답하면서도 딱히 할 말이 마땅찮았던 M은 "당신네들에게는 결코 푼

돈은 아닐 정도인데, 대체 그 돈은 어디에 쓸 것이오?"라고 했다. 앤은 그
것을 말해야 안다는 건가라는 듯이 "그런 걸 묻다니요? 일부는 빚을 갚을
것이지만, 승진에 써야지요."라고 했다. M이 "승진~요? 승진을 돈으로 한
다는 말인가요?"라고 했다. 앤은 그 돈이면 지금 12급에서 10급으로 올라
갈 수 있고, 빚 갚지 않고 그 돈에다가 다른 것 한두 가지를 더 보태고 거
기다가 운도 정말 좋으면 9급 관리가 될 가능성도 영 없지는 않다고 했다.
그러고는 최대한 9급이 되도록 지금부터 연구를 해야 한다는 말을 힘주어
보태었다. M은 '다른 것 한두 가지'라는 것은 뭐냐고 물으려다가 푸른 눈
빛과 탄탄한 가슴골과 치마 아래 곧게 내려선 두 다리가 굳건히 땅을 밟고
있음을 보고는 그만두었다. 살아 최상의 목표인 듯이 하는 관리타령이라
니! 9급 정도 하급공무원이 설령 뇌물을 챙기더라도 그것은 용돈일 뿐이
지 집을 살 것도 아닐 텐데, 도저히 이길 수 없다는 건지 M은 머리를 절레
절레 내저었다.

　　호텔은 민가 끝에서 이어지는 도로를 진입하도록 되어 있었다. 오면서
보인 시내의 다른 도로들과는 판이하게 정비되어 있고, 도로변에는 건물
이나 일체의 구조물이 없이 웅장한 나무들이 양측에 줄을 서 있다. 파스란
에서도 보기 어려울 만치의 고급 승용차가 이따금씩 오갈 뿐 도로는 조용
하다. 풍광에 정신이 뺏겨 느긋이 차를 몰며 완만한 언덕길을 오르니 곧바
로 한 단계 높은 평지에 크고 화려한 호텔이 떡 버티고 서 있다. 호텔입구
에는 금빛 견장의 제복을 한 건장한 남자안내원들이 오갔는데, 허리에 총
을 찬 것이 섬뜩도 했다. 시내와 완전히 격리된 호텔의 위치와, 호텔의 외
관과, 총에 압도되어 버린 M은 '로만공화국의 특별입법조사위원'이라고
내지르기가 못내 망설여졌다. 그렇게 자신을 소개하는 것은 도저히 어렵
지 않을까 싶었다.

　　이런! 호텔 프런트 담당직원 놈도 통행증이 없으니 수수료를 내야 한

단다. M은 몇 푼이 되지는 않으니 그냥 줘버릴까 하다가 화를 죽이지 못해 "통행증이 없으면 수수료를 내야 한다는 근거라도 있나요?"라고 되받아쳤다. 직원은 "근거요? 그건 통행자가 알아서 해야죠. 우리는 어쨌든 통행증 없는 외국인이 입실한 숫자에 비례한 수수료 수입도 있다고 취급받아 그만큼 세금을 더 내어야 해요. 관청이 그렇게 간주해버린다는 거죠. 그렇지 않아도 세금이며 이런저런 공과금이 많은데, 이것저것 사정 봐주다가는 호텔은 굶어 죽기 딱 인걸로요. 그런데 말이지요, 그 어느 외국인도 따지지 않는 것을 손님만 그러니까 이상하기는 하네요."라고 했다. M은 "그러면 파스란국연락사무소에다 내 신분을 확인해보시오. 그러면 될 것이 아니오."라고 했지만, 직원은 통행증은 신분확인과는 다르고 호텔이 그런 것은 하지 않는다고 버티었다. M이 프런트에서 물러나 어찌할까 하는 사이 그 직원은 객들과 '웃기는 양반이군!' 따위로 떠들고 있었다.

M은 공중전화기 옆에 붙은 전화번호부에서 '로만공화국 주재 파스란국연락사무소'를 찾아 번호를 눌렀다. 파스란 변호사로서 로만공화국의 3급 특별입법조사위원에 지원키 위해 내일 중앙청사에 가려고 호텔에 묵으려는데, 연락사무소에서 신분확인을 받을 일이 있어 전화했다고 말했다. 상대방은 자신은 경비원일 뿐이고, 근무시간이 후라 아무도 없어 확인을 해줄 수 없다고 했다. M이 야간 당직자가 있을 것이 아니냐고 따지니까 저쪽에서 뭔가 복삽하게 변명하던 중 전화가 끊어져 버렸다. M이 다시 전화를 하려는 순간 직원이 M에게로 뛰어오더니 바로 무릎을 꿇었다. 의아하고 놀란 M이 이게 뭐냐니까 그는 "중앙청사요! 3급~요! 수수료는 없고 숙박비는 90% 할인입니다. 암요, 그렇고 말구요. 몰라봐서, 용서를 빕니다."라고 했다. 그와 동시에 프런트 앞 소파에서 대기하거나 얘기를 나누던 자들이 일제히 일어서서 M에게 허리를 꺾어 절을 했고, 그 중 일부는 무릎을 꿇고 M의 옷자락을 만지거나 구두를 손으로 닦고 있었

다. 그들의 갑작스런 저자세가 불편해진 M은 서둘러 수속을 마치고, 간청하듯 에스코트하겠다는 여직원을 뿌리치고는 엘리베이터를 타고 배정된 객실로 올라왔다.

객실은 시설과 전망이 좋았다. 샤워를 하고 나오니 벗어 놓은 셔츠, 내의, 양말이 없어졌다. 프런트에 전화를 하니 세탁 중이라고 했다. 비치된 가운을 입고 '이것도 괴상한 짓이지만, 어쨌든 고맙군!' 하며 텔레비전을 켜니 저녁뉴스 중 앵커가 새로 임명될 장관에 대해 보도하고 있다. 더 없는 적임자라며 야당에서 보이는 불평은 반대부터 하는 습관의 발로일 수 있다는 식인 것이, 기사를 보도하는 건지 평인지 싶었다. 볼 것이 없어 리모컨을 쿡쿡 눌러 채널을 돌리던 중 어디서 본 드라마가 잡혔는데, 분명 시청률을 잡고 있는 파스란의 가족드라마였다. '현재 방영되는 파스란의 드라마가 나오다니?!' 하는 사이 한 여종업원이 꽃과 바구니를 들고 들어섰다.

웬 꽃이라니? 그녀는 M에게 허리 숙여 인사를 하고 나더니 화병의 꽃을 갈고 바구니에서 맥주, 안주, 과일은 꺼내어 탁자에 올렸다. 그리고 수건, 칫솔, 면도기를 비치하고 치약과 로션을 쓰던 것과 교체했다. 거친 산길을 넘고 감시소에서 당하느라고 쌓인 피로로 인해 한잔하고 잠이나 자야 할 것이었던 M은 맥주가 반가웠지만, 따로 주문을 한 일은 없었으니 무슨 일이냐고 물었다. 이름이 '넬리'라고 한 그녀는 높은 관리에게 그냥 드리는 것이라고 했다. '그냥'이라니? 주뼛댔지만 공짜라는 뜻이었다. 관리가 숙박을 하면 이 호텔에서는 이런 무료서비스를 하느냐고 하니, 서비스가 아니라 기쁨으로 청소부인 자신이 주는 것이라고 했다. M은 청소부가 왜 자신의 부담으로 이런 것을 주며, 청소부는 월급이 얼마나 되는데 이러는지 납득할 수 없다고 물었다. 관리들 객실에서는 흔히 있는 일이고 종업원이 이런 기회를 갖는 것은 행운에 해당하는 것이지 이상할 것은 전혀 없다고 했고, 그 서비스에 든 돈은 자신의 일당으로 계산하면 일주일치 정도가 된다고 했다. 지엽적이거나 엉뚱한 것에 집요하게 빠지는 버릇이 없지 않은 M은 넬리가 계속 말하게 하려는 듯이 맥주 한 잔을 따라주었다. 넬리는 그럴 수는 없다고 하다가 다시 강권하다시피 하는 M을 못 이긴 듯 허리를 굽혀 두 손으로 받았다.

M은 넬리의 긴장을 풀려는 듯 자신의 맥주잔을 그녀의 잔에 부딪히며 같이 마시자고 했을 때 출입문을 두드리는 소리가 났다. 넬리와 똑같은 제복을 입은 여종업원이 넬리가 그랬던 것과 마찬가지로 화병과 바구니를 들고 들어섰다. 순간 넬리는 "잠깐만요!"라더니 그녀를 끌어 문밖으로 나가버렸다. 무슨 일인가? M이 나가보니 두 여자는 다투는지 장난인지 뭔가 주거니 받거니 하고 있었다. 대충 들리는 바로는 '내가 준비하고 있었는데 어찌 도둑고양이처럼 그럴 수 있느냐? ─ 네가 준비하는 줄은 몰랐다! ─ 어쨌든 간에 그 사이에 맥주도 얻을 먹을 정도로 요사를 부렸다는 거네. ─ 그건 그게 아니라 어쩔 수 없이 받은 거야? ─ 그래 언제까지 계신데? ─ 그건 아직 나도 몰라. ─ 너 오늘 땡잡은 거 같은데 다음에 내게도 한 번씩 기회를 줘야 해! ─ 그건 상황 봐가면서 하는 거라는 것을 너도 잘 알잖아!'와 같은 대화였다. M의 낌새를 느낀 것인지 그 종업원은 M에 계면쩍이 인사를 하고는 돌아갔다. '땡잡았다.'라는 말이 걸렸으나 M은 다시 돌아온 자리에서 달리 토를 달지 않고는 "일당이라고 했나요? 월급제가 아니라는 말이요?"라고 물었고, 넬리는 고개를 끄덕였다.

M은 "그래요, 호텔 직원이라면 월급제일 텐데 이례적이네요. 그 일당으로 일하는 것에 대해 알고 싶은데, 자, 앉은 자세를 편하게 하고요."라며 구슬렸다. 넬리가 그래도 경계하듯 망설이기에 M이 "그냥 편하게요. 자, 빨리요."라고 했다. 넬리는 "실은, 저는 호텔이 아니라 용역회사의 직원이에요. 이곳 청소부들 모두가 그렇고 다른 부서도 대부분이 그래요. 보수는 매

월 말일에 받지만, 한 달 동안 일한 날의 시간을 합쳐 받아요. 그런데요, 실제로 일한 시간을 기준으로 한다지만, 이곳에서의 일이라는 것이 그 시작과 끝이 그때그때 딱딱 떨어지는 것이 아니라서~요, 월급 나올 때는 늘 시시비비를 가리느라고 시끄러워요. 월급날 저희들과 용역회사가 각각 체크한 시간을 비교하면 항시 조금씩 틀리거든요. 어떤 달에는 열 시간이나 차이가 난 일도 있었어요. 일하다 보면 시작하기 전에 하는 준비나 끝난 후에 하는 정리 중에는 실제로는 일과도 같은 경우가 많은데, 그럴 때 저희는 그것도 일한 시간이라고 주장하고 회사는 그게 아니라는 식으로 서로 틀린 것도 그렇고요. 대체로 조금 인정받는 쪽에서 절충이 되는데, 억울하지만 저희들의 주장이 반드시 옳다는 증거를 댈 수가 없어요. 온갖 자질구레한 사실들을 증거라면서 어떻게 모을 수 있겠어요."

서로 자신의 입장을 주장하는데 왜 종업원이 증거를 댄다는 건지 그 이유를 알려다가는 그만두고 "용역회사의 직원이라고요? 왜 그러죠? 이 큰 호텔에서 직접 고용을 하지, 복잡하게!"라고 물었다.

— 그렇게 해도 되는 법이 있다고 하는데, 왜 그런지는 몰라요. 그 법 만들 때 어느 야당에서 반대를 해서 시끄러웠다는데, 그 당은 조그마해서인지 무시되었던 같아요.

— 그래요? 그러면 4대 보험도 없을 수 있고, 불만도 있을 것 같네요.

— (아무도 없는데도 불구하고 출입문 쪽을 확인하고 난 후) 4대 보험이라는 건 말은 들어봤는데, 그게 뭔지는 잘 몰라요. 나라에서 만든 법대로 하는 것이니 불만이라고 할 수는 없어요. 다만 이곳에 일하려고 진 빚이 있고 집에 식구도 많아 일당이 좀 더 올랐으면 해요. 돈이 늘 부족하거든요.

— (저건 사실상 일시근로가 아니니 4대 보험이 적용대상인데, 파스란의 아주 옛날 얘기와도 같군!) 이곳에 일하려고 진 빚이라고 했나요? 그게 무슨 말이죠? 청소부가 되는 데 돈이 필요하다는 건가요?

─사람들 다 아는 것을 위원님은 모르시네요. 직업소개소를 통해 용역회사에 채용되는데, 그 소개소에 지원수수료를 지급하고 있어요. 힘 있는 누군가의 소개로 들어오는 사람도 없지는 않지만, 그런 경우 외에 대부분은 수수료를 많이 낸 쪽이 유리하거든요. 워낙 지원자가 많으니 말예요. 몇 달이고 기다렸다가 지원 순서대로 일을 하게 되는 것이라고는 하지만, 그렇더라도 수수료를 많이 내는 사람보다 빠를 수는 없거든요. 그 수수료의 금액이 얼마인지는 각자 다르고 저희들도 서로 몰라요. 그것을 말해서 다른 사람이 알게 되면 일을 못하게 될 수 있거든요. 지금까지 그런 발설로 해서 그만두게 된 사람은 없었지만요. 근무하면서 별 탈이 없으면 1년이나 2년은 일 할 수 있는데, 호텔에서 마음에 들어 하면 또다시 1년이나 2년을 연장받기도 하고요. 마음에 든다는 것은 모든 것을 알 수는 없지만 여러 가지 기준인 것 같아요.

─생활에 지장을 받을 정도라고요? 그러면, 그 지원수수료라는 것이 대체 어느 정도라는 거지요?

─그건 말하면 일을 못하게 될 수 있다고 말씀을 드렸는데요.

─아, 그랬나요? 그러면~요, 그런 수수료라는 것은 어쨌든 뭔가 불법인 것 같은데, 그렇지를 않나요? 그래, 호텔 측에나 당국에다가 진정이나 고발 같은 것을 하지는 않았나요?

넬리는 M이 무슨 말을 하는지 이해하지 못했다는 건지 "예? 진정이나 고발이라고요?"라고 하더니, 가만히 보니 아까부터 계속 텔레비전 쪽으로 시선을 보내고 있었다. 소리가 불편해 그런가 하고 M이 텔레비전을 끄니까, 넬리는 못내 아쉬운 듯이 다음에라도 볼 수 있었으면 좋겠다고 했다. M이 무슨 말이냐니까, 고급관리나 출장 온 외국인의 객실에만 나오는 파스란의 드라마가 너무나 신기하고 재미있다고 했다. 저딴 막장이 재미있다고! M은 재미있다고 하니 편하게 와서 보라고 하고는 "아, 좋아요. 식구가 많다니, 누가 버나요?"라고 물었다.

— 가정부, 직물공장, 철공소, 우편물 분류, 군청서류 배달로 해서 병든 아버지
　말고는 모두요. 어머니, 여동생 둘, 남동생 둘 모두요.

— 그렇게 온 식구 버는데 생활이 어려워요? 무슨 흥청망청 쓰는 것도 아닐
　텐데….

— 매달 빚 갚아야 하고, 봉급이 적어요. 한곳에 오래 근무하기도 어렵고요.

— 빚을~요? 무슨 이유로 빚을 진 거죠? 집을 사거나 학비 같은 것인가요?

— 집이나 학비요? 그런 건 관리나 부자들이 하는 건데요! 주로 생활비나 병
　원비지만 이런 곳에 일하려거나, 저를 포함해 식구들 모두 다른 유리한 기
　회를 가지려고 드는 돈도 있고 경범죄 같은 무슨 문제가 생겨 드는 돈도
　있고… 이것저것 많은데, 저뿐만이 아니라 여기서 일하는 종업원들이 많
　이들 일숫돈을 갚느라고 야근이든 뭐든 일을 할 수 있으면 더 하려는 것도
　있고요.

— '일숫돈'이라고요. 매일 갚는 거 그것 말인가요? 은행이나 어쨌든 다른 어디
　서 빌리지, 왜 그런 것을?

— 은행에서 빌린다고요? 마을금고에서도 한번 물어보니까 온갖 것을 다 따지
　고 탄탄한 직장이 있거나 재력이 있는 보증인까지 있어야 해서 그만두었는
　데요. 은행은 관리나 부자들만 빌리는 것을 위원님은 모르세요? 아, 예금은
　은행에서도 하고요.

— (신용대출이 그렇게 까다로운가!) 아, 좋아요, 그러면 어떻게 하면 좋은 직장을
　얻을 수 있는 거지요? 특히 학력이 높거나 배경이 좋거나, 뭐 그런 건가요?

— 그건 그렇지만, 그런 직장에 들어가는 사람을 모르는 저가 뭐라고 말할 수
　는 없어요.

　이때 객실 출입문 노크소리가 들렸다. 문을 열어주니 또 다른 여자청소
원이 들어서서는 달아오른 인상으로 느닷없이 넬리에게 "지금 여기서 또
그짓이야!"라고 했다. 그녀의 허리띠에는 넬리의 그것에는 없는 금빛 장
식이 있었는데, 그것은 상위계급 청소원의 표식인 것으로 보아야 터였다.

이어 그녀는 M에게 이런 작은 분란 그 자체는 그녀의 탓이라는 듯이 죄송
하다며 허리를 꺾어 인사를 하고는 넬리에게 지금 호텔 비품을 가져온 차
가 도착했는데, 그것들을 옮길 사람인 없다며 호텔관리원이 회초리를 들
고 넬리를 찾아다닌다고 했다. 넬리는 메모지에다가 급히 뭔가 끌쩍이더
니 그것을 탁자 위에 두고는 황급히 그녀를 따라나갔다. 메모지에는 '불편
한 것은 꼭 내선 전화 85번으로 하셔서 저를 찾아주시기 바랍니다. 그리고
사실은, 오늘 서비스에 든 돈은 산림감시소의 앤 씨가 주신 것이에요.'라
고 쓰여 있었다.

3

법무부, 국회, 주재연락사무소

조사위원 모집에 관한 소관부서가 어디인지, 조사위원 지원절차, 조사위원의 구체적인 업무 등을 일단 먼저 알아야 했다. 그렇지만 어떻게 생겨 먹은 지, 그 사정을 전혀 모르는 나라에서 무작정 찾아갈 수는 없었다. 다만 일은 국회에서 하더라도 지원 자체는 법무부 소속 어느 부서가 받는다는 말이, 스쳐 지나갔으나 기억에 남아 있었다. 해서, 다음 날 아침 M은 법무부도 함께 있다는 로만공화국 중앙청사에 대표전화 3개 중 하나에 다이얼을 돌렸다. 수신음은 부처별로 이름이 붙으며 1번, 2번, 3번… 15번까지 통화를 원하면 누르라며 빠르게 지나갔다. 법무부라는 이름의 번호를 놓쳤다. 4번이 아니면 5번인 것 같았다. 다시 들으려면 0번을 누르라고 했다. 0번을 누른 다음 5번에서 법무부 이름이 들렸고 다행히 잡혔다. 그런데 그 5번도 또 마찬가지로 자동응답시스템(ARS)으로 이어졌다. 놓치지 않으려고 수화기를 귀에 바짝 대었다. 그리고는 안내되는 업무가 자신의 용건과 관련이 있을 것으로 여겨진 6번을 눌렀다. 전화를 받지 않았다. 다시 0번에 이어 6번을 눌러 통화가 되자 '입법조사특별위원 지원'에 대해 문의하려고 한다니까, 상대방은 자신의 부서는 아닌 것 같고 어느 부서의 소관인지는 모르겠다고 했다. 다시 ARS 0번에 이어 이번에는 7번을 눌렀다. 전화를 받은 상대방은 3번 부서 일 수 있다며 그쪽으로 돌려주었는데, 3번에서는

32 8번인 것 같다면서 그냥 그곳으로 돌려주었다. 전화를 받은 곳은 확인이 필요하다며 잠시 기다려 달라고 해놓고는 5분이 넘도록 소식이 없었다. 전화를 끊고 다시 중앙청사에 다른 대표전화의 다이얼을 눌렀다. 법무부 번호로 들어가 끝까지 들으니 통화를 원하면 9번을 누르라고 했다. 9번을 누르니 ARS는 통화량이 많아 대기해야 하는데 그 시간이 11분으로 예측된다고 했다. M은 언제 올지 모르는 목소리를 놓치지 않으려고 수화기를 귀에 바짝 댄 채 수시로 벽시계의 분침을 보면서 담배를 피우고 있었다. 12분이 지나 여안내원이 받자, 이번에는 아예 '특별입법조사위원'으로 위촉받았다고 해버렸다.

안내원은 잠시 후 담당자가 받을 것이라고 했고 곧 남자의 목소리가 들렸다. "안내원으로부터 특별입법조사위원님이라고 전해 들었습니다만, 그건은 모집절차도 국회의 사정으로 중단된 상태인 것으로 아는데, 국회로부터 어떤 연락을 받으셨다는 뜻입니까? 아, 아닙니다, 위원님! 최근에 정식으로 위촉이 되셨다면 국회에서 저희에게 온 관련 공문서가 어딘가에 있을 것입니다. 성함과 생년월일을 말씀해주시면 바로 확인 후 알려드리겠습니다. 만약 문서가 없으면 국회에다 바로 확인하겠습니다. 그럼 위원님 성함과 생년월일을…." M은 급한 일이 생겨 다시 전화하겠다고 하고는 그냥 끊어버렸다. 국회로부터 연락을 받았냐고 했는데, 그렇다면 혹 지원도 법무부가 아닌 국회에서 받는다는 건가? 그러고 보니 야당이 뽑는다고 했으니까 그럴지도 모를 일이었다.

법무부를 통해 알아본다는 것은 도저히 무리인 차에 차라리 잘되었다고 싶었다. 다시 전화번호부에서 찾아 국회의 대표전화로 했다. 그곳도 마찬가지로 ARS 안내로 기다리고 끊어지기를 반복한 끝에 내용을 아는 듯이 하는 어느 남자 직원과 연결되었다. 그는 무슨 특별한 법을 조사하는 위원이냐고 물었고, M은 아무렇게 '법무부장관의 위촉을 받았지만 업무는 국회에서 수행하는 특별입법조사위원'이라고 했다. 그러니까 그는 무슨 말인지는 알겠지만, 그것이 '어떤 법'인지를 묻는 것이라고 했다. M이 그것까지는 모른다고 하니까, 그는 무슨 말인지 정확히 알 수는 없지만 모집절차에 관한 것이므로 법무부에다 알아보는 것이 좋을 것이라고 했다. M이 자신은 파스란국 변호사로서 위촉을 받고 로만공화국에 와서 문의하는 것이라고 하자, 직원은 그러면 차라리 파스란국연락사무소에 알아보는 것이 더 빠를 것 같다고 했다. 어찌 되었든 간에 그런 일이라면 국회든 법무부든 주재연락사무소를 통해 파스란국과의 연락이 오갈 것이라는 말이었다.

바로 파스란국연락사무소에 전화를 했다. 주재연락사무소 직원은 〈우리는 그 사업과 관련한 로만 국회의 요청을 받아 파스란의 외무부에 전달했을 뿐이다. 다만 국회 자체라기보다는 야당의, 야당 중 일부의, 요청이라기보다는 부탁이라고 보는 것이 더 어울릴 것이다. 그 후에 그 일이 어떻게 되어 가고 있는지는 모른다. 다만, 로만에서의 모든 공적인 사업은 의회에서 오래 묵은 후에 실시가 되든가 폐기가 되든가 하기 때문에, 그 건도 의회에서 검토 중일 상태로 있을 가능성을 배제할 필요는 없을 것으로 본다. 나머지는 국회나 법무부에서 알아보기 바란다. M의 통행이나 체류에 관한 문제는 당분간은 연락사무소에서 신경을 쓰기는 하겠지만, 그 실제는 M 자신이 처신에 따라 다를 것으로 본다. 그 처신이라는 것은 때에 따라 다르기 때문에 뭐라고 더는 말할 수 없다.〉라는 취지의 답변을 했다.

이제 어디에서 알아봐야 하는가? 이렇다 할 소득이라고는 없었던 국회나 법무부를 또다시 두드려야 하는가? 접근방법이 잘못된 것이었던가? 국회와 법무부 외에는 달리 알 수 있는 곳이 없는가! 밤이 늦도록 달리 뾰족한 수를 찾지 못한 채 객실창 너머 M의 눈에 든 밤하늘에는 별들이 빼곡히 들어서 있다. M이 살아왔던 파스란 수도에서는 별에 대한 기억조차 없는데, 곧 쏟아질 듯이 낮게 내려앉은 별의 운무 안으로 온몸이 흘러들어 간다.

어릴 때 여름밤 평상에 누워 보았던 그 별들은 이젠 몇 살이 되었을까? 아직 살아 있을까? 죽어 우주의 한 조각으로 어딘가에 내팽개쳐졌을까? 맥주를 한 병을 마신 후 그래도 뭔가는 길이 있을 것이라며 침대에서 이러저리 몸을 굴리던 중에 누군가 문을 두드렸다. 이 늦은 밤에 올 사람이 없는데? 넬리였다. 문을 열자 복도 좌우를 휘둘러 본 후 급히 들어선 넬리의 손에는 봉걸레가 들려있었다. 결코 낮지 않은 목소리로 "청소가 필요하다는 연락이 있어 왔습니다."라고 말했다.

청소 운운은 알 만했기에 뭐든 말하라고 했다.

— 호텔 직원들은 너나 할 것이 없이 모두 틈만 나면 관리를 접촉하려고 하거든요. 작거나 보잘것없는 심부름이든 도움이든 할 게 없나, 항상 신경을 쓰는 거예요. 얼른 뛰어가려고 늘 대기하고 있다고나 할까요. 그렇지만 상황이나 시간을 가리지 않고 함부로 그랬다가는 된통 매를 맞아요. 물론 필요한 때인데도 제때 관리에게 가지 못한 경우에도 매를 맞기는 마찬가지죠. 그러다 보니 뛰어갔더라도 접촉하려던 것이었는지, 할 일이었는지 알 수가 없을 때도 있고요. 그러니 일하러 뛰어간 경우에도 선임자들은 관리를 접촉하려 했다고 몰아붙이는 일도 있지만, 따지고 보면 그들에게도 딱한 면이 없지 않으니 어쩌겠어요. 물론 지금은 청소시간이 끝났으니 관리님이 불러서 온 것으로 한 것이고요.

M이 왜 군이 관리를 접촉하려는지 이해할 수 없다고 하니까, 넬리는 호텔 직원만이 아니라 모두들 그러는 것을 두고 묻는 M을 오히려 모르겠다고 했다.

답답해진 M이 그러니까 왜 그러냐고, 무슨 이익을 얻을 수 있다는 기대치 때문이냐고 물었다. 넬리는 그런 것과 같을 수도 다를 수도 있지만 단지 그렇게만 말하는 것보다는, 그것은 관리를 '사랑'하기 때문이라고 했다.

— '사랑'요? '사랑'이라고요? 밑도 끝도 없이 사랑하기 때문이라고요? 세상에! 아무나에게 아무렇게 사랑을 하다니요! 대체 그게 뭐예요?

— 그, 그건 저도 몰라요. 하여튼 그래요.

— 그럼, 그 말의 논리대로라면 넬리 씨가 지금 나를? 어쨌든 나를 사랑한다고 해야 하는데요. 그건 이상하지를 않나요?

넬리의 당연하다는, 태연스런 대답에 M은 그냥 알 수 없음에다만 마침표를 찍고는 넬리를 의자에 앉히고는 이 시간은 너무 늦지 않았느냐고 했다. 아까 본 M의 모습에서 뭔가 걱정이 있는 것 같았다며, 혹시라도 자신이 해야 할 일이 있을는지 들렀다고 말했다. M은 그리 대단한 걱정도 아니고 넬리가 관여할 것도 아니라고 했다.

— 사실은 위원님, 산림감시소 앤 씨가 혹시라도 위원님의 불편함이나 어려움이 없는지를 늘 신경 쓰고, 조금이라도 그런 감이 있으면 연락을 하라고 했거든요. 내용에 따라 필요하면 위원님과 앤 씨가 직접 통화를 할 수 있도록 조치를 하라고도 했고요. 혹시, 혹시라도 말씀요. 말씀하시면 앤 씨가 위원님께 전화를 하도록 할게요. 앤 씨는 원래 이리저리 발이 넓지만, 특히 국경에 있는 산림감시소에서 근무하다 보니 로만에 입국한 파스란 사람들과 관련한 문제로 주재사무소와 연락을 많이 하게 되고, 또 그렇다 보니 파스란 사람들의 애로에 대해 이러저러한 방법으로 많이 해결을 하는 편이거든요. 물론 위원님과 같이 높으신 분이 가질 수 있는 애로사항까지는 결코 쉽진 않을 것이고, 그 이전에 그런 경우는 아마도 없을 것이지만요. 어쨌든 요는, 혹시라도 하실 말씀이 계시다면 언제든지 절 찾으시면 된다는 뜻이에요.

— 그래요? 앤 씨가 그곳에서 일을 하니 파스란 사람들에 관련해 그럴 수는 있겠네요. 당신과 앤 씨는 평소 친한 사인가요? 그렇게까지 중간에서 다리를 놓다니 말이오. 그분은 12급인가 뭔가 하던데, 그건 그리 높지 않은가요?

— 친한 것하고 부탁하는 것은 다른 거예요. 물론 친하면 편할 수는 있지만 어

쨌든 다른 거예요. 12급이라서 관리라고 부르지는 않지만, 그래도 그분을 누구도 저 같은 청소원하고 비교할 수 없어요. 그렇지만 저가 이 호텔에 근무하는 이상은, 그분이 저보다 높다고 말할 수 있을까도 싶어요. 그러니까, 그분은 이 호텔에 근무하는 사람보다는 높지만, 저한테는 그분과 저 사이에서 누가 높다 낮다 따지는 것은 이상할 수는 있어요. 저는 경리일을 하고 싶어요. 고등학교를 졸업했으니 그럴 수 있는 것이지만, 글씨도 잘 쓰는 편이고 주산도 잘 놓고, 청소도 잘하고, 커피도 남들 이상으로 탈 수 있고, 그래서 경리가 제게는 맞거든요. 물론 가장 낮은 경리부터 시작해야죠. 경리 자리는 이 호텔에도 많지만 다른 회사도 좋고요. 물론 관청이면 가장 좋겠지만 그건 아무래도 어렵겠죠. 경리가 아니라 위원님의 몸종도 좋아요. 다른 관리들에게서는 본 적도 없을 만치 이렇게 친절하시니, 어쩌면 더 좋을 것 같고요. 그것도 잘할 수도 있거든요. 아주 나중이라도 그렇게 되고 싶어요. 말씀만 하시면 돈도 준비하고, 그리고 다른 것들도….

몸종? M은 이게 무슨 소리인가 싶었지만, 모조리 어지러워 그만두었다. 한편으로는 너무 생소한 것들이어서 당황스럽지 않은 바는 아니었지만, 어쨌든 이상한 나라의 이상한 사람들이라는 점과, 없는 돈을 쓰며 이리 집요할 수 있다는 점과, 이런 것을 두고 무슨 약다고까지 할 수 있느냐는 점을 전제로 하는 바에는 그리 놀랄 일만은 아니었다.

넬리가 돌아간 후 그렇지 않아도 할 말이 있었던 M은 바로 앤에게 전화를 했다. 전화를 받은 남자는 앤이 일하는 중이라면서 누구라고 전할 것인지를 물었다. M은 '변호'라고 했다가 다시 '입법'이라고 했다가는 앤의 오빠라고 해버렸다. 상대방은 앤의 오빠는 없는 것으로 아는데 무슨 말이냐고 했다. M이 6촌 오빠라고 하자 상대방은 "6촌 오빠요? 어쨌든 알겠소."라고 한 후 바꿔줄 테니 기다리라고 했다. 전화를 받은 앤은 6촌 오빠라고 한 것은 잘한 짓이었다고 했다. M은 법무부와 국회 둘 다 알아봤지만 일이 잘 풀리지 않아 힘들다며 이젠 주재사무소에 알아보는 것은 어떻겠느냐며 물었는데, 저쪽에서 누가 들을까 봐 목소리를 낮췄다.

―변호사님, 그렇게 말씀을 가릴 필요가 없어요. 지금 제 방에서 전화를 받고 있으니 편하게 말씀하셔도 된다는, 그런 말이고요. 그렇지 않아도 어떨지 연락드리려고 했어요. 법무부와 국회에서 그렇다면, 이제 주재사무소밖에 없다고 봐야죠. 그도 그럴 것이, 변호사님은 외국인이니까 달리 길이 있겠어요. 그렇지만 주재사무소의 아무에게나 잡고 물어본다고 무슨 실질적인 길이 나올까요. 어떻게 운이 좋아 그 일에 대해 가장 잘 아는 어떤 직원을 만났다고 가정하더라도, 그는 어느 지점까지는 연결할 수 있을지 몰라도 그것만으로는 결국 아무것도 아님에 다름이 아니라고 봐야 하지 않을까요. 주재사무소의 일을 구석구석까지는 알 수도 없을 것이지만, 그 이전에 그가 그 자신의 일처럼 고민하고 검토한 결과를 내어놓을까요? 그가 설령 미리 어떤 대가를 받은 상태라고 하더라도, 그 대가가 정말 그 자신의 일과 같이 될 수 있게 할까요? 무엇이 어쨌든 어디까지나 타인의 일이라는 그 자체는 절대 불변일진데, 자신의 일인 경우에 스스로 느끼는 상황들에 따른 고민과 그에 이은 온갖 조치를 강구하는 것과 똑같을 수 있을까요. 또한, 그 일은 오로지 그 일 그 자체만을 해결하는 것으로 완결된다고 할 수 있을까요. 그 자체에 관련되는, 어쩜 그 자체보다 더 중요하면서도 그 자체가 성사되는 데에 먼저 해결되어야만 하는 어떤 문제들인들 없다고 할 수 있을까요. 또 그리고 일단 일이 성사된 것 같더라도, 그건 단지 외관의 해소일뿐이지 실제는 따로 숨어 해결을 기다리는 경우는 없을까요? 지금 변호사님은 제게 '이리저리 어려운데, 당신이 뚫을 수 있는 그 무엇이 있느냐? 주재사무소 직원 중에 통하는 안성맞춤의 사람이 있느냐?'라는 주문이시지요. 그렇게까지는 아니라면 더 얘기를 할 것은 없을 터이니 전화는 끊도록 하고요. 아 물론, 저는 변호사 님이 그 입법위원이 되는 것을 누구보다도 원하고, 그래서 그 목표에 도움이 된다 싶으면 제게 있는 모든 것을 보태어 드릴 것이고요.

38

— (전화를 끊지 말라고 급히 말하고는) 그전에 말이요. 먼저 확인할 것이 있소. 내
가 입법위원이 되면 그 돈 3분의 2는 돌려준다고 약속했는데도, 당신은 줄
곧 내가 입법위원이 되는 것을 원한다고 하고 있소. 그것도 돕기까지 하겠
다면서 왜 그런 바보짓이지요? 내가 입법위원이 되지 않으면, 당신이 그 돈
을 몽땅 가지는 것이 아니. 입은 삐뚤어져도 말은 바로 해서 우린 다시는
보지 않아도 그만인 그야말로 남남인데, 그렇다면 당신은 내가 입법위원이
되지 못하도록 방해하거나 하다못해 그런 기도라도 해야 하는 것이 아니요.
이게 말이 되지 않잖아요, 그렇지를 않나요?!

— 예? 그게 무슨 말씀예요. 변호사님에게 그것을 반환하는 경우에는 지금보다
훨씬 많이 변호사님을 사랑하게 되는 건데, 그걸 모른다는 거예요? 정말이
지 왜 그러세요! 지금은 그 돈의 3분의 1만큼만 사랑하는 것일 가능성이지
만 그때는 그 돈 전부보다 더 큰 만큼 사랑하게 될 것인데, 그 이익을 버린다
고요? 당연히 더 큰 그 사랑을 바라지 않는 바보를 세상 어디에서라도 보셨
나요? 그런 이상한 말은 하지 마시고, 오늘 전화한 이유, 어째요, 주재사무소
를 뚫는 데에 저가 필요 없나요? 일단 그것부터 말하셔야지 다음으로 넘어
갈 게 아니에요. 아니시라면, 지금 정신없이 퍼 널린 일 하러 가야 해요.

— (그 빌어먹을 사랑 타령! 지금 앤의 '사랑 타령'은 정말 짜증 날 것이었다.) 대체 무
슨 소리인지 이상한 말만 하고 있는데, 한 가지만 물어보고 넘어갑시다. 미혼
의 남녀, 같은 농부인 남녀, 같은 공장에서 일하는 남녀, 부부라는 남녀, 누가
높다고 할 수 없는 남녀… 등등의 남녀 간의 사랑과 지금 당신이 말한 그것
은, 그러니까 그 둘은 각기 어떻게 다른가요? 하나는 어떤 종류의 사랑이며,
다른 하나는 어떤가 하는 것을 말이오. 혹, 그 둘 사이에 아무런 차이가 없는,
뭐 그런 것인가요? 그렇다면 정말 그럴 수 있다는 건가요? 왜 그럴 수 있지
요? 지금 내 말은, 당신이 하는 말이란 것이 뭐가 뭔지 모르겠다는 것이오.

— 지금 무슨 말씀이세요. 미혼 남녀, 농부인 남녀, 남녀 공원, 부부, 높이가 같
은 남녀라고 했나요? 그 사람들이 왜 사랑을 해요? 그럴 까닭이 있어야 사
랑이든 뭐든 할 게 아니에요. 말 같지 않은 것으로 시간낭비를 마시고, 할 말

이 있으시면 그거나 하세요.

— 아, 아, 좋아요. 그럼 마지막으로 딱, 딱 한 가지만요! 예를 들어 '타인으로부터' 아내가, 동생이, 사귀는 여자가, 같은 직장의 동료가, 이웃이, 키우는 강아지가 욕을 먹는다든지 두르려 맞는다든지 하는 경우에 보호하거나 나서서 대신 싸워주는 것은, 그런 것들은 사랑하기 때문이 아닌가요? 그것이 사랑이 아니고 뭔가요? 남녀가 결혼을 하는 것도 어쨌든 사랑하기 때문이잖아요.

— 그거야 그런 상황이면 누구나 그렇게 하지요. 그럼 뭘 어떡해요! 그런 것을 하지 않는다면 그건 사람도 아니지요. 그렇지만 그런 건 사람이 사는 것을 더 낫게 해주는 것은 아니잖아요. 무슨 희망이 되는 일이 아닌 것들에다가 사랑한다는 거예요. 만에 하나의 희망이라도 될 가능성이 있어야지, 그때 사랑을 할 수 있는 것이잖아요. 그리고 아니, 일을 나누어 하고 자식을 낳으려면 결혼을 해야지, 결혼을 한다고 해서 예를 들어 갑자기 14급이 13급으로 올라가나요. 무슨 말 같은 소리를 좀 해요.

도저히 자신과 같은 기준으로는 계산이 되지 않는 점을 인정할 수밖에 없었던 M은 더 이상 '그게 무슨 사랑이냐'는 다툼에서 빠져나와 앤으로부터 주재사무소의 체류관리계장에 대한 정보를 받는데, 앤은 하여튼 그를 만나보라고만 하였을 뿐이지, 나머지 구체적인 사항에 대해서는 아무런 말을 하지 않았다. 다만 앤에게서 그자가 6급임을 확인한 M은 혼잣말인 듯이는 했으나 어쨌든 "사무소장도 아니고 기껏 6급 정도란 말이오?"라고 불만을 드러내었다. 그러자 앤은 "기껏 6급이라니요!"라며 정색을 했다. 결국, M은 그리 기대치는 않으면서도 달리 선택의 여지가 없어 주재사무소로 내몰렸다.

주재연락사무소를 찾아가 체류관리계장실 문을 노크해도 반응이 없자 M은 문을 열고 들어섰다. 한 사내가 구둣발을 책상에 걸친 채 등받이 의자에 드러누워 낮잠에 빠진 듯했는데, 허! 체류관리계장이라는 자리가 이리 대단한가! M이 손으로 책상을 두드려도 놈은 꿈쩍하지 않는다. 사람이 들어와도 깨지 않으니, 이를 어찌하나? M은 소파에 앉는 것이 뭣해 등받이 없는 의자에 앉아 그가 깨기를 기다렸다. 겨우 6급 공무원인데 소파까지 구비한 별도의 사무실에다, 부티 나는 치장하며 화분의 싱싱한 꽃들이 더욱 눈에 들었다. 한편으로는 전면이 유리로 된 5단 책장에는 업무관련 책, 업무 매뉴얼인 듯이 보이는 서류철, 소설책 등이 엉기성기 꽂혀 있었을 뿐이다. 파스란에서라면 사무의 성격상 특별한 경우 외에는 생각하기 어려운, 개별 사무실을 가지면서 누가 온 지도 모른 채 아무렇게 잠에 떨어진 6급이라니! 그러나 또 한편으로, M에게 파스란의 6급을 준다는 일이 있었다면 볼 것도 없이 변호사를 때려치웠을 것임에(아마 지금이라도 필경 그렇지를 않을까!), M은 지금 상황이 뭐가 뭔지 모를 바였을 것이었을 터이다.

도저히 언제 깰지 몰라 신문을 보던 M은 막 점심 뒤라 졸다가 신문이 바닥에 떨어뜨리고 몸이 흔들리기 시작했다. 앞으로 뒤로 좌로 우로 흔들리기를 계속하던 중, 몸이 왼쪽을 쏠리면서 의자와 함께 우당탕! 바닥에 쓰러졌다. 그 소리에 눈을 뜬 계장은 어리둥절 하는가더니 벌떡 일어나 "다, 당신, 누, 누구요?"라고 했다. M은 쓰러지면서 바닥에 부딪혀 아픈 정강이를 손으로 주무르며 "국경에 있는 산림감시소 앤 씨로부터 전해 들었을, 파스란에서 온 변호사 M입니다. 아주 편하게 주무시네요."라고 했다.

계장은 M의 위아래를 훑다가 깔끔한 정장의, 평소 보는 보따리장수들과는 많이 다른, 분명 많이 배우고 가졌을 것인, 게다가 못마땅하다는 말투에 어느 정도인지는 모르나 하여튼 변호사라고 하니 〈파스란 변호사가 이곳을 왜? 보따리라면 직접 봉투로 해결하지 변호사를 사지는 않는데? 대체 이 사내는 누구이며, 왜 여길…?〉이라는 듯 경계와 혼란의 와중에 있었던 것인지, 조심스레 입을 열었다. "변호사님이시라고요? 이곳은 어떻게? 아,

방금, 산림감시소 앤 씨라고 하셨나요? 그분이 왜요? 무슨 일과 관련해 앤 씨가 제게 가보라고 했나요? 일이 이곳과 어떤 관련이 있는 건가요? 무슨 일이신지…?"라며 계속 경계했다.

앤이 미리 연락을 하지 않았다는 건가? 생시초면인 사람을, 그것도 아쉬워 손을 내밀어야 할 공무원을 만나보라고 한 것은, 그것은 M에 대해, M의 사정에 대해 말해 둔다는 것인데… 이건 뭐지? 그 여자가 M을 돕는다는 말은 대체 뭘 어쩐다는 건가? 그때 급해서 쥐버린 돈은 어떻게 한다는 건지, 그 돈에 대한 그 소리가 대체 뭐지? 황당함에 빠진 M의 대답이 없자 계장은 왜 그러냐고 했다. M이 찾아온 이유를 이리저리 에두르자, 계장은 그런 것은 M이 알아서 앤의 존재를 드러내는 것일 뿐이라더니 풀썩! 소파에 앉아서는 "무슨 사정인지 들어나 봅시다."라고 했다. M은 소파 끝에 엉거주춤 앉은 채 대체 말을 더 잇지 못하자, 계장은 "이젠 얘기의 기본 사정을 알았으니, 이 나라에 오시게 된 경위든 뭐든 편하실 대로 실컷 말씀을 하시죠."라 했다. 그제야 M이 자신이 살아온 이력까지 덧칠하며 주절 후에, 계장이 입을 열었다.

"이력이 그렇게 화려하시다니, 뭐 나쁠 건 없겠지요. 그 '특별입법조사위원 모집'의 문제는, 글쎄요, 아마도 완전히 폐기된 것은 아닐 것입니다. 그렇다고 해서 진행되는 것도 아닐 것이고요. 그냥 캐비닛에 처박혀 있다가는 가끔씩, 정말 어쩌다가 한 번씩 공기를 마시는 정도로요. 로만공화국에서는 가부 간의 결론이 없이 그냥 방치되는 정책이 많은데, 그런 경우 그 시간이 너무 길다 싶으면 그건 사실상 폐기된 것이죠. 그러니까 그 건은 폐기될 만치의 방치된 시간이 흐른 것은 아니라는 말이지요. (M이 "아, 그렇군요!"라고 하니, 계장은 담배를 꺼내 물고 불을 붙이며) 아, 그렇게 단정할 것은 아니고요. 이 나라를 알고 왔는지 모르지만, 어쨌든 내가 대체 뭘 해드려야 하는지는 영 모르겠네요. 파스란에서 변호사나 하시지 왜 오셨는지 모르지만, 뭐, 변호사 노릇이 시원찮았나요? (6급에 지나지 않는 자의 말 꼬락서니라니! M은 담배를 꺼내 연기를 푹푹 품어대었다.) 아, 애연가이시네요! 그 일은 밑도 끝도 없을 것 같고 요즈음은 이런저런 성가신 부탁이 많아 피곤해서, 그럼 다음에…."라고 하고는 소파에서 일어나 회전의자로 가서 앉더니 완전히 돌려 몸을 눕혀버렸다.

별것도 아닐 것이라 여겼던 인간이 이렇다 할 겨를도 없이 M의 상황을 추락시켜버렸다. 어찌할 바를 모르던 M은 담배를 재떨이에 후다닥 꺼버리고는 자신도 모를 사이 계장의 방을 나와 버렸다. 그리고는 여직원에게 연락사무소장의 방이 어디냐고 물었다. 직원은 예약이 되지 않았으니 작성하라며 면담신청서를 교부해줬다. 신청서를 보니 면담이유의 기재사항이 너무 복잡해 그냥 만나겠다고 했다. 직원은 무슨 말이냐며 신청서를 작성하든 말든 그것은 M의 자유지만, 신청서를 작성해놓고 돌아가면 면담의 필요성을 심사한 후 그것이 인정되면 통상 1주일 후쯤에 면담 일정이 잡힌다고 했다. 그러면서 소장에 대한 면담신청은 그 인정되는 확률이 5% 미만이라며, 일들이라는 것이 대부분 실무직원의 선에서 처리되는 것이라고 했다. 그러고는 M의 그 용무도 그 대부분에 포함될 것임에 의문이 없지만, 면담신청서를 작성하고 아니고는 순전히 M이 좋을 대로 하는 것이라고 했다. M이 "내 용무를 말하지도 않았는데 포함될 것에 의문이 없다? 아, 그건 그렇고, 소장님은 몇 급이죠?"라고 했다. 직원은 "쓸데없는 소리!" 하고는 자신의 서류에 눈을 박은 채 M을 쳐다보지도 않았다. M은 이번에는 "말씀을 함부로 하시는데, 소장님의 방 어디죠?"라고 했다. 직원은 보던 서류를 들어 책상에 탁 치더니 "예약이 없잖아요!"라고 하고는 휑하니 자리를 떠 다른 곳으로 가버렸다.

소장실은 어디인가? 1, 2층 모두 둘러보아도 '소장실'이라고 표시된 곳은 없었다. 마지막 층인 3층에 오르니 그 입구에 책상이 하나 있었고, 책상 위의 텔레비전은 혼자 돌아가고 있었고, 책상 앞에 앉은 제복을 입은 사내는 졸고 있었다. 책상 앞에 〈이곳은 관계자 외에는 출입을 금하며, 소장실 방문객은 1층 민원담당자의 안내를 받아야 합니다.〉라는 표시까지 붙어 있는 것을 보아서도 그렇지만, 사내는 3층의 출입을 통제하는 경비원임에 틀림이 없으렷다. 발소리를 죽여 진입한 후 3층 여러 방을 휘둘러보았으나 역시나 소장실이라는 표식은 보이지 않았다. 경비원을 깨워서라도 알리려고 복도 끝에서 되돌아오던 중 어느 방에서 소리가 들렸다. 문을 열고 들어가 보니 책상은 많은데 사람은 없고, 다만 저쪽 끝에서 양복을 입은 채 바닥에 둘러앉은 사내들이 화투를 치고 있었다. 고액화폐가 어지러이 오가는 것을 보아하니 그냥 오락은 아닐 것이었다. 저들에게 물을 것인가 했지만 무슨 일인지 내키지 않았다. 역시 경비원을 깨우는 것이 낫겠다며 방을 나오려는 순간 갑자기, "당신, 누구요?"라는 소리가 들렸다. 화투 치던 자들 중 한 사내였다. 소장에게 건의할 민원이 있어 왔는데 경비원이 졸고 있기에 직접 소장실을 찾고 있다니까, 그 사내는 신경질을 내며 "그나저나, 관계자 외 출입금지라는 표시를 못 봤소! 소장님은 없소, 지금 없단 말이오! 본국에 출장으로 열흘은 걸릴 거요. 그런데 이 새끼가 졸아, 잘라버려야겠어!"라고 하더니 M을 밀쳐버리고는 뛰어나가더니 여전히 졸고 있던 경비원을 발로 차서 넘어뜨려 버렸다. 저장된 프로그램이 가동되는 듯이 바로 벌떡 일어난 경비원은 사내로부터 이유를 듣고는 이번 달 배당이 제외되면 땟거리가 없어진다며 손이야 발이야 빌고 있었다. 배당이 제외되다니? 이들은 '봉급을 배당이라고 부르는가?' 싶었지만, 열흘씩이나 소장을 만날 수도 없게 된 이 마당에 그딴 것에 신경 쓸 것이 아니었다. 도리 없이 또 체류관리계장을 찾아야 했다. 다시 M을 맞은 계장은 하려던 전화를 그만두고 담배를 꺼내어 물었는데, M은 쏜살같이 라이터를 꺼내어 그의 담배에 불을 붙였다. 계장이 소파에 앉자 M은 바로 맞은편에 엉거주춤 앉아 말을 꺼내었다.

　　—이런저런 길은 있겠지만 당장 어찌해야 할지는 답답합니다. 염치불구하고 우선은 지금 전화 한 통을 부탁드립니다. 저는 이 나라에 그냥 온 것이 아

니라, 뭐랄까, 제 일생에 있어 중요한 결심에 따른 것입니다. 국회에서 완전히 폐기된 것이라면 어쩔 수 없겠지만, 다만 그냥 방치된 경우라면 어떻게든 다시 진행되어야만 합니다. 이렇게 만나지 않았더라도 저로서는 이 주재사무소의 협조를 요청할 생각이었고, 이는 파스란 국민으로서의 권리에 해당한다고 싶습니다. 제 뜻은 그러니까, 현재의 상태에 대한 확인부터 부탁을 드리는 것입니다.

—어지간하군요. '권리' 운운하는 것이 그렇다는 거고요. 어쨌든, 알아보는 것이 전혀 불가능한 것은 아니겠지만, 그렇더라도 그 생겨먹은 것이란 게 무척 복잡합니다. 자, 그건 그렇고, 우선 나와는 대학도 전공도 같은 후배여서 반갑기는 하네요. 나도 그 대학을 나왔지만, 이런저런 사정으로 인해 사법고시는 못한 채 졸업하고 난 후에나, 그것도 한참이나 있다가 다시 공부해 법무사란 걸 되었네요. 멋도 모르고 덤볐다가는 공부의 양이 만만치 않아 몇 번이나 포기할 위기도 있었지요. 나이 들어 공부라는 것이 우선 집중이 어렵고, 이리저리 그렇지를 않소. 그런데 말이오. 그쪽 변호사 사정도 그럴 수 있겠지만 그놈의 법무사라는 것이 막상 현업에 나가보니 말이오, 날라리 장사치가 못 되는 이상, 다만 법을 아는 정도로는 밥 굶기 딱이더군요. 등기는 무자격자들이 덤핑으로 먹어치우니 뭐 할 게 있어야죠. '보따리'라고 불리는 그자들이 법무사뿐만이 아니라 변호사까지도 자격증을 빌려 시장을 휩쓰는데도, 거 참! 양쪽 자격자의 협회도 관련 국가기관도 말뿐인 근절이지 시장은 갈수록 개판으로 굳어질 뿐이었고요. 또, 내가 비중을 두었던 송무조차 인터넷과 법원 등에서 양식과 상담으로 본인들이 직접 해버리는 지경이, 참 할 말이 없더군요. 빌어먹을! 인터넷이라는 기술이 편리하다며 좋아라고 하는 사이, 그게 알고 보니 일거리 없애고 실직자 만드는 마귀더군요. 그리고 로스쿨 출신 변호사들보다 실력이 밑질 것도 없다는 생각이었지만, 이것도 웃기는 게 말이오, 법무사라는 것이 작성이니 대행이니 뭐니 해서 호랑이 담배 피우던 시절 '대서소'나 하라는 식의 규정으로 방치되어 변호사 쪽에서 먹을거리로 시비 붙는 빌미

가 되는 일도 있었으니(주렁주렁 사실과 법이라는 두 놈이 손잡고 주거니 받거니 미로를 풀어가야 일이 가능하고 돈을 받는 건데, 뭔 심부름센터를 하라는 건지, 그거야 그냥 굶어 죽으란 소리지!), 참, 그런 자격을 만든 국가한테 사기당한 건지, 무슨 이런 개떡 같은 자격증인가 싶었을 뿐이었고요. 현실이 저따위인데도 법무사라는 인간들은 개판인 제도와 이판사판으로 전쟁은 하지는 않고, 만날 무슨 연구니 세미나니 시국회의니 말잔치 따위로 타개한다고 자빠졌고 또 협회라는 것은 원래 노인정에 지나지 않았으니, 대체 그 꽉 막힌 머리로 어찌 그 시험에 된 건지! 결국, '이 짓으로 먹고살기가 어렵겠구나!'라는, 생각까지 그렇게 뿌리째 흔들려 하는 일이란 게 더욱이 제대로 될 리가 없었고요.

그 꼬락서니로 마이너스 통장 바짓가랑이만 잡고 있었으니, 허 참! 마누라고 자식이고 간에 사람취급도 않더군요. 지들끼리 치킨·족발 시켜먹고, 지들끼리 영화 보러 가고, 이사 갈 전셋집도 지들끼리 결정하고, 지들끼리 처갓집에 가고, 지들끼리 얘기하다가 내 낯짝 보이면 쉬쉬해버리고, 내가 한 가지 잘못하면 무슨 소리인지도 모를 수십 가지를 꺼내어 내 탓으로 돌리고… 모든 게 그렇게 가버리던데, 처음엔 난 억울하다! 부당하다! 뿔내고 그랬지만 모조리 소용이 없었다는 건데, 그럴수록 내가 더 나쁘고 초라한 놈이 되어버리니 말이오. 후배는 이런 걸 알는지 모르지만, 하여튼 그렇게, 그냥 미치는 거요!

그런데, 후배! 사람 죽으라는 법 없다는 말 있잖소. 오죽했으면 '이대로 세상 종 칠까!'로 깜짝깜짝 놀라던 차에, 바로 그게 내게 왔다는 거요. 이 주재연락사무소에서 특별채용을 한다는 거요. 그것도 딱 한 사람을. 그런데 그게 기껏 8급이었기도 하지만, 이 괴상한 나라에 올 사람이 없었던 거요. 나중에 알고 보니 그 '특별'이라는 것이 이 괴상한 나라에서 특별히 버틸 자를 뽑는 셈이었지만. 오십 대 일이니 백 대 일이니 하는 공무원에 딱 다섯이 지원했다는 건데, 뽑는 외무부에서는 법하고 역사 딱 두 과목 필기시험을 치른 후 일단 세 명을 1차로 합격시켰고요. 그런 후 2차 면접인

데 알고 보니 이게 진짜 시험이었소. 그것도 두 번이나 말이지. 처음 한 번
은 3시간 다음 한 번은 2시간을 그렇게 면접이란 걸 보는데, 먼저 것은 파
스란·로만 두 나라 사이에 관련되는 시시콜콜한 것들을 설명한 건데, 그
러니까 수험생에게 묻는 것이 아니라 지들이 썰을 푸는 거 말인데, 웃기지
요! 그리고 다음은 이곳 근무에 관련해서 생각을 말해보라는 거요. 생각은
무슨 생각? 돈 준다는 거니 온 건데. 그런데 이날은 1명은 포기하고 오지
않았거든. 난 손톱만큼도 그럴 수 없었지만 웬만해서는 첫 번에 질려버렸
으니 그럴 만도 했겠지. 어쨌든 남은 둘이서 각오를 다지니 어쩌니 했는데,
참, 끝까지 같이 면접을 본 그놈도 어지간히도 갈 데가 없었던 거지요. 결
국 내가 된 건데, 글쎄, 아무래도 내가 더 끈질기다고 여겼던 것 같았고 또
그놈보다 나이를 더 먹어 사람 다루는 데 나을 것으로 보았을 것이 아닌가
싶긴 하고요. 그 막무가내로 국경을 넘나드는 보따리장수들 하며 말이오.
아 물론, 그놈보단 내가 더 법물을 먹은 건 있었지만, 지랄, 일해 보니 실제
는 법 따위가 중요한 게 아니었더군요. 서류나 형식상은 맞춰야 하니 법을
아는 자를 말이오. 세상 참, 재밌어! 어쨌든 합격이라는 것을 하고 나니 말
이오. 이 마누라가 말을 다 붙이고, 희한한 반찬을 올리고, 칼로 다려진 옷
을 내놓고, 동창회든 뭐든 나가지 않던 곳엘 뻔질나게도 가서는 지 남편이
외교관으로 뭐가 어쩌다는 등으로 하는 거 있지요. 두 아이는 지들대로 내
게 붙어서 조잘대고, 뭐 그렇게 말이오. 매달 꼬박꼬박 자신의 통장으로 돈
들어오는데다가 요즈음 시원찮아 그렇지만 월급 외에 봉투도 오고 하니
그건 그렇다고 치지만, 지난번 갔을 때는 나중에 정년퇴직 후 연금이 얼마
인지 몇 번이나 묻던데 내가 그것을 계산해 본 것도 아닌데 말이지.

어쨌든 나는 그렇고, 우리 후배는 법학박사 학위까지도 보유한 로스쿨 출
신의 변호사인데, 글쎄, 이미 학력 인플레이는 물론이지만, 변호사도 넘치
는 파스란이지요. 물론 변호사도 장사니까 능력이 말하겠지만, 그런데 그
게 말이지, 개인의 능력이 얼마나 벌어줄까? 후배의 사업능력이 어떤지
모르지만, 하여튼 말이오. 파스란에서 대기업들은 변호사를 평사원으로

채용하는 일도 다반사이던데, 그런 입사에도 경쟁들이 치열하더군. 그야 말로 변호사란 게 이젠 1%의 특종전관이 아닌 한 흘러간 가락이 된 셈이 랄까? 지금 내 말은 후배가 어쩌다 그런 게 아니라 변호사인 후배를 이렇 게 만나니 이러저런 옛일들이 불쑥 기어 나와 새끼를 치니 말이오. 그런데 요즘은 마눌님이 그 봉투란 걸 구경 못해 그런지 풀이 죽어 가지고는… 신경 쓰이기는 하지만, 뭐, 도움이 안 되는 종류의 입국자들이 많은 때도 있고 그러니, 그건 그래.

자, 그럼, 후배 님의 그 강렬한 뜻은 지지하는 거지만, 그게 말이오, 이리저 리 복잡한 사정이 있긴 하네요. 복잡 미묘한 양국 관계의 특성, 주변 강대국 들의 이 나라에 가하는 변덕스런 간섭들, 로만공화국 내의 복잡한 정치적 함수, 이 주재사무소라는 것이 영사관도 단지 심부름센터도 아닌 것이 더 욱 애매하게 하는 점, 그리고 이 사무소 자체의 의사결정의 양태가 다른 행 정조직과는 많이 다른 점 등으로 인해… 이 건에 관한 내 운신이 어떤 것이 며 어디까지인지가 지금으로서는 영 모르겠네요. (소파에서 일어나 자신의 책 상 쪽으로 가면서) 그러니까, 시간이 좀 필요하다는 얘기겠네요. 그 시간이라 는 것이 길어질 수도 있다고 보아 일단 파스란으로 돌아가서 기다려 보는 것은 어떨까? 그게 차라리 우리 후배 님에게 편할 것은 아닌가 하는 생각도 없지는 않네요.

이후 계장이 책상에서 무슨 서류를 만지면서 이런저런 말을 하던 중 어 딘가에서 전화가 왔다. 인상을 구긴 채 듣던 계장은 "뭐라고? 야! 그 쌍놈 의 새끼에게 그렇게 잔머리 굴리면 다시는 이 나라에서 그따위 장사 못한 다고 전해. 로만 사람들은 아무것도 모르고 그 물건들을 그렇게나 많이 사 줬지만, 솔직히 파스란의 기준으로 보면 사기장사잖아! 그거, 내가 눈을 감아줬다는 것은 알면서 그놈이 그렇게 나온다면 더 이상 볼일 없잖아! 너 는 중간에서 똑바로 하란 말아야! 그리고 이 나라 방방곡곡에서 벌어먹는 그자의 수족들은 여차하면 손발 묶일 수 있고, 도저히 안 되겠다는 싶으면 그 수족들이 처벌될 수도 있다는 것도 전해. 그러면 그때는 그 자도 같이 콩밥을 먹을 수 있다는 것을 알겠지. 알았으면 제대로 전해!"라고 하고는 전화를 끊어버렸다. 이어 어딘가로 전화를 하더니 '국장님'이라고 부르는 상대와의 골프 얘기를 하고 있었다.

아예 M을 잊어버린 듯이 전화가 길어지자 M은 슬그머니 건물 밖으로 나와 담배를 빼어 물었다. 계장의 파스란에서의 법무사 타령은 M의 파스란에서의 변호사 타령을 대신한 것과 다를 바 없다. M은 갑질하면서 파스란에서의 두렵고 이가 갈리는 M의 기억을 강제한 계장을 한 대 갈겨주고 싶었지만, 다시 길이 막혀버린 지금 그게 문제가 아니었다. 그런데, '국장님'이라고? '국장'이라면 3급이나 2급 정도일 텐데, 파스란의 6급은 로만의 2~3급과 어울린다는 건가? 그나저나, 지도 알고 나도 아는 썰을 굳이 늘어놓은 저놈의 계장은 대체 얼마가 필요하다는 거야? 그 기준은 줘야 할 것이 아닌가? 앤에게 전화로 얼마이면 적당한지를 물어보니, M이 파스란으로 돌아가 기다릴 것을 권유했던 점을 고려해야 할 것이 아니냐고 하고서는, M과 같은 사례는 없었을 것이기에 M이 알아서 해야 할 것이라고 했다. 그러면서 자신이 승진하거나 더 좋은 자리로 이동하는 문제에 관해 부탁할 사람에는 그 계장도 포함될 수 있다고 덧붙였다.

4

엘린의 꿈

M은 호텔 옥상에서 저 멀리 국회의사당의 건물들 중에 산자락에서 비켜나 있는 일부라도 보려고 눈을 모았다. 호텔에서 걸어서 가기에는 도저히 아니었다. 왜 저리도 깊은 산 속에 들어서 있을까? 저곳에서 이 나라의 중요한 일들이 논의되고 결정될 텐데, 국회의원과 소속직원 외에도 부지기수의 사람들이 들락거릴 건데, 왜 저곳에. 국회의원, 직원, 연구원, 위원 등 수많은 종사자들을 위한 주택이 의사당 가까이에라도 있다는 건가? 병원은, 약국은, 슈퍼마켓은, 식당은, 사우나탕은, 찻집은, 룸살롱은, 헬스클럽은… 내게 필요한 저것들이 모두 가까이에 있다는 건가? 특별입법조사위원의 월급은 얼마이며, 보너스는 몇 개월 간격으로 나오며, 살 집은 나오는지, 집의 규모는 어느 정도인지. 정말 3급 정도가 되는지, 얼마나 오래 근무할 수 있으며, 근무기간이 끝난 후에는 그 조사위원 수준이나 그 이상의 다른 자리가 보장되는지…. 외국에서 그것도 훨씬 난해한 사이인 파스란에다가 사람을 찾은 이상, 틀림없이 상당한 보장책이 마련되어 있을 것이다. 그렇지 않고서야 파스란 사람으로서 그 자리에 올 자를 어찌 기대할 수가 있겠는가! 파스란에서 M이 변호사로서 버는 것보다는 적어도 3배나 그 이상의 보수를 비롯해 모든 편의가 주어질 것이고 또한 의문이 없는 것이렷다.

특별한 입법위원의 자리를 신설하는 계획이 국회에서 중단된 것은, 무슨 논리적인 필연성 같은 것이 있어서가 아니라 필경 단지 그들 국회의원들 사이에 생각이 달라서 일 것이다. 그렇다면 저 계획을 먼저 꺼내었거나 지금도 저것의 시행을 원하고 있는 국회의원들이 다시 진행시키면 될 것이다. 그러기 위해서는 해당 의원들이 다시 움직이도록 누군가 외부에서 그 계기를 줘야 한다. 그자는 누구인가? 국회의원을 설득하거나 압박할 수 있는 자, 또는 그들이 안달 나게끔 무슨 흥밋거리를 붙일 수 있는 자가 필요하다. 그 '흥밋거리'라는 것은 무엇일까? 무엇이 되어야 할까? 이 나라의 관심을, 이 나라 국회의 상태를, 이 나라 국회의원들의 흥밋거리를 모르는 M이 아는 자라고는 앤, 넬리, 그리고 주재사무소 계장이 전부이다. 두 여자는 보나 마나 그럴 힘이 없고, 계장은 대가의 정도를 비롯해 너무나 난해하다. 그를 통하는 것이 소득은 없이 돈만 날리거나 시간만 낭비하는 결과일 가능성도 완전히 배제할 수는 없지를 않은가! 그럼 누구인가? 이 나라에서의 어떤 성취가 있을 뿐, 파스란으로 돌아가는 길은 이미 M 스스로 잘라버렸지 않은가!

M의 뒤쪽에서 '딱딱' 하는 소리와 함께 애원하는 듯이 하는 웬 여자의 소리가 들렸다. 옥상층 스카이라운지 레스토랑에서 흘러나왔다. M이 레스토랑을 들어서자 남자종업원이 입장을 막았다. 저쪽 구석에서는 중년의 사내가 회초리로 제복을 입은 여종업원의 엉덩이를 매질하고 있었고, 그녀는 애원하면서도 마냥 견디고 있었다. 종업원은 미리 허가된 사람 외에는 들어올 수가 없다고 한다. 관리와, 사인이더라도 공무를 수행 중에 있는 사람과, 특별히 허가받은 기업체 임직원과, 위 사람들이 동행하거나 확인을 해준 사람만 출입이 가능하다고 한다. 파스란에서라면 '멤버숍'이라는 얘기였다. 입장이 허가되려면 회비를 낸 후 회원으로 승인되어야 하며, 회비의 액수는 관리에서 사인들까지 신분에 따라 다르며, 관리에서 멀수록 신분이 낮을수록 그 금액이 높다고 했다. 매질이 있는 저쪽이 자꾸 신경 쓰였다. 다시 보니 매 맞는 여자는 넬리였다. 순간 M은 가로 막아서서 주절대던 종업원을

제쳐버리고 뛰어들어, 두 팔을 벌려 매질하는 사내의 앞을 가로막았다.

놀란 사내는 멈칫하다가는 "당신 누구야, 지금 뭐하는 짓이야!"라며 M에게 삿대질을 했다. 그 틈에 넬리는 달아났고 사내는 그녀를 뒤쫓으며 '서라, 이년!'을 외쳤다. 도망가고 따라가며 의자며 기물이 넘어지고 난장판이 되고 있었다. M의 시선이 그 둘의 뱅뱅 도는 선을 바삐 따라가고 있던 중 넬리가 날 듯이 뛰어들어 M의 등 뒤에 바짝 붙어버렸다. 사내는 M에게 비키라고 하고 M은 또 두 팔을 벌려 사내를 막았다. 사내가 제압하려고 M의 멱살을 잡고 난 순간, 넬리가 "위원님! 관리라고, 몇 급이라고 말씀하세요. 빨리요, 빨리!"라고 외쳤다. 그 말이 떨어지기가 무섭게 사내는 "과, 관리라고요?"라고 하면서 황급히 멱살잡이 손을 놓고 두어 발 뒤로 물러났다. M이 고개를 돌려 등 뒤에 숨은 넬리에게 "급은 왜요? 그런데 당신, 뭘 잘못한 것이오?"라고 하자, 넬리는 매질하는 자가 들으라는 듯이 "그건 나중이고요. 빨리 3, 3급이라고 하세요!"라고 크게 말했다.

그때 어디선가 눈부신 금발에서부터 발끝까지 홀라당 정신 잃게 할 여자가 나타나더니 매질하던 사내에게 "물러나!" 하고 외쳤다. 사내가 엉거주춤 물러나자 여자는 "그렇게 눈치가 없어!"라고 함과 동시에 사내의 뺨을 갈겨버렸다. 자신을 엘린이라고 소개한 여자는 허리를 꺾어 절하고는 M을 별도의 룸으로 안내했는데, M은 여자의 머리칼과 눈과 입과 허리와 다리가 내뿜는 빛에 이미 정신을 잃고 있었다. 룸은 욕실 겸 화장실이 부착되어 있었고, 큰 탁자, 디귿 자의 고급소파, 특수조명, 음향시설 등이 갖추어 있었다. 레스토랑 홀에서 오기까지 오픈 된 커피숍을 지나 이곳 룸과 같은 외관의 몇 개의 방을 지나온 것 같은데, 그렇다면 이곳은 단지 레스토랑이 아니라 위락의 메카와도 같다는 것인가? 여자는 M에게 소파에 앉기를 권하고는 바닥에 무릎을 꿇더니 몰라보았다며 연신 상체를 주억거렸다.

이 갑작스런 태도를 알 수 없는 M은 엉거주춤 일어나며 "이, 이거 왜 이래요. 그쪽이 무슨 잘못을 했다고 이러는 거요. 일어나요!"라고 했다. 여자는 다시는 이런 일이 없도록 하겠다고 할 뿐 일어나지를 않는다. 터무니없는 이따위 죄의 고백이 짜증스러웠던 M은 "내게 무슨 죄를 지었다고, 지금 이게 뭐하는 짓이오. 일어나라니까요!"라고 소리를 쳤다. 새파랗게 질려 있던 여자는 M의 반응이 이해할 수 없다는 듯이 "예? 제게 하실 매질은 어떻게 하실런지…."라고는 M을 곁눈질하고 있었다. M은 눈길이 마주치자 바로 피하는 엘린을 일으켜 소파에 앉혔다. M은 정신 차리라며 엘린의 어깨를 두드리고는 무슨 일인지 말하라고 했다.

엘린은 무엇을 묻는지 모르겠단다. 거참, 뭘 묻다니! M은 그 여종업원이 무슨 잘못을 했기에 매질까지냐고 따지듯 물었다. 엘린은 '호텔에 투숙한 관리에게 사랑을 받고도 자진해서 신고를 하지 않았고, 거기다가 사랑을 받은 일이 없다고 거짓말까지 한 죄'라고 대답했다.

— 사랑이라고요? 그래, 좋아요. 어쨌든, 사랑받은 게 죄가 되다니요?
— 승진이나 다른 일자리를 약속받으려는 것이 틀림없을 건데, 그 아이는 끝까지 아니라고 하고 있습니다. 그래서 사랑을 받은 것에 대해 수수료를 부과했고, 거짓말을 한 것에 대해서는 매를 맞은 것입니다.

허! 이 여자도 그 지긋지긋한 사랑타령이네! 그녀가 내 방에 들어왔던 탓이었구나! M이 넬리에게 부과했다는 수수료를 취소할 것을 요구했다. 엘린은 그건 규정을 어기는 것이며 M의 말을 납득할 수 없다고 했다. M은 "그 여종업원은 내가 아는 사람이기도 하지만, 어쨌든 내가 당신의 책임을 묻지 않는 대신 무조건 취소하시오."라고 명령하듯이 다시 요구했다. 말을 하고 보니 이 여자의 책임이라는 것이 뭔가 싶었다. 엘린은 고개를 갸우뚱하더니 "그 아이를 아신다고요? 그, 그런데… 아까 3급이시라고 들었습니다만, 어느 관청에 계시는지…?"라고 말을 흐렸다.

아, 빌어먹을! 또 위기네! 국회다, 국회 어느 부서냐, 입법조사부이다, 무슨 위원이냐, 특별입법조사위원이다, 그건 뭐하는 직책이냐, 특별한 입법을 위해 연구하고 조사한다, 그 직책이 3급이냐, 그렇다, 처음 보는데 이곳에는 어떻게 왔느냐, 호텔에 투숙 중인데 옥상에 바람 쐬러 왔다, 언제부터 투숙 중이냐, 3일 되었다, 무슨 일로 투숙한 것이냐, 자료를 검토하고 연구하려고 왔다, 언제까지 있게 되느냐, 앞으로 3일 정도 더 있을 것이다, 비서는 어디에 갔느냐, 심부름 보냈다, 그 여자청소원은 어떻게 해서 아느냐…? 급한 일이 있다며 그냥 빠져나가야 하는가? 사실이 드러나면 이 호텔에 더 이상 있을 수 없을 테고… 그리고, 그리고… 에라 모르겠다!

─ 로만공화국이 초빙한 파스란국인으로서 국회소속의 특별입법조사위원이오. 국가의 중요한 정책개발과 관련된 특수임무이기에 외부에 공개되지 않고, 국회에서도 일부 관련 의원 외에는 나의 존재를 모른다고 보면 대충 맞을 것이오.

─ (놀라 눈을 동그랗게 하였다가는 상체를 M쪽으로 쭉 밀고 갑자기 활기를 띠며) 파스란에서 오셨다고요? 외국인 중에서도 더구나 파스란인으로서 3급까지라니! 저로서는 그냥 놀라운 것 외에는 뭐가 뭔지 모를 지경이에요. 이곳에도 가끔 외국인들이 오지만 모두들 하루 이틀 묵고 가거나 로만 관리와 동행해 식사나 술을 마시는 정도인데, 정말이지 이런 경우는 없었어요. 동행하는 그 관리들도 6급을 넘지 않고요. 그 정책개발이 끝나면 파스란으로 돌아가시겠네요. 가시면 무슨 일을 하시나요? 입법이라고 하시니 파스란에서 법하고 관련되는 일을 하셨겠네요? 좀 자세히 말씀해주세요. 사람들이 어떻게 사는지부터 해서 파스란에 대한 것이라면 하나하나 모두 알아야 해요. 관리들과 같이 온 파스란 분들도 전혀 말하지 않거든요. 비록 저가 지배인이더라도 식사나 술자리를 시중드는 저에게 관리든 그분들이든 말을 삼가는 것이

겠지만, 그분들끼리 있을 때에도 파스란에 대한 말은 그리 없거든요. 방송과 신문도 파스란에 대한 비난이나 비판이 아니면 없고요. 여기는 잠시 계시는 것이 맞죠? 오래지 않아 끝나면 바로 돌아가시는 것이 맞죠?

— (죄인으로 죽었던 여자가 왜 갑자기 호들갑일까 싶었지만 엘린의 질문이나 궁금증 따위는 들리지도 않았다는 듯이 하면서도 놀라며) 지배인이라고요? 그럼 이 레스토랑의 책임자라는 말이오. 단지 식당을 넘어 커피숍과 수 개의 룸을 포함하는 이곳을, 관리들과 힘 있는 사람들이 드나드는 이 크고 고급스런 이곳을 관리하는 지위에 있다는 건가요? 그것도 여자로서! 이거야 원, 놀라자빠질 쪽은 진즉에 나이네요. 그 많은 관리들이 드나드는 곳이니 그럼 정부 부처들도 국회도 잘 알겠네요. 그 사람들을 많이, 그리고 친하겠네요. 그런데, 여기 오는 사람들은 6급 이하라고 했나요? 그렇지만 그들을 통해 더 높은 관리에 대해서 얘기도 듣고 이리저리 알 것이네요. 그렇지요!

— 물론 지배인으로서 지시를 하고 모든 관리를 하죠. 그렇지만 복잡한 사정들도 있어요. 6급보다 높은 분들에 대해서도 물론 듣고는 있지만, 저가 들은 것들이라는 것이 정확한지는 늘 의문이고 또 다른 한편으로는 설령 안다고 여겨지는 것들도 함부로 발설할 수는 없는 거예요. 이미 지금 그렇게 높은 곳에 계시는데 굳이 그런 것을 알아서 무엇을 하시겠습니까만, 어쨌든 그래도 사정을 잘 모르는 외국인이라는 입장에서 아시겠다는 취지라면, 그런 사정이라면 그건 천천히 말씀드려도 될 성싶으니 저가 묻는 돌아가시는 것에 대해서부터 알려 주세요.

— 이런 건 성급히 드러낼 것이 아니지만, 당신이니까 꺼내는 것이오. 바로 당신이니까! 그래서 당신이라는 사람의 삶과도 관련될 수 있는 것으로서의, 그 내 삶의 계획을 지금 세워야 해요. 아, 물론 굳이 알려고 나서면 이리저리 해서 대강은 알 수 있겠지만, 무릇 모든 일은 시간과 경제를 특히 생각해야 하지를 않나요? 무엇보다 다른 경로가 아닌 당신을 통하고 싶다는 건데, 이는 알고 싶은 것 그 이상으로 당신 그 자체가 중요한 것이며 또 당신을 통해 알아야지 그로써 당신 자체가 소중하다는 것이 실현되는 것이고요. 파스란

에 대한 궁금증은 언제든지 얼마든지 풀어놓을 터니, 제발 당신이 가진 이 곳에서의 경험에 의해 얻은 것들을 알려주길 부탁하오. 내 삶의 계획은 먼 미래에까지 닿는 것이니, 단지 그 위원의 직만이 내 삶의 전부는 아니요. 물 론 시간과 상황에 따라 전혀 다른 그 무엇으로 변형될 수 있고, 또 불가피해 귀국해버릴 경우도 전혀 배제할 수는 없을 것이지만요. 그러니, 그게 뭐든 내가 원하는 바에 관련 것을 가능한 세심한 것까지 부탁하오.

서로 자신이 원하는 바를 상대방이 풀어주기를 계속 주장하는 가운데 둘 은 지쳐버렸고, 각자 소파에 퍼 늘어져 천장만 멀뚱히 바라보고 있다. 그러 는 것이 영 재미가 없었던지 엘린은 전화로 직원에게 박스째 맥주와 안주 를 가져오라고 했다. 거듭 술잔을 비우면서 더 이상 지금까지 자신들이 원 했던 바의 주장 따위는 사라지고, 피차 뭔지도 모호하고 알아듣지도 못할 자신의 말만을 하고 있었다. 주거니 받거니 하는 술과 함께 말과 말이 단절 된 시간이 계속되던 중 엘린이 "잠깐!" 하며 벌떡 일어났다. 휘청대는 다리 에 혀는 이미 꼬부라져 "아까 한 말, 그거 뭐요? 예? '당신이라는 사람의 삶 과도 관련될 수 있는 것으로 내 삶의 계획을 지금 세워야 한다. 당신 그 자 체가 중요하다, 소중하다.'라고 했잖아요! 분명 그랬어요. 그게 대체 뭐예 요? 예? 뭐냔 말예요?!"라고 했다.

M도 일어나서는 휘청대는 다리를 곧이 잡는 듯 버티며 "그건, 단지 내 가 알고픈 정보의 차원을 넘어 '그것과는 전혀 성격이 다르면서 훨씬 중요 한 한 사람을 진정으로 만났다!'라는 것이지만(전혀 예기치 않게 내게 온 것이 지만요.), 사실은, 정말 사실이지 당신을 처음 보는 순간부터 얼어버렸다는! 다른 것들은 모조리 없어져 버리고, 바로 당신이 내게 꽉 차버린 것이오. 사 무적이거나 일시적인, 오히려 만남 뒤에 필경 가진 어지러움이 먼저 길을 막아버리던 그런 모든 만남이 아닌, 최초의 전율에 빠진, 그 전율은 기어이 당신과 내 삶까지 하나로 꽁꽁 묶어버릴 것만 같은, 이제는 그게 더 깊어만

가고…."라고 사뭇 진지하게 힘주어 말했다.

엘린은 "오, 주여! 저와 똑같다니! 이런 운동은 어떠세요?" 함과 동시에 덮쳐 M의 끌어안아 버렸다. M은 혀로 엘린의 목덜미와 얼굴을 핥는다. 엘린의 모가지가 시퍼렇게 부풀 지경에 이를 즈음에 M의 손이 그녀의 가슴을 파고든다. 둘은 쓰러지고 엉키고, 두툼한 카펫이 깔린 바닥을 뒹군다. 뼈가 산산이 조각나라 끌어안고 씩씩대며 한참이나 뒹굴던 중, 엘린은 M의 귓불을 빨면서 "근데요, 그 특별입법조사위원은 구체적으로 어떻게 해서 된 거예요?"라고 했다. M은 멈칫하며 엘린으로부터 떨어지는 듯이 하더니 더욱 바짝 붙어 손을 엘린의 치마폭으로 넣으며 "그런 질문은 지금 우리의 사업에 방해가 되잖아요!"라고 했다. 엘린은 M을 더욱 파고들면서 "이 전율이 둘의 삶을 하나로 영글게 하려면, 그것을 기꺼이 받아들여지려면, 말씀을 하셔야죠. 그렇지 않고서는 어찌 위원님의 삶 안으로 들어설 수 있겠어요. 내가 모르는 분에게, 내게 미진한 분에게, 겉으로만 아는 분에게, 그렇게 나를 완전히는 내려놓을 수 없는 분에게 맴돌다가 실지로는 그 무엇도 드릴 수 없을 것이고요."라고 한 후 벌떡 일어나 날카로이 "빨리요! 작은 것들까지 모든 것을~요!"라고 했다. 특별입법조사위원은 구체적으로 어떻게 해서 된 것이냐? 네놈이 정말 특별입법조사위원이냐? M은 멈칫하다 '설마!'라며 넘어갔지만, 저렇게까지 단호히 것은 '설마'가 아닐 수도 있다는 건가?

M은 소파에 앉더니 엘린에게도 앉으라고 한 후 맥주 한 잔을 벌컥 들이키고서는 "입법위원으로 초빙이 된 것인데, 그럴 만한 자격과 능력에 따른 것이겠지만 로만의 국가차원에서 이뤄진 것이니 어쨌든 나에 대해 특별한 뭔가를 인정한 것이겠지요. 이 나라에도 법학자와 법률가는 있지만 아직은 지적인 것이든 시야이든 그 정도가 좁고 낮고, 그렇다고 해서 지적인 토양이 부족한 나라에서 단시간에 어찌할 수도 없는 것이고, 그래서 할 수 없이 나 같은 법률가를 부를 수밖에 없었다고 보고요. '특별'이라는 것은 물론

뭔가 특별한 변화를 위한 것이겠지만, 초빙 그 자체가 특별했다는 뜻도 없지는 않을 것이지요. 대강이라도 보면 내가 할 일은 이 나라에서 주문하는 특별한 법리를 연구·조사하고 그 결과를 국회에 제출하는 것이오. 또 필요에 따라서는 이 나라의 법학자나 법률가에게 그들이 모르는 법률이나 법리를 알려주는 일도 있기는 할 것이오. 저런 것들을 통해 법률도 결국 문화이듯이 선진의 문화를 알게 하고 꽃피게 한다는 것, 그 자체가 사람을 흥에 들게 할 것이고요. 그러니 파스란에서보다 로만에서 일하는 것이 뭔가 유리할 것인가 하는 문제는, 그리 고민할 것이 없는 것이고요. 조사위원으로서의 기한은 따로 없다더군요. 언젠가는 주어진 일이 종료는 하는 때는 그때는 내가 원하면 더 머물러 뭔가는 할 것으로 보는데, 색다른 존재로서 어떤 관리로 남는다든지, 법학교수나 변호사로 일을 한다든지, 아니면 다른 뭔가의 특별한 사업가가 된다든지 말이오.

내 애기는 일단은 여기까지로 하고, 어쨌든 지배인인 당신이 관리들을 잘 안다는 그 자체는 분명할 것이 아니오. 정리를 하면, 우선은 당장은 이곳 사정을 조금이라도 더 알아 내 일에 도움이 되거나 사람들에게 실수를 줄이고, 다음으로는 이 나라에서의 나의 미래를 그리는 데에도 어쨌든 도움이 되고픈 것이오."라고 했다.

맥없이 듣고 있던 엘린은 "아니야, 그건 아니야, 아니란 말이야!"라고 하고는 울면서 뛰쳐나가 버렸다. 무슨 일인가? 뭐가 아니란 건가? M의 입장과 포부와, 그래서 M이 알고 싶은 것을 말한 것과 엘린의 저 갑작스러움 사이 무슨 어그러짐이 있었다는 건가? 단지 삐침이나 화를 넘어 울기까지라니? 무엇보다, 얼마나 만나 대체 무슨 정이 들었다고, 운다는 말인가? 허! 울어야 할 만큼 절절함이라 게 뭐란 말인가?! 터무니없는 엘린의 울음이 끼어든 이 괴상함이란 뭔가? M은 엘린에 대해 스스로도 납득지 못하면서도 갑자기 무슨 답이라도 발견했다는 듯이 황급히 밖으로 나가 엘린을 찾았다. 종업원은 그녀가 볼일이 있어 외출했다면서 한두 시간 후에 돌아온다고 말했다고 했다. M은 무슨 대단한 것인 양 힘주어 엘린이 돌아오면 이유를 알게 되었다고만 전하라고 말하고, 다시 룸으로 돌아와 맥주를 마시다가 소파에 잠이 들었다.

— 사장님, 사장님, 제발 한 번만 더 들어주세요. 전관특혜는 없습니다. 실제로는 그렇지 않습니다. 법조계 사람들이 이미 없어진 것을 속이는 것입니다. 사람들이 있는 것으로 오해하는 것을 이용해 먹는 짓입니다. 형사사건조차 없다시피 할 정도로 한참이나 변했는데, 민사사건에서 전관특혜라뇨! 그런 말을 하는 곳에 일을 맡기면 바가지 쓰는 것입니다. 저는 이 사건과 같은 종류에 누구보다 경험이 많고, 사안에 대해 많은 시간을 들여 검토까지 마쳤고요. 그런데도 지금에서 이러시면 정말 곤란합니다. 정 그러시면 수임료를 낮추겠습니다. 착수금을 반만 주시고 나머지는 나중에 받아도 좋습니다. 성공보수도 절반으로 줄이겠습니다. 제발 제 말을 믿으시고, 사, 사장님….

— 변호사 양반, 손가락 크기가 다 다르듯 변호사라고 다 같은 것이 아니라는 것은, 세상이 아는 것이오. 등산 다니다가 어떻게 알게 된 자가 꾸는 알랑방귀에 넘어가 당신에게 맡겼지만, 이제 당신은 아무것도 아닌 것을 알게 된 이 마당에, 무슨 말이 그리 많소. 오죽했으면 여기 내 집까지 찾아왔겠느냐마는, 그 오죽하다는 것이 모든 것을 말하는 것 아니오. 지금 바쁘고 달리 할 말도 없으니 이것으로 그만….

사장은 M을 밀쳐 몰아내고는 문을 닫아 버렸고, M은 비틀대다가 넘어지면서 잠에서 깼다.

눈을 뜨니 코앞에서 엘린이 무슨 일이냐고, 나쁜 꿈을 꿨느냐고 물었다. 여전히 비몽사몽인 M은 아무것도 아니라고 했다. M의 갈증을 알았던지 엘린이 건네준 물이 가득한 큰 잔을 단숨에 비우고 벽시계를 보니, 잠든 지수 시간이 지난 것 같다. 맞은편 소파로 건너가 앉아 있던 엘린은 오래 기다렸느냐는 M의 물음에, 외출에서 돌아온 지 얼마지 않았다고 하고는 M이 자신의 객실에 돌아가 있을 줄로 알았다고 했다. 엘린은 M이 괜찮음을 확인하고는 어떤 이유를 알게 되었다는 것이냐고 물었다. M은 그것보다 먼저 엘린이 왜 울었냐고 했다. 엘린은 M의 태도로 보아 자신이 파스란으로 가지 못할 수도 있어 너무 슬펐다고, 태연스레 말했다. 기껏 그것으로 울었다고?! 그나저나 당신이 파스란에다가 뭘 기대하는지는 모르지만, 현재 당신의 이 자리보다 나을 일은 없어, 절대! 이어 M은 좌고우면할 것 없이 이미 예정된 바를 내려놓으면 그만이라는 듯이 일사천리로 나아갔다.

　— 파스란에서 나는 법학박사의 학위를 가진 변호사인데, 학위에 의한 강의는 가끔씩 했고(빌어먹을, 구걸해서 일시 때운 외래강사였다!) 주로 변호사로 활동을 해왔소. 이 나라에서 입법위원으로서 일이 끝나면 파스란에 돌아갈 수도 있을 것이오. 내 뜻은 이 나라에 남는다는 것이지만, 미래는 알 수 없는 것이니까 얼마든지 그럴 수는 있다는 것이오. 남고 싶어도 이 나라의 사정에 의해 그럴 수 없다든가, 남는 것보다 돌아가는 것이 유리하다든가, 일은 이곳이 유리하더라도 그것이 그리 대단치는 않다든가(예를 들어, 파스란에서의 자유로움을 보상할 수는 없다든지 말이오.), 그 외에도 일의 유리함만을 따지면 당연히 남는 경우더라도 어떤 특별한 사정이 있다든지…. 그렇게 파스란으로 돌아갈 이유야 얼마든지 있을 수 있지를 않겠소. 사람 산다는 것이 미래를 몇 가지로 잡아 묶어 둘 순 없는 것이 아니겠소.
　파스란의 사람들이 어떻게 사는지부터 해서 모든 것이 궁금하다는 것은, 그런데 이것은~요, 어떻게 말해야 할지 난감한 면도 있네요. 그도 그럴 것이, 너무 광범위한 것이기도 하지만, 사실 그곳에 살아보지 않고는 누구의 말로써 실제를 알기는 어렵다는 것을 말이오. 그렇지만 로만과는 크게 다르다는 사실 그 자체는 분명하고요. 그 차이를 큼직한 것만 대충 예로 들어보면… 물론 로만보다는 국토도 인구도 훨씬 크고 많고, 누구든 자유롭게 말할 수 있고, 신문·방송이 권력의 눈치를 그리 보지 않고 각기 제 목소리가 있고,

이 나라에는 아직 없는 인터넷이라는 것이 있어 정보·지식을 쉽게 얻고 사람 간 소통에도 도움이 되고 있고, 이런저런 주장의 시위·집회도 자유로운 편이고, 대부분은 남녀의 차별 같은 건 없으며 남녀 간의 사랑이나 성에 대해 외부의 간섭이 거의 없고(차별이나 사랑 같은 것은 더 자세히 구분은 해야 하는데, 하여튼 그래요.), 공무원(이 나라에서는 '관리'라고 불리는 것 같지만요.)은 생활의 안정을 누리는 정도이지 그렇다고 해서 무슨 군림한다든지 하는 것은 생각하기도 어렵고, 경제적으로도 물론 로만과의 비교할 바는 아니지만 서민들도 어쨌든 다양하고 좋은 물건을 사용할 수 있고, 기업과 은행이 발달해 있고, 외국과의 교역이 활발하고, 해외여행도 자유롭고, 직업은 다양하고 자유롭게 선택할 수 있고(이것도 그 속사정에 대해서는 많은 구분과 설명이 필요하지만요.)… 그런데 실은, 따지고 보면('따지고 보면 그냥 99%의 지옥인데'라고 하려다, 아차! 하며 그만두었다.)… 아, 아니오. 자, 당신의 궁금증에 대해선 일단 이 정도면 될 듯이 싶고 대략 말한 것 같소. 이제 이 나라 관리를 비롯해 내가 알고 싶은 것들을 들려주시오.

작은 하나라도 놓치지 않을세라 잔뜩 귀를 모아 듣던 엘린은 다른 말은 없느냐고 물었다. 다른 말이라니? M은 기회 있을 때 조금씩 더 말하면 되지 않느냐고 대응했다. 엘린은 맥주를 두 잔이나 마시더니 자리를 옮겨 M을 끌어안았다. 이게 뭔지를 몰라 겁먹은 듯 빠져나오려는 M을 더욱 세게 끌어안아 버린 엘린은, 자신의 얼굴로 M의 얼굴을 비벼대었다. 무슨 통증을 앓는 자가 말로는 어찌 못해 단지 몸부림이듯 그랬다. 엘린은 눈물을 쏟았고 두 얼굴은 물기로 범벅이 되고 있었다. 너무 무겁고 기인한 엘린의 태세에 짓눌린 M은 대체 무슨 일이냐 따위의 말은 꺼내지도 못하고, 그냥 멍청히 엘린의 처분을 기다릴 뿐이었다.

이윽고 엘린은 두 얼굴이 맞닿은 채 "파스란에 대한 얘기는 신기했고, 고마웠어요. 그러나 말예요. 먼저 사실을 말했어야지요, 사실을~요! 우리의 전율이 하나 될 운명이려면 힘이 들더라도 털어놓았어야죠. 당신 안으로 들어갈 수 없다면 제 꿈도 산산조각이 나지만, 그건 동시에 저가 당신에게 도움되기는커녕 당신과 함께할 수 없잖아요. (몸을 뗀 후 M의 손을 잡은 채) 정말 눈치가 그렇게 없으신가요? 무슨 말인지 모르겠어요? 어쨌든 이런 호텔의 지배인이라는 것을 해먹는 년이, 어찌 그렇게까지 모르리라고 생각하셨나요?! 아직은 그 '특별입법조사위원'이 아니라는 사실을, 되는 것도 결코 쉽지 않다는 것을 말예요. 그렇지만, 직접 듣지 못한 것은 못내 아쉽더라도, 당신과 하나 되고자 함에는 이렇게 말해야만 해요. 오늘 이 순간 그냥 지나가 버리면 우리는 너무 힘들어져요. 당신은 여기저기 들쑤셔 자꾸 곪어 부스럼을 키울 것이고, 저는 당신이 만든 그 부스럼들을 제거하다가 지쳐 무너질 것이고요. 이렇게 제 입이 저질러버렸지만, 이젠 됐어요! 우리 사이 가득했던 먹구름이 물러갔어요.

제가 도와 드릴게요. 제가 직접은 해결할 수 없는 일이지만, 적어도 실질적인 접촉은 가능토록 다리는 놓을 수는 있어요. 믿을 만하고 그 정도의 능력은 있는 다리이니, 그건 그렇게 아시고요. 당신과 함께 한시바삐 파스란에서 살았으면 싶지만, 당신의 뜻이 그러하니 그때까지는 당신을 따르기로 했어요. 그러니까, 그 일이 안되는 것으로 확정된 때나, 성사된 후 훗날 그 자리가 끝난 때에는 들어주시는 것으로요! 그 어느 경우이든 저와 함께 파스란으로 가는 것을 말예요. 이건 지금 대답을 주셔야 하고요."라고 했다.

말을 마친 엘린은 맞은 편 소파로 돌아가 맥주를 들이켰다. M도 맥주를 마시더니 아무런 불만이 없다는 듯이 그렇게 하자고 해놓고는, 다시 후자의 경우는 그때 가서 합의로 결정하자고 뒤집었다. 엘린이 그러면 합의의 기준이 무엇이 되는가를 묻자, M은 그때 가서 두 나라 중 어디에서 사는 것이 유리한지가 기준일 수밖에 없지를 않느냐고 했다. 엘린이 자문하듯 "유리? 유리나 불리의 기준이 뭐지?"라고 하자, M은 "그거야 여러 가지가 있을 수 있지만, 그래도 역시 우선은 경제적인 것이 아닐까!"라고 했다. 엘린은 입을 삐죽이는 것이 분명 다른 기준도 있다는 듯이 하다가는, 무슨 담보라도 있다는 것인지 금방 "그렇게 하죠, 뭐."라고 해버렸다. 엘린의 대답에 완전히는 편치 않았는지 M은 정말 그래도 되는 것인지 거듭 확인을 했다. 엘린은 그게 뭐든 차이라는 것은 서로 양보로써 하나가 되는 것이 아니냐고 힘주어, 반문하듯이 말했다.

더 이상 따질 것이 없어지자 바로 둘은, 두 영혼이 정말 하나 되었다는 것을 확인에라도 나선다는 건지, 누가 먼저랄 것도 없이 덤벼 끌어안고 다시 바닥에 구르기 시작했다. 사투로써 덤비듯 상대방의 옷가지 하나하나를 벗겨 바닥에, 소파에, 의자에, 탁자에 날리고 있다. 산채 축제의 제물로 바쳐진 자가 살아 도망 중인지, 묻힌 원망이 이 순간 껍질을 부수고 나와 미쳐 날뛰는 것인지, 오래 이루고자 했던 바의 출발이 미리 선택의 강요를 당했다는 것인지… 둘은 각자 몸을 굴리면서 벽에 부딪혔다는 또 하나가 되기를 반복하면서 피차로서는 알 수 없는 괴성을 지르고 있다. 그러기를 한참 후 둘 다 힘이 소진되어 버린 것인지, M은 벽 옆에 엘린은 소파 옆에 각자 몸을 버리고 있었다.

여자를 겪고 나면 곧 따분해져 버리던 M은 엘린에 대해서는 오래 머물 것만 같았다. 스스로 터무니없음을 부인치도 않으면서도. 어느 특정의 여자도 그 따분해짐을 뿌리째 지울 수는 없음을 자인하면서도. 게다가 엘린이 어떻게 살아왔으며 누구인지도 모르면서도. 그런데 한편으론 자신의 뜻을 단단히 묶어줄 여자라고 스스로 인정하였음은 근거 없는 작위일 수 있다는 것인지, 갑작스런 만남치고는 너무 큰 약속의 족쇄를 채워 혼란스럽다는 것인지, M은 벽에 머리를 처박고는 혼잣말인 듯이 "오늘 내가, 내가 무슨 짓을 한 거지."라며 중얼거렸다. 엘린은 의자와 소파에 걸치거나 늘려 있던 옷가지들을 입으면서 "지금 한 짓이 무엇인지, 그것이 미래를 어찌해버릴지를 따진다는 거예요. 당신은 정 아니면 이 나라를 떠나면 그만이지만, 전, 지금껏 그 모든 것이 무너질 수 있어요. 오래 힘을 쏟았어도 이르지 못한 것들도 미리 잃어버릴 수도 있어요. 현재의 저를 만든 그 모든 것들과 함께 사라져버릴 수도 있음은 당신이라는 전혀 예상에 없었던 계기로 인해 선명해졌지만, 그러나 선택을 해야 했어요. 바로 당신을!"이라고 힘주어 말했다.

— 여자로서 이런 대단한 곳의 지배인이 되었는데 이르지 못한 것들이 남았다니, 대체 그것이 무어요? 아, 물론, 당신이 그토록 말하는 파스란이나 다른 나라에 나가는 것 외에 다른 것을 말이오.

— 이곳은 단지 호텔만은 아니에요. 외관으로도 객실 외에도 연회장, 회의장, 교육장, 오락게임장, 커피숍, 1급 2급 3급으로 해서 주점 3개와 식당 3개, 수영장, 고급물품 판매점, 월세 오피스텔 등 오만가지의 용도가 있어요. 각 용도의 근무자는 적격성, 실적, 여타 이유로 다른 곳으로 이동하는데, 저것들이 모두인 것도 아니에요. 각 용도마다 지배인이 따로 있고요. 1급인 이곳 레스토랑지배인이 가장 치열하게 선망되는 만큼 지킬 능력과 힘이 필요하지만, 그것과는 따로 제게는 이 자리가 전부는 아니에요.

이곳과 비슷한 규모와 용도를 가진 호텔이 이 도시에 두 개가 더 있는데, 지금은 이곳이 우위에 있지만 언제든지 추월은 당할 수 있고요. 그 수위다툼은 운영방식과 노력에 의할 것이라고들 하지만, 그게 전부 다는 아니에요. 관리들과 힘 있는 사람들이 중요한 일은 그들의 사무소가 아니라 이곳과 같은 호텔에서 하는 것이 아닌가 싶은데, 이것도 호텔 간의 경쟁에 무슨 작용을 하는 것으로 보고요. 저가 생각 중인 것은 이 호텔을 전체적으로 관리하는 차석총지배인인데, 그렇다고 그것 자체가 저의 최종 목표는 아니에요.

— 차석총지배인? 그래요? 그러면, 우선은 이 호텔 사장의 신임을 얻어야 되겠네요. 최종 목표는 따로 있다는 건, 수석총지배인도 되겠다는 거요?

— 사장은 있지만 그냥 있을 뿐이고, 수석총지배인이 누구인지는 몰라요. 최종 목표라는 것은 죽어도 되지 않을 수 있다는 것이었지만, 이젠 당신이라는

존재 때문에 더욱 그렇지만 그것을 망상으로 그냥 두고 싶진 않아요. 고급관리도 이곳에 오지만 우린 접촉 못 해요. 차석총지배인도 마찬가지라고들 해요. 그렇기는 하지만 감으로는 차석총지배인은 그가 어떻게 하느냐에 따라 고급관리의 근처는 갈 수 있다고 생각해요.

— 수석총지배인도 이곳 사람인데 누구인지 모른다니, 그게 말이 된다는 거요, 그렇질 않나요? 또 이곳에 오는 고급관리도 어쨌든 손님인데 직원 중에 누군가 안내하고 서빙을 할 거잖아요. 그런데도 접촉하지는 못한다니, 말도 못 붙인다는 거요?

— 수석총지배인이 있는 것은 분명하지만 누구인지는 직원들 그 누구도 몰라요. 다만 정치권과 무슨 관련이 있는 사람일 것 같아서인지 모두들 그의 존재에 대해 늘 의식하면서 일한다고 봐야 하지 않을까 싶어요. 그 누구도 수석총지배인의 지시나 간섭을 받은 경험이 없는데도 다들 그렇다는 거예요. 고급관리에 대해서는 수석총지배인이 알아서 누군가를 통해 안내하고 서빙을 하는 것으로, 모두들 그렇게 여기는 것 같고요. 고급관리에 대해서는 예를 들어 어떤 사람을 보고서는 누구는 고급관리라고 다른 누구는 아니라고 하지만, 누구의 말이 맞는 것이지는 확인된 일이 없고요. 결국 모두들 수석총지배인과 그의 지시를 받는 누군가를 많든 적든 신경 쓰면서 일하는 셈으로 봐야지요.

수석총지배인과 그의 지시를 받는 누구, 고급관리… 이들이 모조리 유령이라는 거야?! 파스란에서도 모두들 경찰이나 정보원의 그림자를 머리에 이고 다녀야 했던 먼 옛날이 있었지만 지금 로만에서는 이런 호텔에서 그렇다는, 이런 일개 호텔 따위에 무슨 권력자의 궁이라도 들어앉았다는 거야, 웃기지도 않는! 달리 할 말이 없던 M은 국회에 접촉할 그 사람이나 알려달라고 했다. 엘린은 다시 강조하듯 입법위원의 모집에 대해 알아보고 M에게 기회가 오도록 노력할 최적의 사람이라는, 그가 누구라고는 밝히진 않은 채 자신이 약속시간을 잡은 후 함께 그를 만나자고 했다.

5

파비안의 길

M이 객실층 공동화장실에 들어섰을 때, 마스크에 모자를 눌러쓴 여청소원이 청소 중에 M을 곁눈질하는 것 같더니 M 쪽으로 고개 쭉 내밀고 있었다. M은 뭔가 하는 바가 없지 않았으나 대변을 보고 나오자, 그녀가 이번에는 하던 일을 멈추고는 벽에 붙어 서기에 M은 뭘 저렇게나 싶었다. M이 세면대에서 손을 씻고 위에 걸린 수건을 잡으려는 순간, 그녀가 "관리님, 잠깐요!"라며 어디서 난 건지 새 수건을 건네줬다. 그리고는 예사롭지 않게도 M을 훔쳐보는 듯이 했다. M이 화장실을 나와 객실로 가다가 가벼우나 어쨌든 뒤가 당겨 뒤돌아보니, 그녀가 화장실 밖까지 나와 M을 보고 있었다. 손짓으로 그녀를 불렀다. 무슨 할 말이라도 있느냐니까 부들부들 떨면서 아니라고만 했다.

 의문이 없지 않았으나 그것보단 장난기에 기울어진 호기심으로, M은 화장실에서부터 지금까지의 행동이 무엇이냐고 추궁했다. 여자는 '그냥, 그냥'이라고 하다가는, M의 추궁에 죽어드는 소리로 사람을 찾느라고 그랬다고 했다. 이게 무슨 소리인가 싶었던 M은 누구를 왜 찾느냐고 몰았다. 그녀는 "그게, 그게, 간단히는 말할 수 없어…."라고만 하고는, 누차에 걸쳐 아니리고만 했다. 단지 호기심을 넘어 켕기게까지 되어버린 M은 뭔가의 불안한 의심으로 명령하듯 해서 그녀를 자신의 객실로 데리고 갔다. 이름이 '파비안'이라고 했다.

M이 응접원탁에 앉으면서 맞은편 의자에 앉기를 권했으나, 그녀는 그럴 수 없다며 방바닥에 무릎을 꿇었다. M이 "아, 아니, 의자에 앉으라고 했지 이게 뭐하는 짓이오!"라고 하니, 관리를 훔쳐 본 죄가 있지만 관리와 같은 자세로 마주할 수는 없다고 했다. 얼른 판단이 오지 않던 M은 자신이 불편해서 그런다고 달래듯이 말했다. 그래도 망설이자 M은 그냥 잡아 일으켜 의자에 앉혀버렸다. 의자 끝에 겨우 걸쳐서는 고슴도치와 같이 움츠린 채 고개를 숙여 M의 시선을 피하고 있다. M은 다시 파비안의 양어깨를 잡아 의자에 붙인 후 시선을 피하지 말라고 했다. 그러고는 컵에 물을 따르며 물을 마셔가면서 천천히 말하라고 했다. 여자는 M의 의중이 뭔지 확인하겠다는 것인지 조심스레 고개를 들어 M을 바라보았다.

― 그럼요, 그래야 편하게 뭐든 들을 수 있지요. 그래, 사람을 찾다니, 누구를 찾는 거죠? 그것도 화장실에서요! 얘기가 간단치 않다니 천천히요. 날 의식지 말고, 정말 천천히!

― 그, 그게 뭐냐면, 열흘 전 그 공동화장실 청소를 하면서… 발생한 문제였는데, 문제, 문제가 발생했습니다. 대, 대변 칸에 아무렇게나 버려진… 담배꽁초와 휴지를 치우고 나서, 그, 그러고 나서 벽에 그려진… 그림들(남자의 그 그것, 여자의 그것), 외설스럽다고 하는 그런 그림이었습니다. 그것들을 닦아내다가 너무 힘들어… 투덜대었습니다.

몸을 떨고 물 마시고 더듬으며 말하던 파비안은 뜬금없이 M에게 침대로 가서 누우라고 했다.

― 치, 침대요? 뭐, 뭐 하게요? 대체 무슨 말이오?

—높은 분이니까 원래 그런 것이지만, 절 바로 보고 계시니까 말하기가 힘들어 그렇습니다. 그렇게 해주세요. 제발!

M은 짜증스레 "뭐가 힘 든다는 건지, 대체 알 수 없네!"라고 한 후 바로 옆 침대에 올라가 누웠다. 그러자 파비안은 이번에는 자신으로부터 시선을 거두어달라고 요청했다. M은 "갈수록 태산이네!"라고는 천장을 보면서 못내 못마땅하게도 "그래, 이젠 소원 풀렸소!"라고 했다.

—그럼 계속하겠습니다. 그다음 날 일을 마치고 여자청소원 숙소로 돌아가니 저의 물품 함에 있던 옷가지와 물건들이 모두 없어졌습니다. 2층 침대 윗자리인 저의 침대에는 이불도, 베게도, 침대보도 없어진 상태였습니다. 같은 방을 쓰던 청소원들에게 물어보니 모른다고만 했습니다. 그러면서 일부는 제게서 무슨 일이 있었느냐 되물었습니다. 물건들은 숙소 창고에 아무렇게나 놓여있었습니다. 작업을 체크하는 명부에는 저의 이름이 없어졌는데, 명부관리 직원은 그 이유를 모른다고 했습니다. 아무도 말해 주지 않았습니다. 아무리 생각해도, 그때 저의 동선을 곱씹어 보아도 이유를 알 수 없었습니다. 이런 경우라면 틀림없이 분명 뭔가 저가 잘못한 것이 있었다고 봐야 하는데, 그런 결과를 가져올 만큼 저가 잘못한 것은 없었습니다. 아니 그날은, 작은 잘못도 잡히는 것이라곤 없었습니다. 용역업체에서도 그날까지 일한 만큼 정산해주었을 뿐, 다른 말은 없었습니다. 짐을 가지고 집으로 온 이틀 후에야 저가 해고된 그 이유를 알게 되었습니다. 그것은 그때 저가 청소하면서 투덜대었던 사실이 그다음 날 신문에 어느 독자투고로 나온 건데(기사도 논설도 아닌, 그냥 독자투고였어요!), 그것도 제 동생이 알려 줘서 안 것입니다. 직업인으로서 기본에 대한 독자투고에서 그때 저가 투덜거린 예를 들면서(하나의 예일 뿐이었어요.) 문제가 있다는 식의, 그런 것이었습니다. 그 투고는 다른 것들을 채우고 남은 공간에 그냥 끼워 넣은 것 같기만 했고요.

M이 "자, 잠깐요!" 하면서 상체를 벌떡 세워서는 "그, 그러면, 청소하다가 그 투덜대었다는 것이"라고 하는 순간 파비안이 "지금 약속과는 달리 일어나셨어요!"라고 질책하듯 말했다. M은 다시 누워 천장을 보며 말을 이었다.

— 약속~요? 거참! 그래 투덜대었다는 것, 그게 이유란 말인가요? 그것이 호텔의 명예에 무슨 손상을 주는 것이라고! 독자투고에 왜 그런 하찮은 것이 거론되었으며, 설령 그런 기껏 투덜대었다는 것이 거론되었다고, 그래, 뭐가 문제인가요? 투고한 사람을 찾아 따지고 신문에다 바로 잡으라고 요구하든지!

— 지금까지 얘기를 했는데도 정말로 모르시는지, 농담하시는지 전 혼란스러워요. 관리님이 요청도 하시고 또 저도 왠지 말씀드려도 되겠다 싶어, 여기까지면 충분히 아실 것으로 여기고, 염치는 없지만 그래도 뭐든 도움을 주실 것이라는 생각에서… 이제 저는 불안하고 무서워요.

M은 "도저히 안 되겠어!"라고 하더니 침대에서 내려와 소통을 위해 제발 좀 봐달라며 의자에 앉았다. 그러고 이제 파비안이 많이 안정된 것 같다고 했다. 파비안은 자신의 뜻도 M과 같은 점이 없지는 않았다는 것인지 고개를 끄떡였고 M은 "휴!"라고 했다.

— 진작 그랬어야지요. 뭘 얘기했다는 것인지는 나로서는 영 모르겠소. 뭘 도울 것으로 볼 이렇다 할 얘기를 한 것도 없지만, 당신은 이 나라의 사정을 잘 모르는 외국인이라는 점을 먼저 고려해야 하는 거예요. (파비안이 '외국인이라고요?'라고 했다.) 나는 로만공화국에서 초빙한 입법특별조사위원으로(파비안이 이번에는 '입법특별조사…?'라고 했지만 M은 무시하고 나아갔다.) 온 지 얼마지 않은 입장이란 말이오. 당신의 지금까지 말만으로는 전혀 어울리지 않는 그런 큰 결과가 되었다는 것을 이해할 수 없는, 대체 그것을 내가 어찌 납득할

수 있겠소. 그리고 불안하고 무섭다는 건 뭐예요? 뭐든지 간에 내가 도울 수 있으려면, 그만두게 된 이유에 대해 수긍이 갈 만치 설명이 있어야지요.

파비안은 딱 벌어진 입을 다물지 못하고 있더니 "입법특별조사위원이라면, 몇 급이세요? 높은 급이… 그렇죠!"라고 했다. M의 대답이 나오기까지 파비안의 표정은 불안과 희망이 빠르게 교차하고 뒤섞이며 기묘했다.

— 이 나라에서는 급을 묻는 것이 무슨 유행인가! 굳이 급을 매긴다면 물론 이곳 호텔에서 통상 보이는 관리들보다는 높을 것이겠지만, 지금 그 '급'이라는 것을 따지는 것이 뭐가 중요한가요? 그래, 그 이유란 게 뭐예요?

파비안은 혹시나 한 우려가 기우였다는 듯, 수없이 출몰했던 빛이 그 정체를 드러내고 말았다는 듯, 불안했던 희비를 걷어낸 듯, 터지는 환희를 계면쩍은 웃음으로 다스리며 "아, 아, 급을 따질 것도 없을 만치의 높은 분!"이라며 중얼대더니 말을 이었다.

— '급'이 중요하지 않다는 말씀은 도무지 이해할 수는 없지만, 어쨌든 원하시는 대로 그렇게 하겠어요. 먼저 말씀드릴 것은, 사연을 충분히 얘기해야지 될 것이라는, 저의 사연이 모두 나온 뒤에야 위원님의 도움이 가능할 것이라는, 때문에 좀 길더라도 들어주셔야 하고요. 그 신문의 독자투고 사실을 안 다음 날부터 열흘이 된 오늘까지 전과 같이 화장실 청소를 하고 있고요. 저 스스로 하고 있어요. 물론 일당을 주지 않을 것이지만, 그 이전에 저가 그 돈을 받으려고 하는 것은 아니고요. (이때 M이 말하려니까, 파비안은 뭔지를 안다는 듯이 손사래를 했다.) 그 당시 화장실에는 소변을 보고 손을 씻던 딱 한 분이 있었어요. 보통의 키에 검은 양복이었던 같은데, 지금에 와서 키나 옷으로써 분별은 도무지 어렵고 결국 얼굴인데요. 얼굴을 얼핏 본 것이라 아무리 기억을 되살려도 잡히지 않았어요. 그래서 다시 직접 보면 그 기억이

살아날 수도 있을까 해서, 꼭 그럴 것만 같아서….

— (한숨을 쉬더니) 그러면 얘기가 결국, 그 관리가 투덜대었다는 그 사실을 발설함으로써 문제가 되어 당신이 해고되었다! 대체 무슨 말이나 되는 건지….

— 그런데~요, 신문에는 저가 하지 않았던 말을 했다고도 나왔어요. 그것도 입에 담기도 뭣한 '좆 대가리를 잘라버리든 어떻게 해야 한다.'라고 했다고요. 또 '감추고 속이어 국민을 바보로 만든, 백성을 쥐어짜서 지들 배때기만 채우는 관리새끼들'이라고 했다며, 그래서 저건 국가 자체를 부정한 정도의 언동에 해당한다고요. 저는 그때 관리들이나 나라에 대해서는 한마디도 하지 않았어요. 힘들어 그냥 투덜대었을 뿐이었는데요. 신세가 그렇고 이것저것 잘 풀리지 않아 답답했기에, 그런 것들이 어떻게든 영향을 미쳐 단지 투덜대는 것과는 달리 들릴 수는 있었어도, 누구에게든 그것이 관리들과 국가를 욕하거나 부정하는 것으로 도저히 들릴 수는 없는 것이었는데도 말예요. 제 마음속에서도 그런 것은 없었고요.

— 화장실에서 어쨌든 다시 만날 수도 있다는 희망으로, 그 관리를 만나 따지려는 것이다! 이런 것인가요? 따지지는 않더라도 보도를 바로 잡거나, 적어도 보도가 잘못되었다는 확인이라도 받아… 그래서 다시 복직하는 것을 말이오. 화장실에서 무작정 그러는 것보다는, 그 투고했다는 독자를 찾아야 하지를 않나요?

— 투고한 독자를 찾는다고요? 그걸 어떻게 찾으며, 게다가 그 관리를 만난다고요? 그건 정말 말이 되고 안되고 이전에 이상한 거예요. 어떻게 그분을 만나요. 설령 화장실에서 보는 사람 중에 그분임을 확신하게 되더라도, 그건 그분을 만나는 것은 아니에요. 그분의 얼굴을 확인하는 것 외에(아니 정확히는, 확인이 아니라 기억을 되살리는 것일 거지만요.), 그때 저가 뭘 할 수 있을까요? 그분을 잡고 '당신이 바로 그때 그 사람이지요?' 하고 묻는다고요?! 어떻게 관리에게 뭘 따질 수 있다는 생각을 하시는지….

— 얼굴을 확인하고도 할 말은 하지 않는다니, 대체 지금 뭔 말예요? 그럼 뭐

하러, 왜 이런 고생을 하죠. 아, 그런데, 해고되었는데도 나와서 같은 일을 하는 것에 대해 호텔에서는 뭐라고 해요? 나오지 말라든지, 뭐라고 하지 않나요? 그렇지 않나요?

— 이런 경우 호텔에서는 '하라, 말라.' 따위는 하지 않고요. 만약, 만약에 그분이라는 확인이 되면 사실은, 사실은, 그분의 비서관님이나 부하직원을 생각하는 거예요. 설령 그게 아니더라도 운전기사나 몸종이 있을 거니 그렇게 할 수 있을 것이고요.

— 운전기사나 몸종? 운전기사가 붙을 정도이면 적어도 상당히 고위급일 거고… 그런데 '몸종'이라니? 이 나라 관리한테는 정말 '몸종'도 있나요? 어쨌든 그런 비서나 하급자들을 염두에 둔다는 것은 그게 순서로써 좋다고 생각할 수야 있겠지만, 호텔에서 일을 하든 말든 방관한다는 건, 허 참! 그래, 애초에는 어떻게 해서 이 호텔에서 일하게 되었나요? 취직할 때 지원수수료라든가 그런 것도 있는 것 같던데… 파비안 씨는 이곳에 취직한 경위가 좀 다른가요?

— 고급관리가 아니어도 많이들 운전기사와 몸종이 있어요. 진짜 돈이 많은 관리는 몸종이 2명이나 3명이 되기도 하거든요. '몸종'은 관리의 옷, 신발 등을 세탁하고 챙기고, 심부름을 하고, 관리의 집안일도 하고, 온갖 허드렛일을 다 하는 거예요. 이 호텔에 들어온 데는 무척 궁금하지만 분명 누군가 힘을 써준 사람이 있기는 하지만(그렇지 않고는 그렇게 바로는 도저히 될 리는 없었다고 보거든요.), 화장실 청소는 저가 먼저 말했어요. 남자화장실 전담을요. 물론 손이 부족한 날에는 여자화장실을 청소하는 경우도 있고, 다른 청소원들도 남자화장실도 청소는 하고요. 그렇지만 변기에 많이 묻어있거나 토사가 있거나 아주 많이 더러운 경우에는 그들은 제 옆을 어슬렁대며 '공동화장실 엉망인데, 아휴, 그게 아직 그대로 라더라니까!'라는 식으로 그러거든요. 그러면 저는 바로 화장실로 뛰어가는 거예요. 어쨌든 그들은 남자화장실은 저 때문에 그만큼 적게 청소하게 되었고요. 용역업체 소속으로 임시직이고 지원수수료도 물론 들었지만, 그렇더라도 아까 말했듯이 누

군지 말해주지 않았으면 이곳에서 바로 일할 기회는 주어지지 않았을 거고요. 어쨌든 일은 그런대로 했다고 생각하는지 해고되던 그때까지 임시직 기간 6개월을 훨씬 넘겨 1년 3개월째 일하고 있었어요. 물론 사실은, 그렇기 때문에 다들 임시직 기간을 많이 넘긴다는 생각을 가지고 지원하고 있고요. 다만, 용역업체에서 작은 이유라도 잡아 뭐라고 말을 하면, 그것이 이미 기간이 지났으나 그냥 봐줬을 뿐이니 이젠 그만두라는 뜻이 되는데, 저가 바로 그랬듯이 아주 드물지만 가끔은 그런 일이 있고요. 드물다는 것은 그러니까, 절대 그런 일이 없도록 모두들 아주 많이 조심들을 하니까요. 저의 계획과 관련해 이제 일부는 얘기를 해도 될 것 같아요. 이 호텔에 처음 들어왔을 때부터 지금까지, 멸시했다고까지는 할 수 없다고 가정하더라도 다들 저와는 말을 섞지 않았어요. 청소원을 비롯해 모든 종업원들이요. 그들이 저를 외면했다기보다는, 저는 그냥 없는 사람과도 같은 그런 거였어요. 저와 함께 같은 공간의 공기를 마심으로 해서 불편해지는 일이 조금이라도 줄어들도록, 저는 그들에 대하여 신경을 썼고요. 늘 창이 있는 모자를 깊게 눌러쓰고 마스크까지 쓴 채 일했고, 다른 종업원과 지나칠 때는 고개를 숙이고 그들이 지나갈 때까지 비켜섰고요.

— 관리가 돈으로 몸종을 둔다니, 허! 희한한 나라네. 그런데, 당신이 무슨 죄인이에요? 도대체 뭣 때문에, 무엇을 위해 같은 종업원들의 길까지 터주고 어쩐다는 건지⋯ 무슨 이유이든 그건 당신이 필요 이상으로 자신을 비하하는 거네요. 그런다고 해서 그들이 당신을 마냥 착하다고만 할까요. 그래서 그들이 당신을 위해 무슨 대가를 주기라고 한다는 건가요?

— 그렇게 간단한 문제는 아니에요. 저희 집에는 불편한 부모님, 저, 여동생, 막내 남동생, 그리고 결혼한 오빠와 그 올케와 조카 둘이 함께 살고 있어요. 식구 전부 아홉이요. 부모님은 몸이 불편한데다 설령 그렇지 않더라도 그 연세에 일할 곳이 없고, 여동생은 집안일 하기도 정신이 없고, 오빠는 너무 큰 사태를 당해 일이고 뭐고 설명하기 어려운 이상한 사람이 되어 버렸고, 조카 둘은 아직 어리고요. 그래서 저, 남동생, 올케언니 해서 세 사람이 가진

것 없는 사정에 벌어 대식구가 먹고살아요. 지금은 저까지 이렇게 되었지만요. (말을 멈추고 고개를 가슴에 묻었다가) 얘기는 거슬러 올라가야 해요. 지금하는 것은 오빠 얘기예요. 오빠는 원래 규모가 있는 건설업을 했어요. 임직원이 삼백 명 정도가 되는 중견기업이었어요. 오빠는 의지가 강했고, 자존심이 남달랐고, 사람들과 관계를 만드는 능력도 뛰어났어요.

사태는 오빠가 로만공화국의 독립을 이끌어 낸 초대 대통령을 기리는 기념관과 동상을 만드는 공사를 맡은 것에서 화근이 되었어요. 도저히 어떻게할 수 없고, 그 이전에 대체 그게 뭔지 알 수도 없는 사태였어요. 집권세력은그 대통령을 건국의 아버지라고 불러요. 국민들도 그런 호칭에 대체로 동의를 하고 있고, 그를 신과 같이 추앙하는 사람들도 엄청 많고요. 그들에게 그초대대통령은 이 나라의 자존심이에요.

국경일인 건국기념일 행사나 국가적 제례 때는 그에 대한 대대적인 기념행사를 펼쳐요. '건국기념일'의 제정과정에는 논란과 갈등이 많았어요. 당시집권세력은 현재 국가가 독립한 날을 '건국일'로 하겠다고 했어요. 그러자야당 등 반대세력은 수천 년 전 민족이 태동한 때로(그 날짜에 관한 신화도 있어요.) 해야 한다며 서로 다퉜고요. 그러다가 결국 둘 중 하나를 선택하는 국민투표를 붙였는데, 투표결과가 독립한 날이 훨씬 많이 나와서 결국 파스란에서 로만공화국으로 독립한 날이 건국일이 되었고요. 하지만 지금도 현재의 건국일에 대해 논란이나 반발이 없는 것이 아니에요. 이는 독립투쟁을주도나 협조했거나, 독립반대 세력을 탄압했던 자들의 후예들이 오랫동안집권하는 것에 대한 불만이나 반발이라고 보면 대체로 맞을 거예요.

기념관과 동상의 건립이 뻥긋하면 튀어나와 거론될 때마다 야당과 그 지지세력의 반대가 엄청 심했어요. 특히 동상에 대해선 더욱 그랬어요. 그래서번번이 무산되었는데, 야당은 늘 소수이고 약체면서도 정부·여당에 대한반대나 투쟁도 있어 왔거든요. 의회에서는 몸싸움이 다반사였고 때론 장외투쟁도 나섰고요. 그렇지만 그런 투쟁들이 국민들에게 그리 먹히지는 않아왔고, 집권여당은 어린아이가 투정하는 정도로 취급하고 무시해왔고요. 정부·여당에 크게 흠이 될 목소리가 야당 쪽에서 나오면 얼마 가지 않아 야당의원에 대한 비리가 언론에서 슬그머니 흘러나오고, 그러면 그 야당도 해당 의원도 어디로 가버렸는지 보이지 않았고요. 예나 지금이나 그래요. 가끔은 경찰에 고발되는 일도 있는데, 이후의 경과는 마찬가지죠. 야당은 입이 없어지고, 재판에서 나중에 무죄도 나온들 그런 것에는 누구도 관심이 없고요. 은혜를 베푼다는 것인지 선고유예나 약간의 벌금으로 끝나는 일도 많았지만요.

그러다가 현 대통령이 들어선 다음 건립 추진에 특히 유리한 내외적인 상황이 있었다는 건데, 우선은 맞든 아니든 계속 강조하며 밀어붙이는 스타일요. 신문·방송이 하나로 분위기를 잡고요. 권부와 언론이 손잡고 그냥 블랙홀까지 밀어버리는 거요! 그다음으로는 외부사정으로 소소하게나마 있었던 파스란과의 국경분쟁이 있었는데, 그걸 언론이 막 띄워 사람들의 애국심이 불붙는 거요. 제대로 된 힘을 받은 셈이었지요. 파스란과의 갈등은 합병 때나 분리 때나 천 년을 지속해 온 것이지만, 분리독립 후 갈등의 그 실제는 양쪽 집권자들이 모두 그것을 즐겼다고 볼만도 싶은 것을요. 그도 그럴 것이 어쨌든 결과적으로 보면, 때마다 그것이 들어맞은 셈이었으니까요. 양쪽 갈등이 심할수록 야당이나 범야권의 영향력이 약화되었거든요. 방송이고 신문이고 간에 이 난국에 국론분열이라며 난리도 아니었으니까요.

그런데 이상하게도 말예요. 야당을 후원해 왔고 또 대기업도 아닌 오빠 회사가 동상을 포함한 기념관 건립 공사를 맡게 되었다는 거예요. 오빠가 사업에 불리한 야당을 후원해왔던 바에는 물론 그만한 이유는 있었고요. 아실지 모르지만 두 정당, 인구가 훨씬 많은 지역을 정치적 기반으로 하는 정당(집권여당이죠.)과 그것에 절반이 될까 말까 하는 인구를 가진 지역을 가진 정당(제1야당이고요.)이 전체 정치를 나눠 점령하고 있는데, 인구가 적은 지역의 출신이라는 것에서 오빠의 입장이 그런 것이었고요. 인구가 적다는 사실은 집권뿐만이 아니라 모든 면에서 그 지역이나 그 지역 출신에게는 원죄라고 불러야 할 것인데, 지금 그것에 관해 길게 말하기엔 그렇고요. 저 두 정당 외, 그러니까 특정의 지역기반이 없이 이런저런 이유로 들어선 소수 정당들은 금배지 한둘을 가지는 것에도 숨이 차고요.

다시 돌아가서요. 야당 쪽인 오빠가 그 큰 공사를 맡게 된 데에서는, 그때는 건립에 대한 야당의 반대가 오히려 다른 효과를 일으킨 결과로써(야당 자신도 미처 알지 못했던 결과로써 말예요.) 그렇게 된 것이 아닌가? 하는 추측을 할 뿐이에요. 물론 오빠 자신도 맡게 되리라고는 전혀 예측에 없었던 같고요. 야당 쪽에서 뭔가에 대해 여당에 양보한 대가로 그 공사가 왔다는(그것이 오빠 쪽으로 와버렸다는) 것으로, 그렇게 저는 보는 거예요. 그렇다고 전혀 터무니없는 것은 아니었다고 봐요. 오래전부터 오빠가 통하는 쪽은 주로는 야당 의원들이었지만, 여당 쪽 인사들에게도 야당에 하는 것의 삼 분의 일이나 사 분의 일은 어떻게든 신경은 써왔던 것 같으니 말예요. 어쨌든, 전체적으로 봐서는 여야가 서로 주고받은 타협물의 하나일 것으로 보는 것에 그리 틀리지 않을 거예요.

이때 객실 출입문을 두드리는 소리가 들렸고, 파비안은 후다닥 일어나다가 탁자를 넘어뜨리며 와장창 소리와 함께 넘어져 버렸다. 넘어지면서 어딜 삐긋했는지 일어나다 말고 엉금엉금 기다시피해서는 벽장 안으로 들어가 버렸다. M이 왜 그러냐니까 파비안은 검지를 입술에 대고서는 '쉬, 쉬!'를 반복했다. M은 넘어진 탁자를 일으켜 세우고 호텔종업원이려니 하고 문을 여니, 들어선 사람은 엘린이었다. 물병과 재떨이가 떨어지고 재와 담배꽁초가 흩어진 바닥이 엉망이었다. 그 어지러운 광경을 본 엘린은 무슨 일이냐고 했다. M은 두 손을 벌려 계면쩍이 자신이 문 열러 가다가 무심결에 탁자를 쳤다고 대답했다. 엘린은 욕실에서 대야와 걸레를 가져와 바닥을 닦아내면서 정말 별이 없었느냐고 재차 물었다. 한 번 물렸던 탓인가! 엘린의 반복된 질문에 대해 그리 자신이 없었던 것인지 M은 "글쎄, 그리 별일도 아니면서도, 이럴 땐 뭐라고 해야 하는지….."라며 말을 줄였다. 엘린이 M의 해명이 석연치 않다는 듯이 하면서 걸레질을 하던 중 "입법위원의 문제와 관련해 연결하실 분을…"라고 하는 순간, M은 급히 엎드려 손으로 엘린의 입을 감싸버렸다. 엘린은 M의 이런 행위의 정체가 알아서 올 것을 기다린다는 것인지 걸레질을 그만두고 엎드린 채 가만히 있었다. M은 그 일은 급할 것도 없어 돌아가 있으면 좀 있다 가서 듣겠다고 했다.

급할 것도 없다고? 자신의 최대관심사인 바에 대해 저런 말을 하는 M? 석연치 않음을 넘어 분명 뭔가 있음을 의심하고도 남았을 터였을 엘린은, 그게 뭐든 별것도 아닐 것이라는 것인지, 침묵의 힘으로 그것을 알고 말겠다는 것인지, 어쨌든 이렇다 할 반응은 없이 다시 걸레질을 계속했다. 한편으로 자기모순을 저지른 것도, 그것에 대한 엘린의 침묵도 스스로 알지 못하는 것인 양 M은 벽장 앞을 어슬렁대고 있다. 순간, M의 잡화를 넣어 둔 종이박스에 앉아 있던 파비안이 박스가 찌그러짐으로써 몸의 균형을 잃고 벽장문을 밀고 밖으로 뚝 떨어졌다.

바닥에 떨어진 파비안의 얼굴은 벽장에서의 더위와 긴장의 탓인 듯 땀으로 범벅이 되어 있었다. 화들짝 놀란 엘린은 곧 "파비안 씨! 이게 대체 무슨 일이오!"라고 하더니 파비안을 부축해 일으켜 의자에 앉힌 후, 급히 물을 먹이고 수건으로 얼굴을 닦아주었다. M이 다급히 뭐라고 변명을 하려 하자 엘린은 M의 말을 막은 후, 파비안에게 숙소로 돌아가 쉬어 라고 했다. 파비안은 오래 알던 자와도 같은 태도에다가 어떻게 자신의 이름을 아는지 (같은 호텔이니 알 수도 있었으나, 어쨌든) 엘린에게 묻고픈 마음이 없지 않았으나, 그녀 스스로 부과해야만 하는 자신의 죄과로부터 탈출이 급급했던지 허둥지둥 인사를 하고는 나가버렸다.

의자에 앉은 후 M은 엘린에게 파비안과 아는 사이냐고, 단지 같은 호텔의 근무자 이상으로의 무슨 사이라도 되느냐고 물었다. 엘린은 사소한 것이지만 파비안이 호텔에 일하고자 할 때 자신이 손을 써준 일은 있다고 했다. M이 그러면 파비안과는 그전부터 알던 사이였다는 말이냐고 다시 묻자, 엘린은 그런 것은 중요치 않다며 다만 파비안이 왜 이곳에 왜 왔느냐고 했다. 왜 왔느냐고? 무슨 일이 있었냐고 하질 않고, 왜 왔느냐고? 더 이상한 것은, 엘린이 지금 태도라는 것이 의심이나 질투 따위가 아니라 그냥 무색투명하지를 않는가? 이건 뭐지? 투정이 튀어나옴이 마땅한 상황에서 아무런 질책도 없어 의아하던 M이 대답을 못하고 있자, 엘린은 여전히 건조하게 사실대로만 말하면 된다고 했다. 어차피 사실을 털 바였던 M은 파비안의 얘기를 대충 주섬주섬 내려놓았다. 별 신통한 것도 없다는 듯이 듣고 있던 엘린은, 그리 대단치는 않은 일에 대한 다만 충고이거나 다짐이듯이 말했다.

— 모르면 차라리 좋을, 듣지 말아야 할 일을 들었네요. 그 일은 그 누구도 어찌할 수 없는 종류라는 거예요. 그러니 파비안 씨에 대해 더 이상 관심을 갖지 마세요. 그녀가 이곳에서 일을 하는 데에 말 한마디 거들었던 것 외에는, 그녀와 관련해 저 역시 할 수 있는 것은 아무것도 없어요. 무슨 특별히 친분이 있었던 것도 아니었고, 단지 그 정도를 했던 것일 뿐이에요. 물론 그녀의 오빠는 오래전에 알았던 분이지만, 그렇다고 해서 저가 할 수 있는 것은 아무것도 없고요. 말하자면, 그녀 집안에 대해 무슨 이렇다 할 도움은 되지 않으면서, 재수 없으면 변호사님 자신이 곤란해질 수도 있어요. 우리 모두 망가질 수 있는 관여가 될 수도 있고요. 감상에 젖지 마라! 그런 것이 아니라, 그 누구의 손도 잡을 수 없는 곳에 있는 그녀와 그 가족이에요. 그럼, 입법위원의 문제에 대해 도와줄 분에 대해서요. 과거 국회에서 상당한 직위로 오래 근무했으며, 지금도 어떤 형태로든 국회와의 관련성을 가지고 있는 분이에요. 다만 한 가지, 그분이 권유하는 바에 대해 웬만히 특별한 사정이 없는 한 따라야 할 것이고요. 그 권유가 무엇이든, 거기에는 그분의 고려와 판단이 들어있을 터이니까 말예요. 조만간 약속을 잡아볼게요.

엘린이 객실을 나가자 M은 저쪽 복도 끝 승강기를 빠끔히 지켜보다가 엘린이 승강기에 오름과 동시에 쏜살같이 건물 계단을 뛰어내렸다. 1층 로비에 이르러서는 어깨를 펴고 성큼성큼 걸어 건물 밖으로 나왔다. 이어 호텔 본관 뒤편 부속 건물들 어딘가 있을 청소원숙소를 찾아 나섰는데, 시끌벅적한 소리가 들렸다. 박수소리, 웃음과 굉음, 합창인 듯이 들리는 노랫소리, 바닥을 뛰는 소리가 어우러진 것이었다. 진원지는 청소부들을 비롯한 잡부들의 식당이었다. 유리창이 온통 먼지투성이여서 안이 잘 보이지 않았다. 창 아래 나뭇구는 종이로 닦아보아도 워낙 오래 묵어 굳어진 먼지여서 닦이지 않았다. 창문을 잡아 흔들며 밀어보니 끼이익! 소리와 함께 열렸다. 식당 안의 사람들은 모두 미쳐 날뛰느라 그 소리는 들리지도 않나 보다. 남녀 수십 명이 어울려 난리법석인 저것은 대체 뭔가? 축제도 춤판도 아니고, 무슨 게임놀이 같으면서도 '뭐 저런 것이 있지?' 하는 정도였다.

의자들과 식탁들을 한쪽 끝으로 밀어 모아놓은 것이 마치 발레연습장과도 같았다. 식탁 위에 앉은 사내 셋이 두 다리를 흔들고 있고, 그 탁자들 사이사이 짧은 치마를 입은 이십여 명의 여자들이 바닥에 엎드린 채 앞으로 곧 튀어 나갈 듯이 하는 자세를 하고 있다. 단거리 달리기 선수들의 출발대기와 닮은 태세였다. 어디선가의 호각소리와 함께 그 사내 셋이 동시에 앞에 엎드린 여자들 넘어로 동전을 던졌다. 많이들 해본 솜씨인 듯 모로 선 동전은 넘어지지 않고 저 멀리 벽까지 구르더니, 벽에 설치된 세 개의 플라스틱 주머니 안으로 들어갔다. 주머니는 이 게임을 위해 특별히 만든 도구인가 보다. 동전이 주머니로 들어간 후 다시 호각소리가 들렸고, 바닥에 엎드려 있던 여자들이 부리나케 앞으로 기어나가기 시작했다. 급하게 다퉈 나아가며 여자들은 엉켜 뒹굴고 또 뒤지는 어떤 여자들은 앞선 여자들의 치마며 다리며 어디든 잡히는 대로 끌어내리기에 여념이 없었다. 그중에는 치마를 잡아 당겨버려 빨간 팬티가 고스란히 드러남과 동시에 요란한 웃음들의 도가니가 되고 있다. 일단의 여자들이 한꺼번에 도달해 하나의 주머니에 수 개의 손이 들어가기도 했다. 늦게 도착한 여자들도 주머니에 억지로 손을 밀어 넣으려고 안간힘을 쓰고 있다. 주머니가 깊은 탓인지 바로 동전을 집어내는 자는 드물었고 함께 손을 넣은 상태에서 서로 먼저 동전을 잡으려고 사투하듯 다투고 있다. 그런 후 동전을 최후로 집은 여자가 나오자 다른 여자들은 억울한 양 씩씩대거나 못내 아쉬움을 뒤로한 듯이 한 표정으로 물러나 주위로 둘러선 관중들 사이사이로 끼어들어 갔다. 이어 다시 호각소리가 나자 승자인 세 여자는 치마를 벗어 공중으로 날려버린다. 그리고 세 여자는 빨간 팬티를 한 채 주머니 앞에 엎드린다. 곧 또다시 호각이 울리자 식탁 위에 있던 사내들이 여기저기 동전을 던지기 시작했고, 세 여자는 그 동전을 서로 주우려고 엉덩이를 흔들며 정신없이 기어 다닌다. 주위에 도열해 있던 여자들은 경연장의 세 여자가 너무나 부러운 것인지 거의 말이 없었고, 게임에 참여했다가 탈락한 여자 중에는 옆 사람에 어깨에 기대어 훌쩍이기까지 했다. 거의 백 개는 될 만한 수의 동전이 던져진 후 호각소리와 함께 게임이 종료되자 세 여자는 바닥에 엎어져 가만히 있었는데, M의 눈에는 볼 것도 없이 지쳐 그러했다. 그런데 그것이 아닌 것 같다. 지쳤다는 것은 아무런 이유도 되지 않을 것으로 보아야 할 터였다. 동전을 던진 세 사내는 식탁에서 내려와 가위 · 바위 · 보를 하고 나더니 이긴 순서대로 엎드려 있는 여자들에게 가서 하나씩 골랐다. 사내들은 각기 여자의 빨간 팬티를 까고는 엉덩이를 몇 번에 걸쳐 손바닥으로 찰싹! 찰싹! 치고 이어 호주머니에서 필기구를 꺼내더니 엉덩이에다 손이 가는 데로 그림을 그려대었다. 그것이 끝나자 유난히 길고도 큰 호각소리가 울렸다. 이어 전축에서 빠른 음악이 울렸고 그곳 모든 남녀들이 노래를 부르고 엉켜 춤을 추기 시작했다. 두 번째 곡, 세 번째 곡까지 계속되는 노래와 춤을 넋 나간 채 보고 있던 M의 등 뒤에서 "위원님!" 하는 소리가 들렸다. 화들짝 놀라 뒤돌아보니 이 호텔에 처음 왔을 때 납득 안

되는 환대를 해주었던 넬리였다. M은 다짜고짜로 도움을 받을 일이 있으니 조용한 곳으로 가자고 했다. 넬리는 무슨 임금의 손을 타게 될 기회라는 듯이 흥분해서는 호텔 울타리 구석진 곳의 창고로 M을 데리고 갔다. 식당의 그 요란한 소리는 들리지 않았고 그 시간에는 그 어떤 사람도 올 일이 없을 창고였다. 창고에 들어서자 바로 M이 지갑에서 지폐 한 장을 꺼내 넬리에게 건넸다.

무슨 계산을 하는 듯이 망설이다 돈을 받은 넬리는 "적지만 처음이니 이해하고 그렇게 알겠어요."라더니, 블라우스를 헤쳐 자신의 유방을 꺼내었다. 갑작스런 사태에 놀란 M은 후다닥 뒷걸음 했다. 넬리는 "괜찮아요. 돈이 적어도 이해한다고 했어요."라더니 이번에는 뒤돌아 치마를 올리고 팬티를 내려 엉덩이를 M에게 내밀었다. M은 "이봐요, 지금 뭐하는 짓이오!"라고 소리쳤다. 넬리는 "저가 뭐하는 것이 아니라 위원님이 주신 돈에 대한 저의 대가를 드리는 건데, 그냥 만질 수도 있고, 손바닥으로 칠 수도 있는데요!"라고 했다. 창고를 휘둘러보니 한쪽 편에 나무의자가 여러 개 있어 넬리와 그곳에 앉았다.

─오해를 한 것 같은데, 그 돈은 지난번의 고마움에 대한 표시와 함께 지금 부탁할 일이 있어 그런 것이오. 그래, 아까 창고에서 그 이상한 게임에서 동전을 던지던 그 사내들은 누구요? 여자들은 청소원들인가 보던데, 그 사내들은 차림새로 보아 관리는 아닌 것 같고 대체 뭐하는 사람들이죠. 돈 많은 상인들인가요?

─그분들~요? 몸종이에요. 관리님들의 몸종 말예요. 전, 오늘 억울해요. 저가 참여했으며 게임에서 이길 수 있었는데 선임이 심부름을 보내서는, 기회를 놓쳐 아까워 죽겠어요. 그거 한 번 이기면 한 달 봉급이 넘는데 말예요. 그때는 위원님 방을 가꿀 기회가 있던 것만으로도 저에게 기쁜 일이었어요. 제게 부탁할 일이 있으시다니, 전 지금 가슴이 막 터져요. 뭐든지 바로 할게요.

— 청소원 중에 파비안이라고, 그분을 찾아 좀 보내줘요. 별것은 아니지만 지금
   좀 볼 일이 있으니 말이오.

— 예? 그 여자를요? 그 여자는 악귀가 붙었는데요. 심부름이든 뭐든 그 여
   자에게는 시키지는 마세요. 잘못되면 아주 나쁜 일을 생기게 하는 여자란
   말예요.

— 아, 그런 게 아니고, 뭐냐면, 그분이 내 방 청소 후 쓰레기를 버리면서 물건
   하나를 보지 못했는지 확인하려는 것이에요. 남들에게는 아무것도 아니겠
   지만 내게는 필요한 물건이라 그러는데, 청소 중 다른 쓰레기와 함께 쓰레
   기봉투에 들어갔을까 하는 것을~요. 그러니 그냥 그분을 잠깐 여기로 보내
   주면 되겠네요. 내가 청소원숙소로 들어가 사람을 찾아다니는 것이 좀 그렇
   잖아요.

— 그러면~요, 그 여자에게 붙은 악귀들 중 하나가 제게 옮겨붙을지도 모르니
   까요, 그 대가로 지금 저의 급에서 조금이라도 승진하도록 도와주신다는 약
   속을 해주셔야 해요. 청소원이 아니고 경리원이면 가장 좋고요. 언제라도
   저가 어디에 자리가 났다고 말씀을 드리면 바로 그렇게 해주시는 걸로요.
   그냥 한 마디만 거드시면 되니, 위원님은 아주 쉬운 일이거든요. 약속하시
   는 거예요, 그렇죠!

에라 모르겠다! M이 알겠다고 했다. 넬리는 사정없이 엉덩이를 흔들며
달려가더니 파비안을 보내줬다. M은 창고로 온 파비안에게 얘기를 더 듣고
싶다며 자신의 객실로 와 달라고 했다. 파비안은 좀 있다가 다들 잠든 후
방문하겠다고 힘주었다. 오기 직전 전화한 후 들어선 그녀의 차림은 남장
이었다. 어떤 의도가 있어 쫓겨나면서까지 화장실청소를 한다는 말과 함께,
뭔가에 대해서도 쑥덕거리는 것 같아 조심스러운 사정이라고 말했다.

— 내가 그곳까지 찾아갔던 것에는, 당신의 얘기가 어찌 이어질지 궁금한 것이
   었지만, 그런데 말이오, 당신은 분명 원래 청소원을 할 사람은 아니었어요.

다른 청소원들도 그렇게까지 정치나 정책에 관련한 사리까지나 알고, 또 비판이든 뭐든 얘기를 해낼 것은 아닐 것이지요. 아까 잠시 들은 당신의 어휘나 말투만으로도 분명 고등교육을 받은 사람이었고, 그것도 단지 대학을 나왔다는 말로써 다 설명할 것도 아닐 것을 말이오. 그냥 편하게 묻겠소. 학교를 어디까지 했으며, 청소원이 되기 전에는 어떤 일을 하셨나요?

— 세상 돌아가는 사리를 이해하는 데는 누가 잘나서라기보다는, 이런저런 경험이라든지 그만한 사정들이 있었겠지요. 오빠가 그렇게 되기 전까지는 그런대로 잘 사는 축에 드는 집안이었다고 했죠. 잘 산다는 것은 그 자체로써도 공부든, 하는 일이든, 생각이든 모두 남다를 수 있다는 것이고요. 그렇지를 않나요? 비판을 거론하시니, 혹, 청소나 하는 주제에 잃은 귀족에의 향수에나 빠져 있는 한심한 인간으로 보이셨나요?

— 귀족에의 향수? 아, 그런 건 아니고요. 다시 얘기로 돌아가, 기념관과 동상의 건립이라면 그건 국가 정책의 집행인데, 그러면 어쨌든 정부의 해당부서에서 그 일을 발주를 하는 것이잖아요? 그런데 입법기관인 국회가 그 사업을 결정하고 업체에 맡기기까지 한 것 같이 아까 말했거든요. 국회가 나라의 사업을 결정하고 집행까지도 한다는 건가요? 이 나라에서는….

— 사업은 당연히 정부에서, 정부의 해당부처에서 해야지요. 그렇지만 웬만히 중요하거나 규모가 있는 정부정책은, 그 정책의 결정은 모두 국회의 심사를 받아요. 그 심사와 관련한 영향에 의해 집행도 예를 들어 어떻게 라든지, 어느 업체가 맡는다든지 등이 상당한 영향을 받는 것 같고요. 아마도 대부분 본회까지는 가지 않고 각 소위원회의 결정으로 그 영향을 받나 봐요. 어쨌든 모양새는 토론과 협상 끝에 이뤄지는 타결이어서인지, 방송·신문에서도 무슨 문제가 제기되는 것은 없고 하여튼 특별히 저항을 받는 일도 없거든요. 그 공사는 오빠 회사의 규모에 비해 엄청나게 큰 것이었는데, 오빠 사업 이래로 가장 큰 공사를 맡은 거였을 거예요. 그렇기 때문에 오빠의 기대치는 대단했고, 정말 제대로 된 작품을 낸다고 철저히 준비를 했어요. 오빠의 사업이 완전히 때를 벗길 정도로 도약할 기회였던 셈이었죠.

그런데 예상치 못한 문제가 발생했어요. 이러저러한 준비가 맹렬히 진행되던 상태에서요. 착공이 많이 늦어질 수 있는 문제였으니 오빠가 조바심이 적은 것이 아니었죠. 누구로부터 제시된 것인지는 저는 모르지만, 추가 수수료의 요청이 있었는데, 공사대금의 15% 정도였을 거예요. 공사금액이 워낙 크다 보니 그 15%도 아주 큰돈이었고요. 그 큰 공사에 필요한 돈을 마련키 위해 있는 부동산은 이미 모두 담보로 들어가 버렸고, 그렇다고 그 큰돈을 담보도 없이 융통하기는 어려웠고요. 다만 오빠는 당시에는, 그 조바심이 났을 뿐 무슨 근본적인 문제로 여긴 것은 아니었던 같았어요. 오빠의 사업적 능력이나 수완으로 보아, 저도 그건 그럴 수는 있었다고 봐요. 그런데 그 돈을 만드는 것이 많이 지체되고 있었어요. 발주 쪽에서 재촉한 것은 아니었기에 지체 그 자체로는 큰 문제가 아니었더라도, 그래도 마음이 바쁜 오빠는 그 돈을 해결키 위해 여기저기 계속 뛰어다녔고요.

— 그 추가 수수료라는 것이 무엇이며, '추가'라면, 그 이전에 원래 수수료라는 것도 있었다는 말인가요? 근데, 그 수수료라는 것, 그게 뭔데 대체 여기서도!

— 기본은 일을 맡았으니 내는 거죠. 추가로 내는 수수료는 어디든지 무슨 일이든지 가끔 있는 일이고요.

— 그래, 그 기본적인 수수료라는 것은 얼마였나요?

— 공사대금의 10% 정도가 보통이지만 사정에 따라 다르기도 한데, 오빠는 20% 정도였던 것으로 알아요.

— 뭐요? 아니 그럼, 총 공사대금의 35%가 수수료로 나간다는 말인데, 허! 그런 공사를 왜 해요? 그래도 남기라도 한다는 거예요?

— 총 순수입이 50%는 넘을 일이었으니 당연히 남지요.

— 뭐? 50%가 넘어요? 무슨 장사가 그렇게까지 남으며, 그러면서 그중 나가는 수수료는 더 많다니! 그러면, 그 기본이든 추가이든 그 수수료라는 것들은 대체 어디에 쓰인다는 거요? 발주를 준 부서 관리들을 비롯해 힘 있는 개인들에게 가버린다는 건가요? 아무리 그래도 그렇지, 도무지 납득이 되질 않네요.

—그건 저도 그리 몰라요. 너무 복잡하게 얽혀 흐르는 돈이기도 하지만, 무엇보다 그런 것에 관련되는 사정은 외부에서 알 수 없거든요. 그런데요, 물론 힘 있는 개인들에게 들어가는 부분이 없지는 않겠지만, 그 부분이 그리 크지는 않을 거예요. 그도 그럴 것이 그런 걸로 관련되었다며 문제가 되어 시끄러웠던 적은 별로 없었거든요. 대체 어디로 간 것이냐에 대해서는 아마도 무슨 거대한 집단일 것이라는 말이 있는 것 같지만, 그것이 너무 복잡하고 괴물과도 같아 결국 알 수 없다는 말인 것 같아요. 이 모든 것은 저의 상상일 수도 있고요.

여기서 파비안은 'M에게 이런 말을 한다는 것이 무슨 실익이 있는가?'라는 듯이 얘기의 계속을 머뭇거렸다. 반면 '무슨 거대한 집단으로 들어갈 것'이라는 말이 귀에 박혀버린 M은 파비안의 지금 말들이 마치 자신의 미래와도 무슨 관련이 있을 듯이, 뭔지 알 수도 없으면서도 자신이 꿈꾸는 어떤 사업에 무슨 계기나 힘이라도 되는 듯이 하며, 흥미롭다고 했다가는 M과 파비안 모두에게 분명 뭔가 도움이 될 말이 이어질 것만 같다며 파비안에게 계속할 것을 주문했다.

—그 도움이 될 것이라는 것의 정체가 뭔지는 모르고 의문도 없지를 않으면서 저를 부추기는 뭔가도 역시 없지를 않아 보이네요. 그렇더라도 이 나라에서 그 누구에도 할 수 없는 제 얘기를 들어 줄 수 있는 유일한 분임은 인정할 수밖에 없다는 사정에서, 그래서 일단은 처음 생각대로 끝까지는 가보겠어요. 뭐냐면 그러니까, 돈 마련이 지체되던 중 설계사, 공사자재 공급업자, 인력공급업자 등 공사를 위해 약속된 자들이 이상해졌던 건데, 그들 모두가 연락이 되지 않았다는 거예요. 전화를 받지 않거나, 오빠 목소리가 건너가자마자 그냥 전화가 뚝 끊어지거나, 다른 사람이 전화를 받아 지금은 본인이 부재하니 따로 연락을 하게 하겠다고 한 경우에는 감감무소식이었고, 정말 어쩌다가 상대방 본인과 통화가 된 경우에는(이 경우에는 전화상으로 무심코

대답을 해버린 경우였던 것 같고요.) 잠깐 기다려 달라고 해놓고는 그냥 끊어져 버리거나 급한 일이 있어 바로 연락하겠다고 해놓고는 그것으로 끝난다든지, 전부 저런 식이었다고 해요. 할 수 없이 직접 찾아가면 오빠가 오는지 미리 망을 보고 있다가는 뒷문으로 빠져나가 버린다거나, 어쩌다 만나게 되면 갑자기 배가 아파 화장실에 간다는 등으로 해서 결국 마찬가지였다고 했거든요. 추가수수료를 마련하는 일과는 어쨌든 별도로 필요한 공사 준비는 그것대로 되고 있어야 했는데도 설계가 어떻게 되어가고 있는지, 공사자재는 이상 없이 준비가 되고 있는지, 필요한 공사인력은 확보되고 있는지 알 수가 없게 된 것이지요. 그렇지만 무엇보다 답답한 노릇이란 왜 모두들 오빠를 피하는지에 대한 이유를 알 수 없다는 것이었고요. 그전 같으면 오빠가 공사를 맡으면 다들 하청을 받거나, 어떤 형태로든 공사의 어느 작은 부분에라도 참여해보려고 난리도 아니었는데 말이지요.

거기다가 은행들, 그것도 주거래 은행마저 오빠의 대출신청에 대해 새삼 보증을 비롯해 장래 신용요소들을 따진다며 마냥 기다리게만 했고, 지인들은 하나같이 보증이나 융통에 대해 자신들의 사정만을 길게 늘어놓았을 뿐이었고요. 결국 그래요, 설령 그 15%를 마련하게 되었다고 하더라도(물론 그럴 수 없었다고 볼 것이지만요.) 사실인즉 그 공사는 할 수 없게 되었다고 보아야 할 터였지요. 어떻게 한꺼번에 모두들 그렇게 모호하게 꽁무니를 빼버릴 수 있었다는 건지!('더 높은 곳에 있는 권력자들의 계시가 그들을 보호하고자 함이었던가?'라는 생각으로 잠시 멈췄다가) 그 15%와는 별도로도 그랬으니 큰 손해를 보고 오빠는 포기를 했고, 곧 다른 큰 업체가 다시 맡았어요.

그렇지만 오빠가 새로운 일거리를 찾아 사람들과의 접촉을 지극히도 한 탓이었는지, 다행히도 망설이거나 모호한 태도이던 사람들이 차츰 오빠를 만나주기는 했어요. 그러나 주요 수입원이었던 관급공사는 없이 작은 민간공사들만 그것도 어쩌다가 하나씩 들어왔을 정도였을 뿐이었으니, 그건 더 이상 과거와는 비교할 바가 아니었죠. 국가가 준 그것도 그렇게 큰 공사를 하지 못하게 된 결과가, 그러니까 오빠 회사에 관해 무능하거나 불안한 뭔가가 있었을 것이라는, 그렇게 여겨진 생각들이 오빠에 대한 거리감을 크게 만든 것이 아니었나 싶은 거 있죠. 오빠 본인조차 맡은 일을 포기하게 된 이유를 모르는 판에, 아니, 오빠는 당사자이니 그 이유가 문제이더라도 다른 사람들이야 굳이 알아야 할 것은 아니었죠. 누굴 탓할 수도 없는 시간이 자꾸 늘어지면서, 오빠는 매일 술이었어요. 술만 껴안고 있었던 것이에요. 그것도 혼자 마시는 거요. 작아져 가는 자신을 술로 채우며 말을 잃어가고 있었어요. 돋보이던 자존심과 기개는 사라지고, 언니와 조카들 눈치 보는 사람으로 변해 갔어요. 언니든 조카들이든 자랑스럽던 남편과 아비를 잃었고, 그들 역시 그 어떤 말도 꺼내지 않았어요. 활기차던 가정이 끝없이 이어지는 침묵으로서만이 서로를 알리는 나날이 깊어갔어요. 그러고 많은 날들이 지난 후 어느 날 아침 총독의 동상이 페인트로 뒤집어썼다는 보도가….

파비안은 얘기를 하다 말고는 갑자기 머리를 쳐들고 천장을 보더니 이어 천천히 고개를 흔들고 있었다. 그러고는 화장실을 다녀오겠다며 의자에서 일어섰다. 객실 화장실 좌변기에서 파비안의 머리는 숨 가쁘게 돌면서도 잡히는 것이 없다. 내가 이분에게 무슨 얘기를 하고 있는가? 나와 내 가족의 표면만 알 뿐 실체는 모르는 세상인심들에게 지금껏 주절댄 일이 없는데, 이분이라고 해서 그래야 하는 이유이든 실익이든 그게 뭐든 있다는 건가? 굳이 이유라면 외국인이라는 사실 그 하나뿐이다. 그 사실 그 하나 자체가, 대체 이분이 가진 관리 그것도 고급관리라는 요소로부터 더욱 많이 뒤집어쓸 수 있는 위험성을 저지한다는 보장이 어디에 있는가? 금기된 자를 가까이하는 자의 위험을 이분인들 모를 리 없을 텐데, 이분은 예외로써 그럴 수 있다는 달리 이유나 근거라도 있다는 건가? 나와 내 집안에 대해서는 알고 싶지 않은 것이 아니라 모르는 것이 사람들에게 필요한 것이고 그가 고급관리라면 더욱 그러할 것인데, 지금 이분은 왜 이러며 정말 날 도울 수 있는지, 그럴 마음이 있는지, 정말 그렇다면 대체 뭣 때문에 날 돕겠다는 건지, 이 모든 것을 대체 무엇이 확인케 해준다는 건가?

더구나 나 자신부터도 내가 왜 이러는지, 화장실 청소를 하면서까지 사람을 찾아서는 대체 그다음에는 무엇을 한다는 것인지 스스로에게도 대답하지 못하고 있는데, 그러나 그렇다고 해서 여기서 이것조차 놓아버린다면 온통 빈손으로 더욱 불안하고 지지부진할 뿐인데… 서로 다투는 생각이 꼬리를 물던 파비안은 결국 M이 외국인이라는 사실, 하나의 그 다름에 자신의 몸을 얹는, 그 전혀 알 수 없으나 달리 선택의 여지 없는 그것에 의탁하며 좌변기에서 일어났다.

그런 후 발걸음을 떼지만 생각이라는 것이 또 일어난다. 외국인으로서 혹시, 단지 내 얘기에 그냥 호기심에? 정말 호기심? 구질구질한 내 집구석의 얘기를 두고, 세상에나! 게다가 호기심의 대가로 고급관리가 삿대질이나 명예의 추락을 감수한다고? 말도 안 된다, 안 돼!

그런데, 그런데, 이 화장실에 온다면서 일어서기 직전부터 그게 뭔가 하고 피어나 떨어지지 않으면서 계속 자라나고 있던, 그 다른 한편으로의 찜찜함이거나 의문… 외국인으로서 이 나라의 고급관리가 된 일이 있었던가? 아마도, 없었을 것인데? 그렇다면 이분 스스로 자신을 말한, 그 고급관리가 아닐 수도 있다는 건가? 아니면 관리는 맞지만 그 '특별입법조사위원'이라는 직책이 고급관리에는 들지 않는 것인가? 아니 그렇지만, 설령 하급의 관리라고 하더라도 그 누구도 절대 이러진 않을 것은 마찬가지이니, 고급이니 하급이니 하는 구분도 그 의미는 없지를 않은가. 그러나 적어도! 관리이거나 아주 돈이 많지 않은 다음에야 이 비싼 객실에서 여러 날이나 투숙을 하는 경우가 어디에 있다는 말인가? 또 달리는 빈털터리인 내게서 무슨 사기라도 치려는 것도 말이 되지 않지를 않는가! 늦은 밤에 청소원의 숙소까지 찾아 나서기까지 해서는 얘기를 들으려는 것은 무엇이며, 무슨 관심인가…? 돌아와 의자에 앉기까지도 다만 저마다의 기준들이 서로 다투고만 있던 가운데, '부딪힌 다음, 시간의 경과에 따르자!'라는 듯이 힘을 실어 얘기를 이어갔다.

—그날 아침에요, 대통령의 동상이 페인트로 뒤집어썼다는 보도가 나왔다는 거예요. 방송과 신문이 일제히요. 흰색에 가까웠던 동상이 시커먼 페인트로 칠해져 있었던 거죠. 받침대부터 그 높은 얼굴까지요. 스프레이로 뿌린 듯이 위아래로 죽죽 줄이 처진 것으로요. 방송은 그날 온종일 그 사실과 시민의 충격을 보도했어요. 그 짓을 저지른 자와 그 가족 모두를 쳐죽여야 한다는, 저런 식의 시민들은 반응이 집중되었고요. 그런데 말예요. 그다음 날 조간신문은 아주 뒷면에 그것도 조그마하게, 그 짓을 한 자로 오빠의 큰아들을 지목했다는 거예요(직설적인 것은 아니었지만, 오빠가 철없는 자신의 아들을 꼬여 그랬을 수도 있다는 뉘앙스를 가진 표현이 없지도 않았고요.). 그 일이 있었던 그날 늦은 밤에 어느 관리가 한 아이가 큰 물총을 동상 쪽으로 쏘는 모습을 보았다는 것이었다는데, 그때는 그냥 맹물로 장난하는 줄로만 알았다는 것이었어요. 그 아이는 그 관리가 그 일이 있기 사흘 전 무슨 일로 보았던 오빠와 함께 있었던 소년이었다고 했다고, 그렇게 보도되었어요. 큰 조카는 그 짓을 하지 않았다고 해요. 그 시간에 잠을 잤다는데, 그때는 집에 아무도 없었기에 잠을 잤는지 어땠는지는 알 수가 없는 거였지만요. 창고에는 페인트가 그대로 있었지만, 그것으로 그 조카가 하지 않다는 것을 증명하는 것은 아니잖아요. 그때 오빠는 아들의 등을 어루만지기도 하면서 무슨 생각에만 잠겨 있었어요. 그 일이 있고부터 우리는 모든 것을 잃었어요. 기간이 남은 은행대출금 상환요구가 들어오고, 보통 연장되는 어음이 바로 제시가 되고, 모든 거래는 완전히 끊기는 등으로 해서 재산이 하나하나 없어지더니 결국에는 빈손이 되었고요. 살던 집까지 은행의 손에 의해 경매로 넘어가 버렸으니까요. 그 일이 있기 전에는 그래도 사무실 건물도, 건설기계도, 땅도, 살던 집도 있어 그래도 보통은 넘어서는 수준은 유지하고 있었는데 말예요. 그 이후 외딴곳에, 버려진 농가였던 곳으로 이사해서 살고 있고요. 있던 방으로는 아홉 식구에 도저히 좁아 헛간과 다락방도 손보아 잠자리로 쓰고 있고요.

　—그 관리가 누구인지 모른다는 말인가요? 공직자이기도 한 그런 취재원이라
　　면 이름을 밝혔을 것인데요.
　—예? 어떻게 관리의 이름이 신문에 나올 수가, 나온다는 말예요.

　관리의 이름은 신문에 나올 수 없다? 이 괴상한 말에 대해, 이 나라에서
는 사실일 수도 있음을 인정할 수밖에 없었음이었는지, 다투려던 입을 닫
아버린 M은 말을 이었다.

　—그럼 이 호텔에 처음 일을 하게 된 것이, 그 관리를 찾기 위해? 그쪽 말대로
　　라면, 그 관리의 얼굴도 모르잖아요.
　—그 관리가 말했다는 그 사흘 전이라는 즈음에 오빠가 조카와 함께 여러 관
　　리들과 같이 있었던 일은 있다고 해요. 무슨 공식적인 자리가 아니라, 우연
　　히 한자리에 있게 된 경우래요. 그러니 소속이 어딘지, 이름이 뭔지는 모르
　　고요. 다행히 오빠는 희미하게나마 그들의 얼굴은 기억하고 있었어요.
　—그러면 이젠 화장실에서, 그때 관리들 중에서 그 동상 훼손의 현장을 보
　　았다는 자도 찾고, 또 파비안의 투덜거림을 들었다는 관리도 찾는다는 것
　　인가요? 각기 다른 사연에 관련된 두 사람을 화장실에서 모두 만날 수 있
　　다는, 그런 계산인가요. 너무 무모한 것이 아닌가요? 미련하기가 짝이 없
　　는 일요. 지금 내 말은, 너무나 낮은 가능성에 비해 지나친 고생을 사서 하
　　는 것이라는 것이오. 결국 당신이나 당신의 집안을 위해 내가 할 것은 없
　　네요. 그쪽 자신에게조차 거의 불분명한 행위를 하는 것이니, 더욱 그렇지
　　않나요? 사연을 들으면 내가 도울 수 있다는 말은, 어쨌든 오해에 지나지
　　않은 것이었소.
　—단정치 마세요! 이 나라에서는 되는 것도 없지만, 안 되는 일도 없어요.
　　도움이 될지의 문제는 시간이 필요해요. 그래요, 시간이! '입법조사위원'
　　은 관리죠, 그것도 저 높은 곳에 있는 2급이나 3급에는 해당할 것 같은
　　데, 그냥 낮은 쪽으로 해서 3급이라고 해보죠. 이 나라 국민들은 물론 그

나마 관리를 많이 만나는 여기 호텔에 종사하거나 드나드는 사람들, 그 모든 사람들이 어떻게 3급의 관리를 만나요. 평생 한 번이라도 바로는 쳐다볼 기회라도 있을까, 그거 모르세요! 그냥 그런 분이 근처에 있다는 것부터 은전인데요. (잠시 멈췄다가는 목청을 내려) 특별입법조사위원이 무슨 일을 하는 직책인지, 어디에 소속된 것인지, 어떤 절차를 거쳐 되는 건지, 공식적으로 임명된 것인지, 검증과정에 있는 중인지 아직은 아닌지, 그 특별하다는 법을 만드는 데에 중요한 역할을 할 권한이 주어지는 위원이 되려고 노력하고 있는 중인지, 그 위원이 되는 요건이 어떤지… 이미 고급관리라고 그냥 알고들 있는데 어떻게 사람들이 저런 것들을 생각이나 하겠어요. 2급이나 3급의 고급관리의 얼굴을 한 번이라도 보았다, 목소리라도 한 번 들었다, 저런 것들 그 자체로서 다른 것은 생각할 수도 없이 오로지 바로 뿌듯하고 행복할 뿐인데요. 한마디의 말이라도 붙여본다는 것은 생각조차 어려울 뿐 '고급관리의 얼굴을 보았다, 목소리를 들었다.'로 남들에게, 사람들이 북적이는 사거리로 달려가 막 자랑하고 싶을 뿐인데요.

이게 뭔가? 올 것이 왔다는 건가! M은 놀라면서도 파비안의 의중이 뭔지를 파악하는 것인지, 침착해지려고 안간힘을 쓰는 것 같다. 이 여자의 생각은 어디까지인가? M의 정체에 대해서 정말 알고 있음에도 불구하고 M에게서 도움을 기대한다는 것은 모순인데, 이 여자로부터 아직 나오지 않은 의중이 있다는 건가? 자신의 어려운 상황을 구제한다며 M에게 이다지도 간절하면서도 한편으론 공격이듯이 하는 것은, 그것은 이 여인은 M에게 줄 것도 받을 것도 모두 있다는 그 어떤 전제가 있다는 건가? 현재를 어떤 상호교환의 가능성으로 읽고 있다는 건가? M이 관리가 아닌 반면 외국인이기에, 그래서 오히려 M이 이 여자에게는 위험의 회피이면서 동시에 가능성의 그 어떤 존재라는 것인가? M은 인정도 부정도 그 어떤 반응도 내어놓지 않고 계속 얘기를 듣겠다는 주문을 했다.

파비안은 자신이 M의 선택을 대신해주는 것이 피차에게 남는 장사라는 듯이 M을 달래듯 가르치듯 말을 이었다.

─자리를 바뀌었어도 저 역시 마찬가지일 것예요. 그렇게 이 순간 선생님은 어떤 말씀도 선뜻 선택할 수는 없겠지요. 저라는 미물을 관통함으로써 찾는 바가 뭔지는 모르지만, 적어도 구체성의 측면에서 만날 수는 있는 존재라는 그 기초로서의 파비안은 되겠죠. 시간이 말하기 전에는 선생님에게 확고한 저를 증명할 수는 없지만요. 투자라는 것은 논리가 아니라 선택일 때도 있죠. 실력이든 경험이든 그 어떤 것도 완전한 담보는 될 수 없는, 바로 선택의 문제인 것일 뿐인 것을요. 선생님의 존재에 관련해서는 모두들 이미 그렇다는 틀에 갇혀버렸기 때문에, 저와 같이 '선생님은 누구인가?'라는 질문 앞에 서 있을 사람은 좀체 없을 것이죠. 그런데 한편으론~요, 선생님이 스스로 깔아 놓은 그 존재의 안전성이 그리 단단한 것은 아닐 수는 있지를 않나요! 그 안전장치를 미리 보전한다든가 그것이 훼손되는 경우에는 다른 것으로 보충한다든지, 하는 따위의 역할은 누군가 해야 하지를 않은가요? 그게 누구일까요? 이 나라에 와서 알게 된 사람 중에 기꺼이, 능히 그럴 수 있는 자가 있나요? 누가 있나요? 현재도 미래도 염두에 두지 않고서 그 역할에 뛰어들 수도 있는, 그래도 좋은 자가 누군가요? 누구란 말예요!

─나라는 존재는 아무것도 아니라는 그 전제에서 당신의 얘기는 출발하는데, 나는 변호사라는 사실을 기억해야 해요. 더구나 나는 가장 앞선 나라에서 유학을 해서 법학박사 학위까지 취득한, 그러니까 법학박사와 변호사라는 두 개의 자격을 가지고 있다는 것을, 그것을 알아야 한다는 말이오!

'변호사'라는 말이 나오자 파비안은 자신이 잘못 들은 것인가 하다가는 유학, 법학박사, 변호사로 이어지자 "그, 그게 무슨 말이에요? 변, 변호사라니, 무슨 말이냐 말예요!"라고 소리를 쳤다. M은 자신을 입법위원이라고 한 것은 그냥 소통의 편의상 그랬을 뿐이며, 그 입법위원이라는 것보다 더 가

치가 높을 변호사라는 신분을 이제 알리는 것은 겸양에서 비롯되었다는 것
으로 들리게 하려는 것인지, 말을 복잡하게 하고는 하던 말을 이었다.

　—내가 가진 법률지식은 이 나라의 법학자들과 법률가들이 앞으로 반드시 배
　워야 할 선진의 지식이기도 한 것이오. 결국 나는 설령 입법위원이 아니더
　라도 이 나라에서 그 언젠가, 법학교수가 될 수도 있지만, 정말 잘 나가는 변
　호사를 할 작정이오. 그런데 말이지, 당신은 아주 매력적인 여인이군요. 그
　러나 불행하게도, 그 매력이 너무 복잡하거나 난해해서, 그래서 한 발짝도
　당신 안으로는 들어갈 수 없을 같소. 그래, 내게서 원하는 것 무엇이오? 당
　신은 자신과 가족에 대해서, 그리고 이런저런 것을 많이 말했지만 당신의
　기대가 뭔지는 알 수가 없소. 그게 뭔가요?

　파비안은 별 반응이 없이 이젠 알았으니 변호사로 부르겠다는 정도로
만 말했다. 무엇을 파지한 것인지 어쨌든, 파비안은 놀란 듯했던 변호사
라는 것에 대해 곧이어 실망이든 뭐든 맥 빠지게 된 것임에는 분명한 것
같다. 그러나 M을 간단히 버려도 그만인 패라고 단정할 수는 없다는 점
과, 어쨌든 상황에 따른 가용성으로서의 외국인이라는 점은 여전히 파
비안에게 남아 있다고 볼 터이다. 파비안은 가능성도 기대치도 그리 대
단치는 않은 가운데서도 그 남겨둔 여지의 증거를 M에 밝혀둔다는 것인
지, 국회 특별입법조사위원에 대한 M의 지극함에 대답하는 하나의 선물
을 보내줬다. 그 선물은 M이 입법조사위원이 되는 일에 배경이 될 수 있
는 사람이라며 소개한 일이었다. 그는 국회에서 중요한 역할을 하였으
며 지금도 필요에 의해 늘 정치와 국회의 동향에 대해 모니터링을 할 정
도로 사실상 현실 정치인이라고 봐야 한다고 했다. 그러면서 자신의 오
빠가 정상적으로 사업을 할 당시 오빠와의 사이에 서로 상당한 정도의
도움을 주었다고 볼 수 있는 관계라면서, 자신의 집에도 여러 번 와서
같이 식사를 하기도 했다고 말했다. 그런 관계라고 해놓고는, 그에게 자

신의 존재에 대해서는 일체 언급하지 말 것을 힘주어 주문했다.

    M은 파비안의 저 당부가 난감했다. 어쨌든 파비안의 존재가 모두에게 어떤 금기라는 취지는 어쩔 수 없는 일이라고 치더라도, 타국에서 전혀 모르는 사람에게 홀로 먼저 접근해 자신의 뜻을 전하고 도움을 이끌어 낸다는 것이, 저것이 도무지 쉬운 일인가? 이건, 길가는 아무나 잡고 최고의 자리에 취직을 시켜달라는 꼴이 아닌가! 그런데 또 하나의 고민도 있다. 이것이 당장은 더 난해한 고민거리인 것만 같다. 엘린이 함께 가서 보자고 한 사람과 파비안이 지금 소개한 사람, 둘 중에 누가 우선이며 어느 쪽이 우월하다는 건가? 접촉의 편의와 소통의 실질을 기준으로 하면 당연히 매개가 함께하는 엘린의 사람이다. 소개자를 기준으로 하더라도, 뭔가 터무니없을 것도 같은 약속이 있었다손 치더라도 어쨌든 엘린은 M과 몸이 교환된, 어쩌면 마음도 섞였을지도 모를 여자이다. 그렇지만, 입법위원이 될 것인지의 과제는 불투명할 뿐만이 아니라, 설령의 그 직책은 영원할 수가 없을 것이고 M 스스로도 그것에 완전히 묶이는 것을 원하는 바는 아니다. 그런데 한편으론 M은, 그리 힘이 들어가지는 않은 듯이 한 파비안의 소개의 태도에 오히려 은근히 뭔가 뚜렷이 있는 것도 같다. 그것은 어쨌든 술집지배인인 엘린과, 과거이지만 상당한 사업가이자 정치권과 밀월의 관계였다는 파비안의 오빠 사이와의 비교로부터 오는, 그 무게의 차이와 관련이 없지는 않을 것이었다. 그러나 역시 매개가 함께하는, 어쨌든 만남 자체는 훨씬 쉬운 자부터 일단 두드려야 한다.

6

매튜의 설계

무슨 문제가 발생한 것은 아니지만 순서에 차질이 생겼다. 엘린이 소개할 사람에게 사정이 생겨 이삼일 후에 만날 수 있다고 했다. 그리고는 엘린은 그 사람에게 M의 존재와 용건에 대해 충분히 설명해놓았다고 했다. 그러나 어차피 두 사람 모두 만나야 하고 또 마음이 바쁜 M은 당장 가능한 쪽부터 접촉하려고, 파비안이 준 주소와 약도를 들고 차를 몰아 나섰다. 전혀 모르는 자를 그것도 못 만날 수도 있다는 사정에 있는 M은, '뭐 이런 경우가 다 있어!'라면서도 어쨌든 이젠 실행이 들었다는 한편으로의 설렘으로 차를 몰았다. 약도대로 따르니 대로를 지나 완만한 언덕을 오르고 산을 넘은 후에는 깔끔한 아스팔트 도로가 거의 1킬로미터는 될 직선으로 이어지더니, 그 끝에서 물안개 밭을 밀고 나서는 눈부신 고성이듯이 하는 집들이 보였다. 약도상의 종착지는 P시 외곽 산속에 위치한 고급전원주택단지였다. 단지 입구 앞에서 차를 세웠다. 푸른 하늘을 낮게 이고 있는 작은 성들의 조합, 초록담쟁이넝쿨로 옷 입은 붉은 벽돌집들이 저 멀리까지 늘어서 있다. 차를 천천히 몰며 단지입구 출입차단기 앞에 이르니 푸른 제복을 칼같이 다려 입은 경비원이 다가왔다. 호수를 말하고 매튜 씨를 방문하러 왔다니까 경비원은 어떤 관계이냐고 묻는다. 호수와 이름을 알려줬는데도 관계를 묻다니! 하여튼 대답해야 한다면, M은 그와 '무슨 관계'인가? M은 차라리 일찍 매 맞는 셈 치고 본인에게 직접 말하겠다며 경비원에게 전화연결을 부탁했다. 경비원의 입장에서 그건 곤란하다고 한다.

그러고 보니 M은 경비원에게조차 자신을 설명할 마땅한 방법이 없다. 어떻게 해야 하나? 이러나저러나 어차피 빈손으로 부딪힐 일이니, 에라 모르겠다! 호텔에 묵고 있으며 입법위원 지원관계로 파스란국에서 온 변호사인데, 그렇게 전하라고 했다. 전화를 한 경비원은 들은 대로 그대로 전달하더니 대체 상대방으로부터 무슨 말을 들은 지, 곧 알겠다며 전화를 끊었다. 그리고는 M에게 들어가라며 차단기를 올려주었다. 얼떨떨해진 M이 뭐라고 하드냐고 물으니, 경비원은 별다른 말은 없이 그냥 들여보내라고 했다고 말했다. 이게 무슨 일인가? 나를 언제 봤다고 용건도 묻지 않고 들어오라고 했다니? 경비원의 넉넉한 인사를 받고는 쪼그라든 몸으로 단지 안으로 들어섰다. 눈부시게 밀려드는 이삼 층의 집마다 그 부지가 대략으로도 일이백 평들은 됨직해 보였다. 단지 안길은 간간이 까만 승용차들만이 미끄러져 오가고, 집마다 첨탑 같은 붉은 지붕 아래 감시카메라가 눈알을 굴리고 있었다. 단지 안으로 깊숙이 들어와 보니, 대충 보아도 한집 한집이 파스란에서 보던 웬만한 단독주택보다 훨씬 큰 탓인지 단지 내 전체 집의 숫자는 그리 많지 않을 것이었다. 몇 집이 되지도 않는 이런 주택단지가 왜 이 산속에 숨었을까? 적어도 이 나라보다는 훨씬 부자인 파스란에서도 이런 정도의 고급주택들은 본 기억에 없고, 아마도 그곳에서는 찾기 어려울 터였다.

사정없이 작아진 어깨 위로 어떤 가능성이라도 보았기라도 했다는 듯이, M은 눈부신 붉은 집들에 망연히 빠지면서 파스란에서 지워졌던 나를 재생키 위해, 흔적조차 없이 소멸해버릴 나를 다시 직조(織造)키 위해 이 나라에 왔다는 듯 천천히 차를 몰았다. 전관이나 금수저에게만 열리는 편의에 힘입어 풍요와, 안정과, 평화와, 그리하여 돈이 당신들의 교양을 새끼 치고 당신들의 성공신화는 완성된 터이지만, 이젠 M도 그리 오래지 않아 당신들에게 아쉬울 것 없는 미래를 가질 것으로 믿어 의심치 않으면서! 3층으로 된 그의 집 앞에 이르러 주차를 하고 대문 벨을 누르려는 순간, '띠이이!' 소리와 함께 저 혼자 문이 덜커덩 열려버리자 움칫 놀란 M은 뒤로 물러났다. 가족을 맞듯이 알아서 문을 열어버리는 이 사내는 대체 누구인가? 용서를 빌러 온 채권자의 권역에 든 듯 겁나게 찌그러진 가슴을 놓칠세라 꽉 안고 대문 안으로 들어서자, 중년의 남자가 현관문을 나서면서 "매튜라고 합니다. 어서 오세요!"라고 했다. 넥타이 없는 하얀 와이셔츠에 정장을 한 것이 외출을 하려던 중이었던가? 어디 다방에라도 가자는 건가?

매튜는 주춤하는 M에게 들어오지 않고 뭐하느냐는 듯이 열린 현관문을 비켜선 채 미소를 띤 얼굴을 내밀고 있다. 담장 아래로 빽빽하게 둘러쳐 뻗은 정원수들의 열병을 받는 잔디마당에 깔린 자연석 돌길을 밟고 현관 앞에 선 M이 뭐라고 하려니까, 매튜는 말은 필요 없으니 그냥 따라오라는 듯이 저만치 가고 있다. 여전히 얼떨떨한 가운데 M은 역시 자연목재인 듯 실내 계단을 오르는 매튜를 뒤따른다. 계단을 따라 이른 곳은 3층의 큰 거실이었다. 매튜는 "이렇게 빨리 오실 줄은 몰랐네요!"라고 하고는 잠시 기다려라 더니 나갔다. 이렇게 빨리 올 줄은 모르다니? 매튜의 알 수 없는 점입가경에 M은 더 이상은 '에라 모르겠다!'며 소파에 대충 몸을 던져버렸다. 통유리로 된 전면은 뻥 뚫려 저 멀리 푸른 산자락을 달리고 있다. 먼지 한 톨도 없는 화초들, 몇 점의 그림들, 피아노, 기타, 하모니카가 각기 자신들의 자리에서 주인의 영광을 향해 도열해 있다. 도움을 줄 자가 부자라는 것은 그만큼 힘도 있을 것이라는 반증이라면, 그건 나쁘지 않을 터였다. 온몸을 빨아들이는 소파가 편했든지 그 졸음이라는 것이 예의 M을 잠으로 데려갔다.

　　—나와 내 아버지가 너의 그림자라도 잡으려고 했다는, 그런 식의 강변은 그
　　래 설령 그랬다고 치더라도 지금에 와서 결국 너의 그 꼴은 대체 뭐란 말이

야! 그래 그땐, 까놓고 나와 내 아버지가 너 앞에서 재롱이나 떨던 '을'에 지
나지 않았고, 넌 밑져봐야 본전인 너의 편의와 오락을 채우고 양수갑장으로
내 아버지의 돈이나 탐한 것에 지나지 않았어, 넌 그런 교활한 '갑'이었어!
그런데, 유학에서 박사학위를 하고도 부족해 로스쿨까지 해서 취득한 변호
사라는 너는, 그런 지금의 너는 뭐란 말이야! 그 초라하고도 구질구질한 너
의 꼴이 끝 간데없이 계속되던 중에 내가 뜻하지 않게(설령 너의 탓이 아니라
고 가정하더라도 운명처럼) 다른 사내가 내게 들어선 건데, 그러니 그것을 두
고 누가 누굴 탓하는 것이야. 너는 너 자신조차 이기지 못하고 있었고, 나는
너로부터 버려져 있다시피 했던 중에 다른 사람의 울타리에 들어가 버린 거
였어. 언제까지나 있어 온 너의 그 초라한 넋두리는 이젠 전혀 가망이 없는,
부질없는 미련에 지나지 않아, 그만둬!

"그게 아니야, 아니란 말이야! 그, 그건 오, 오해, 아직 늦지 않아…."라고
M은 여자에게 매달리지만, M에 대한 기대치가 초과된 것이었는지, 여자 스
스로 M의 실체에 대해 착오한 결과였는지, M이 자신의 미래를 알고 숨겼
다는 건지… 파탄 후 그녀의 서러움이거나 악다구니는 더없이 높다. M은
'아니야, 오해다.'라고 할 뿐 달리 자신을 세우는 온전한 해명을 할 길이 없
다. 둘이 하나 됨은 애초 배움은 부족했던 부잣집 딸이라는 가치와 학벌까
지 가진 변호사라는 라이선스라는 가치 사이의 교환을, 그것을 교환이 가
능한 등가로써 각자 스스로 인정했다. 물론 명시하지 않았고 누가 질문한
다면 부인했을 터였지만, 그렇게 평가됨에 그리 틀리지 않을 터였다. 그러
나 시간이 흐른 후 그 교환가능성이 어렵게 된 것은 내 탓이 아니야, 변호
사라는 자격이 이렇게 어려워진 것은 내 잘못이 아니란 말이야, 이렇게 될
줄은 몰랐어, 정말 몰랐어! 아, 벽에다 대갈통을 콱! 박아 한 바가지 피를
쏟을 일… 절규를 하나 한마디도 나오지 않는다.

소파에 묻힌 잠시의 잠결이었지만 어지간히도 어지러운 꿈자리였는지

M은 여기가 어디인가며 휘둘러본다. 돌아가던 M의 눈이 멈춘 곳은 이런저런 먹거리들을 분주히 탁자로 나르고 있는 매튜와 그의 수하인이었다. 꿈자리가 덜 떨어졌으나 낮잠이라는 초면의 실례를 저질렀음을 뒤늦게 알게 된 것인지, M은 벌떡 일어나서는 그럴 필요까지는 없다는 만류를 뿌리치고는 먹거리 나르기에 손을 보태었다. 탁자 위에는 곧 과자, 케이크, 사과, 포도, 음료수, 와인병과 술잔 등이 가득히 채워졌다. 탁자에 함께했으나 매튜는 엷은 미소만 머금은 채 과도로 사과를 깎고 있을 뿐이다. M은 이 괴상한 상황에서 무슨 말인들 할 수가 없으나 그래도 뭔가는 해야 할 것이기에 봉지를 뜯어 과자를 쟁반에 담고 있다. 매튜가 갑자기 "많이 피곤하셨나 봅니다."라고 했다. M은 놀라며 매튜를 빤히 보았고, 매튜는 말을 이었다.

— 정말이지 이렇게 일찍 만날 줄은 몰랐네요. 외국인, 그것도 파스란국 출신 변호사님이 호텔에 묵고 계신다는 사실은 생각하기 어려운 일이기는 하지만, 어떤 경위로든 저 같은 사람이 모르게 되긴 어렵다고 봐야죠. 파스란에서 그렇게 어렵게 오셨을 때는 분명 그만한 이유, 그럴 포부 같은 게 왜 없었겠어요. 뜻이 있으면 만남이 있으리라고 여겼지만, 그때가 이렇게나 일찍 왔네요.

M은 아무런 사전 소통도 없이 찾아온 결례를 했는데, 매튜의 저런 말은 M의 그 결례를 지우겠다는 것인가? 그래도 그렇지, 느닷없이 찾아온 자를 이렇게 환대하듯 하다니? 어쨌든 만날 것을 기대했다는 바이니 M은 '에라. 모르겠다!'라며 알아야 할 것이 급했던지 입을 열었다.

— 국회에서 공직으로 계셨을 것인데, 이렇게 비싼 집을 가졌다는 것은, 글쎄요, 국회공무원의 봉급이 엄청 높은가 봅니다. 파스란에서도 이 정도로 대단한 집은 보기 어렵거든요. 이렇게 큰 집에 혼자 사시지는 않을 것이고, 식구 많은가 보지요. 국회에서 중요한 직책이셨으니, 국회의 채용계획인 '특별입

법조사위원'에 대해서도 잘 아시겠네요. 그 조사위원의 대우가 괜찮은지요. 물론 월급을 포함해 모든 대우가 파스란국보다는 훨씬, 예를 들자면, 3배나 4배가 되어야지 하지 않을까요? 이리저리 불편한 타국에서라면 누구라고 그 정도의 기대치가 아니라면, 결심이 어려울 것이고 막상 일을 시작했다가도 그리 오래 못 견딜 수도 있을 터니 말예요. 이 집을 보아도 그런 희망을, 그런 신호로 이해하고 싶은데요.

말하고 있는 M을 그리 바라보지도 않고 과일만 깎고 있던 매튜는 식구가 많은지, 봉급이 어느 정도인지, 입법조사위원의 대우가 어떤지에 대한 대답은 없이 엉뚱하게도 로만공화국에서의 일자리나 소비재에 대한 얘기를 꺼내었다.

—무엇보다 먼저, 파스란이 로만에 못할 짓을 한 게 있어요. 정말 천추의 한으로 남은 일이에요. 물론 파스란의 입장에서는 분리독립은 로만 자신의 뜻에 의해 이뤄진 것이라고 하겠지만, 그것이 초래한 부정적인 값을 따지고 보면 결코 그렇게 간단할 순 없어요. 당시 파스란은 어떻게든 분리를 막았어야 했지만 정 그것이 어려웠다면, 로만 쪽에 어떤 특단의 당근을 제시해서라도 지금의 결과는 초래치 않도록 했어야 했어요. 독립 후 로만 국민들의 삶이 오히려 더 힘들어진 바에는 파스란의 탓이 크다는 건데, 파스란이 가진 경제력에 의해 할 수 없었던 것이 아니었다는 거예요. 다시 말해, 경제의 영역만은 분리 후에도 사실상 하나의 시장으로 유지되었어야 했어요. 분리협상의 절대 전제조건으로 경제부분은 교류한다는 것으로, 힘이 있는 쪽에서 뜻만 있었으면 왜 그 방법이 없었겠어요. 비록 소수였지만 의지가 강렬했던 로만의 분리반대파와 적극적으로 함께 머리를 맞대며, 제한적으로나마 하나의 시장으로 남은 후 후일을 도모할 수도 있었고요. 어렵게 합쳐 백여 년을 하나로 있었으면서도 그렇게 대책 없는 다시 분리라는 것은 분명 역사에 죄지은 것이고, 그 죄의 드러남이 바로 이 나라의 현실이고요. 파스란으로

서도 규모의 경제에 반한 결과였고 또 내수시장의 축소라는 손해를 보았고, 그리고 어쨌든 로만이 떨어져 나간 이상으로 국제사회에서의 위상이나 힘의 균형에 손실을 보게 되었다고 봐야 할 것이고요.

그렇게 분리되고도 오십여 년이 지나버린 근년에 와서야 파스란이 로만과 뭐든 하고파 안달이지만, 그 세월은 파스란이 로만의 적성국(敵性國)으로 이해되게끔 한 바에다가 모든 것이 종속되게 해버렸으니, 참! 이를 어찌하오! 아, 물론, 야당이 줄기차게 징징거려 이 나라에 파스란의 주재연락사무소가 설치되었고, 또 보따리장수들의 진입이 사실상 묵인되는 방식에 의한 경제를 무시하는 것은 아니지만요(이 나라 서민들에겐 부족한 소비재의 일부를 메워주고 있고, 그 나라 작은 업체나 상인에겐 숨통을 터주고 있으니 말이오.). 그런데~요, 로만에서 파스란으로 인력의 송출은 전혀 되지 않고 있으니, 싼 인력이 필요한 그쪽 업체들과 이쪽 일꾼들이 손해를 보는 것도 있고요. 그렇게 파스란의 영세업체들은 환장할 인건비를 놓치고 있고, 로만의 서민 일꾼들은 일할 기회를 갖지 못하고 있음인데… (M이 "아, 자, 잠깐요!" 하며 한 손을 번쩍 들더니 "지금 무슨 말씀을 하고 계신지요? 저가 그런 것을 들으려고 온 것이 아닌데요."라며 씩씩대었다. 매튜는 뭘 그러냐는 것인지) 그런데 결정적인 건 말예요, 뭐냐면~요! 그 분리독립이 됨으로써 일할 곳, 이 나라에 일자리가 없어졌다는 거예요. 국민들이 사용할 물건도 갑자기 형편없어 졌고요. 그 상황이 오늘에 이르기까지 심화되어 왔고요. 저것들에 대해 여기 계신 변호사님은 전혀 책임이 없을까요? 파스란의 사회지도층이라 할 변호사님이 그런 것은 단지 나와 전혀 관계없는, 먼 과거의 일인 그 분리로부터 비롯되었을 뿐이라며, 그렇게 숨으면 그만일까요?!

당시 실상이 이랬거든요. 로만 내에 있던 국가기관, 공기업, 사기업, 기타 유관 조직이나 단체가… 나라가 쪼개져 버리니 모조리 철수를 해버렸잖아요. 그럴 수밖에요. 로만지역 내 규모나 이름이 있는 것들은 죄다 파스란의 수도나 여타 지역에 근거를 둔 것들이었으니까요. 저렇게 대규모로 빠져나갔지만, 로만은 저 공백을 보충할 그 어떤 수단도 여력도 없었죠. 파스란에서

튕겨져 나온(로만 패권세력의 뜻에 의해 그리된 것이긴 하지만), 너무나 작고 힘 없는 로만은 농업과 낮은 수준의 공업밖엔 없었으니까요. 상업은 5일장에도 의존할 정도였으니, 5일장이 뭔지 알아요?! 그렇게 분리되자 직장을 잃거나 일거리가 없어진 사람들이 넘쳐, 당연히 큰 사회적 문제가 되었던 것이고요. 독립의 주도세력은 자신들이 무슨 역사를 새로 쓴다는 욕망과 성취에만 취 해서는 일자리 상실의 문제에는 그리 고민하지 않았던 거고요. 집권이 가능 한 조건이 되는 분리투쟁을 수십 년이나 해 온 고생 끝에(통합 상태로는 훨씬 큰 파스란 지역을 표밭으로 하는 세력에 눌려 집권이 불가능했으니까요.) 어렵게 이뤄진 탓에, 빨리 독립을 실현하는 데에만 급급했으니까요.

M이 끼어들어 "아니 지금, 원수져서 나라가 갈라지는 판국에 무슨 그런 괴상한 가정으로, 듣자 듣자 하니 무슨 말 같잖은! 그, 보세요, 오늘날에 봐 도 자유로운 계약과 거래가 불가능하다시피 하는 로만과 대체 어느 외국기 업이 무역하려고 덤빌 거라고 생각을 해요?! 전제가 잘못된 것이잖아요. 줄 수 없는 곳에다가 물건 안 준다고 앙탈하는 것만 같네요. 대충 봐주는 보따 리장수들이 아닌 다음에야! 조악한 이 나라 물건을 쓸 수밖에, 무슨 도리가 있겠어요. 지금 제 말은~요. 아무런 영양가 없는 걸로 시간낭비 말고, 제게 하고픈 얘기가 뭐냐는 거예요, 예!"라고 했다. 매튜는 그런 반문은 고민이 없는 M의 편의적 생각이라고 대충 지적하고는 말을 이어갔다.

— 어떻게 하든 파스란과 로만은 경제적으로는 하나가 되어야 해요. 과거의 분 리반대론자들이나 지금의 재통합주창자들과 같이 단순히 나아가버리면 결 국 파스란의 정치적·군사적 우산 안으로 들어가 버릴 위험은 경계해야겠지 만, 경제는 어떤 형태로든 공유해야만 해요. 개방 그 자체가 자신들의 위기일 집권 세력에게 막혀 결코 쉽진 않겠지만요. 어쨌든 결국, 일자리 상실의 문제 는 예기치 못한 국가적 골칫거리로 대두되었어요. 갑자기 일자리가 늘어날 수도 있는 꺼리라고는 없었고, 달리 살아갈 길도 없던 상황이었으니 대체 이

나라 국민들이 뭣으로 살아야 했을까요. 농업은 이 나라의 지형상 경작지가 많지도 않았지만, 분리 전에 이미 붕괴되었기도 했고요. 거래선이 따로 있었던 일부 부농 외에는 돈이 안 되어 어떻게 할 수가 없었다는 거예요.

그래서 어떻게 되었겠어요? 달리 선택의 여지가 없어진 마당에 자영업으로 뛰어들었죠. 음식점과 생활용품가게를 연 것이 그것이었는데, 독립 후 수년 만에 골목마다 도토리 키 재듯 점포들이 들어서는 식이 되어버린 것이에요. 직장 다니던 사람들이라 무슨 자본이나 전문적인 기술이 있을 리가 만무했던 탓이었지만, 그 실상은 무슨 유행인 듯이 했고요. 그런데 말예요, 저 자영업의 개설을 부추긴 다른 환경, 아니 만든 세력이 있었어요. 나중에 그것이 문제로 대두되니 그들은 자연스런 정책이었다니 어쩌니 하면서 끈질기게도 부인했지만, 나는 이게 더 큰 것이었다고 봐요. 뭐냐면~요, 자영업을 하려 하면 이러저런 규정이 방해하거나 못하게 하던 것이(규정이라기보다는 그때그때 관리들의 기분이었죠), 그게 어느 날부터 슬그머니 사라지기 시작했거든요. 그러다가는 더 나아가서는 무슨 바람인지 정부·여당이 당정협의라는 것을 하더니 자영업에 나서는 사람들에게 융자를 비롯해 각종 지원정책을 내어놓았는데, 모두들 좋아라고 했지만, 허! 그것이 더욱 우후죽순으로 가게들이 늘어나게 해버렸고, 거기에다 대고 방송·신문이 실업자를 없애는 국가의 정책이 주효했다느니 어쩌니 하는 나팔을 불어대었으니!

그런데요, 폐업도 늘기 시작했다는 거예요. (M이 듣는 태도가 영 아니었던지 탁자를 손가락으로 톡톡 치자, 졸다시피 하던 M은 무슨 질문을 받은 것으로 안 것인지 "그, 글쎄요, 그게 글쎄….."라더니 "그런데 진짜 얘기는 아직 멀었나요?"라고 했다.) 왜? 가게가 워낙 많아 매출이 주는 반면, 임대료, 대출 원리금(고리의 사채도 심각한 문제였지만, 이건 관두더라도요.), 각종의 공과금 등 저것들을 모두 빼고 나면 남는 게 없게 된 가게들이 쌓일 수밖에요. 그렇다고 해서 달리 먹고 살 길도 없는 사정이니 그러면서도 개업은 계속 이어졌지 않았겠어요. 개업과 폐업이 꽉 물려 돌려가는 꼴이 된 셈이었다는 건데, 한 집이 개업하면 옆집은 폐업하는 거 있잖아요. 업종이나 장소를 바꾸거나 그중에는 나름 노하우라며 다시 개업이란 것을 하지만, 결국은 그게 그거라는 것이었지요. 그러니 빚이 더 늘던, 경매를 당하든, 야반도주를 하든 그런 것 말고는 뭐가 있었겠소. 온 가족이 매달리는 가게들이 많았는데, 그 실상이 잘되면 자신들의 인건비를 버는 셈이라는 거요.

매출부진, 염가판매, 경비과다… 이런 것들 외에도 물건의 질이 형편없는 것도 큰 문제였다는 거예요. 물건의 종류가 턱없이 적은 것은 말할 것도 없었고요. 말했듯이 분리독립이 된 후부터 무역이 거의 없었고 산업이 후져 물건의 생산이 단순했고 그 질도 아주 그랬으니 말이오. 경제전문가들은 저런 것에는 눈을 감았지만, 나는 그 관련성에 대해 주목을 해왔고 지금도 마찬가지예요. 구질구질한 물건들과 소비여력이 없는 국민이라는 두 조합이 만났으니, 그냥 그림이 그려지잖아요. 수많은 구멍가게와 가난한 소비자들이라는, 두 개의 악성이 도킹한 것을 말이오!

— 호텔에 있는 비품들을 보니 다양하고 품질만 좋던데요. 그만하면 외국 어디에도 밀리지가 않았어요. (우선은 소비의 여력부터 없는 나라를 두고 저런 쓸데없는 떠벌림이라니!) 그나저나, 진짜로 할 말이 뭔데요, 예?

— 그 물건들~요? 수입품과 국민들이 알지도 못하는 특별한 곳에서 생산된 물건들이에요. 고급호텔, 고급식당, 고급위락장, 고급백화점, 고급주택… 대체 저런 곳에 누가 드나드나요? 우수마발 아무나 이용하거나 사는 곳인가요?

— 예? 고급품도 수입이 된다고요? 보따리장수들을 통해 들어오는 건 싸구려 생필품이 아닌가요? 그러고 보니 이 집 안에 있는 물건들도 한눈에 다른데, 결국 당신이 쓰는 물건도 그 수입품과 국민들은 모른다는 그 특별한 곳에서 나온 것이네요. 이거 이상하지를 않나요?! '영세자영업자', '가난한 국민' 따위로 끔찍이도 떠들면서 말이요. 정치를 하면 대충 그렇게 되는 건가 보지요, 허!

— 그래요? 미안하지만, 지금껏 헛살았군요! 대화하고 다투고 성취해야 할 대상들(정부, 여당, 때론 야당, 주류언론, 대기업 등 많기도 하죠.)과 다른 수준의 삶을 살면서 뭐가 가능할 것 같나요? 그렇게 알고 있다는 건가요? 이를 어쩨!

이래 되면… 가르쳐가며 같이 일해야 하는 사정이 되는 셈인데, 앞으로 내가 고생길에 접어….

이때 어디선가 전화벨 소리가 울렸다. "… 아, 그런데 지배인님, M 씨가 여기에 와 계시는데요. 아, 예, 바꿔드릴 테니 잠깐만 기다리세요."라는 목소리가 들리더니 안쪽 방에서 한 사내가 거실로 나오더니 엘린의 전화라고 했다. M은 그 방으로 가면서 뭔가 뒤가 당겼으나 그게 뭔지는 잡히지 않아 '에라, 모르겠다!'며 수화기를 들었다.

— 변호사님! 어떻게 그곳에 있어요? 약속 잡아 조만간 저와 같이 움직이는 건데, 대체 어찌 된 일이에요? 그분을 어떻게 알았으며, 그곳은 또 어떻게요?

— 아, 그런 것은 나중에 따지고요. 우선 물어볼 것이 있소. 그 호텔에서 사용하는 물건들은 국산품보다, 정말로 수입품이나 특별한 곳에서 온 것이 많은 것이 맞나요?

— 무슨 뚱딴지같이, 지금 그딴 것을 왜 물어요? 어떻게 된 것이냐니까요?!

— 우선 내가 묻는 것부터요!

— 그건 사실이지만, 좋아요, 그래 매튜 씨와 지금껏 무슨 얘기를 했나요? (M이 듣기만 했다며 대충 그 요지를 설명하자) 예, 뭐라고요? 안 되겠어요. 지금 바로 그곳으로 출발하니까 더 이상의 얘기는 중단하고 저가 도착할 때까지 기다리세요. 알았어요? 꼭요!

파비안을 통해 찾아온 이 매튜는 엘린이 약속한 후 함께 만나자고 했던 바로 그 인간이었다니, 거참, 우연치고는! 그렇지 않아도 지겨워 죽을 참이었던 M은 '구세주 납시었네!'라며, 엘린이 오면 다시 얘기를 듣겠다며 몇 걸음 떨어진 소파로 옮겨 앉아버렸다. 엉덩이를 깊숙이 박고는 피곤하다며 눈을 감아버렸다. 그랬더니 매튜도 맞은 편 소파로 옮기더니 엘린이 이곳에 오려면 한참이나 걸린다는 둥, 엘린은 쓸데없는 걱정을 하는 버릇이 있다는 둥, 엘린이 오면 그녀의 얘기도 들으면 된다는 둥. 엘린도 우리와 한 식구라는 둥, 피곤하면 눈감은 채 자신의 말을 들어도 된다는 둥, 둥, 둥… 하더니 얘기를 계속했다.

— 그런 수입이란 것은 말예요, 정부에서 무역적자이니 뭐니 하는 것을 비롯해 이런저런 이유를 들어 막고는 있지만, 사실은 제한이 없다고 봐야 한다고요. 저들 막는다는 건 만에 하나 '국민 길들이기'에 지장이 될까 싶어 그러는 것이고요. 사실은 제한이 없다는 것은, 정상적인 통관이 아닌 밀수라는 통로가 있으니 말이오(공공연한 경우도 없지 않으니 단지 밀수라고만 하기도 그렇고요.). 수요가 있는 한 어떻게든 뚫고 나가고 말잖아요. 물론 대체로가 파스란으로부터 들어오는데, 가깝기도 하지만 이리저리 구축된 통로가 있다는 말이죠. 보따리장수들이 아닌 다른 루터라는 건데, 그만한 기술자들이 있을 게 아녜요. 세관관리들이 배경이 되기도 하지만, 그것보단 여차여차해서 들어오는 거죠. 그렇지만 국민의 99%한테는 해당도 없는 물건들이니, 양적으로 따지면 그리 많지는 않고요.

M은 졸다 말다를 거듭하며 듣던 중 밖에서 무슨 탁탁하는 소리가 들리자, 잠시라도 그 지겨운 얘기를 끊어버리는 듯이 "무슨 사고라도 났는가!"라며 일어나 창밖을 봤다. 소리는 계속되는데 특별히 보이는 것은 없자 "무슨 소리죠? 저가 나가보고 올게요." 하고는 아래층으로 내려가려 할 때, 땅콩을 까먹던 매튜는 "그럴 것 없소. 몸종이 장작 패는 거요. 그러니 이리 오시오."라고 했다. 그러더니 같은 종류의 말을 또 잇고 있었다. 아마도 M이 졸고 있던 시간에도 그 지겨운 것들을 혼자 계속 중얼대었을 싶었다.

어기적대며 소파에 앉은 M은 "국회에 있었다고 해서 참! 어렵사리 찾았더니, 무슨 얘기가 이래요. 엉뚱한 얘기만 늘어놓는 것이, 입법위원에 대해 아는 게 없다는 말이네요. 또 인연이 있으면 보지요. 이런 대궐이라니, 부럽기는 하네요, 제기럴!" 하고는, 화장지로 입을 쓱쓱! 닦고 일어났다. 매튜도 엉거주춤 일어나더니 "아직 얘기가 많이 남았는데, 벌써 가신다니 아쉽기는 하네요. 좋은 친구가 될 수도 있었는데, 이제 우리가 다시 만나긴 어려울까 걱정이 없지는 않네요. 여전히 피곤해 그러시다면 엘린이 올 때까지라도 방에서 좀 주무셔도 되고요."라고 한 후 담배를 빼어 물었는데, 그 태도라는 것이 아쉬움이 영 없지는 않으면서도 가든 말든 좋을 대로 하라는 투였다.

"그럴 일 없소!" 하고는 집을 뛰쳐나와 차에 오른 M이 시동을 켜려는 순간 웬 사내가 차에 올라 뒷좌석에 앉더니 "차석비서요. 내 얘기를 듣고 가든지 하시오."라고 했다. '차석' 비서? 그럼, '수석'도 있다는 거야?! M이 이게 무슨 무례냐니까 비서는 여길 어떻게 알고 찾아왔느냐고 했다. M은 지금까지 매튜가 실컷 썰을 늘어놓기까지 했으면서 왜 그딴 것은 묻느냐고 오히려 반문하듯 말했다. 그러자 비서는 그건 자신이 알 바가 아니라면서 재차 물었다. 파비안이 절대 말하면 안 된다고 했는데, 이 인간이 사람 곤란하게 하네! 어차피 실토를 못 할 바엔, 에라, 모르겠다며 M이 "유령이 이름과 주소를 다 알려줬소!"라고 해버렸다. 비서는 "주인어른 손님이라 웬만하면 참으려고 했는데, 뭐, 유령? 아주 엉터리 인간이군!"이라고 하더니 차에서 내려 차 문을 쾅! 닫아버렸다.

M은 곧바로 차에서 내려 매튜에게 달려갔다. 그리고는 '엘린이 소개한다던 사람이었다고 왜 먼저 당신 스스로 밝히지 않았느냐?'고 따졌다. 매튜는 M이 엘린으로부터 자신에 대해 알고 찾아온 줄로 알았으니까 그런 것이고, 경위야 어쨌든 이렇게 만났으면 된 것이 아니냐고 했다. 그러고는 이렇게까지 인내심이 부족하고 성급하기만 한 M과 함께 사업을 할 수 있을지 걱정된다는 말을 반복한 후, 이제 M이 듣고픈 얘기를 해보자며

앉으라고 했다. M은 반갑기는 하나 여전히 뭔가에 불만이었던지 풀썩! 의자에 앉았다.

— '국회국정조정심의관'을 그만두게 된 것은, 다른 사정도 있었지만 그 자영업 문제와도 분명 관련이 있었을 것이오. (M이 다급하게 "국회국정조정심의관요? 그게 무슨 직책인데요. 아니 그것보다 몇, 몇 급이에요?"라고 했다.) 변호사라는 분이 무지렁이들과 같이 그런 것을 묻다니요! 복잡하지만 일단 저가 '자영업통폐합계획안'을 국회상임위에 제출로써 비롯되었다는, 그만두게 된 것을 말이오. 심의관의 일은 주로 시행 중인 정책에 관한 조정이나 변경의 안과 새로 시행할 필요가 있는 정책의 안을 상임위에 제출하는 건데… 넘치는 자영업자를 줄일 방법이 없다, 이러다가는 국가가 위기에 처한다, 자영업자들의 불만이 폭동을 불러올지도 모른다, 그렇다고 그들을 수용할 직장을 늘릴 방법도 없다, 그러면 대체 이 난국을 해결할 길이 없다는 말인가…! 등을 고심하고 따지다가 어느 날 불쑥 떠오른 것이 있었어요. 그것은 자영업을 '사업과 직장 두 가지 기능을 모두 가진 구조'로 만드는 것이었어요. 장사꾼과 봉급쟁이라는 저 두 가지 성격을 함께 가지는 구조를 말예요. 물론 처음에는 자영업자들의 순수한 자율 조합체제를 생각했지만, 이리저리 따져보니 그게 쉽지 않을 것이었소. 같은 업종을 어떻게 통폐합할 것인지도 큰 문제였지만, 말이 자율이지 조합원들 사이 수위를 넘는 갈등과 싸움이 불가피하리라는 것이었소. 그 안에서 또 일부의 '갑'과 다수의 '을'의 관계가 형성될 것이었고요. 이 나라 사정에서는 더욱 그럴 것이라는 것이었소. 어쨌든 변호사님, '두 기능을 가진 구조'라는 것이 뭔지는 물론 알겠지요!

M이 듣고픈 얘기라더니… 국정조정심의관이 특별입법조사위원과 무슨 관련이 있는가, 조사위원의 모집에 대해 매튜는 대체 무슨 정보라도 줄런가, 심의관과 조사위원은 어느 것이 높은가, 제대로 된 얘기는 또 숨어버릴

108 런가… 국회와 관련된 얘기가 어쨌든 나오기는 했으니 궁금증이 일지 않음
은 아니었으나, 빌어먹을 또 시궁창으로 빠져 자영업 타령이라니! 그것도
사업과 직장 두 가지 기능이라니!

— 조합도 어디까지나 단체니깐 그 단체를 통제하고 관리하는 자가 있을 수밖
에 없고, 조합원들도 각자 재산출연의 정도, 능력, 노력 등이 달라 분배에 대
해 불만과 때론 분쟁도 불가피할 것이고요. 기술적으로야 아무리 날고뛴들
갑과 을의 관계의 발생을 조합원들 스스로도 인정할 수밖에 없을 것인데,
그런 사업과 직장 두 기능을 가진 체제라니, 들도 보도 못한 그 모호한 것이
도대체 어찌 가능하다고….

— 오, 그래도 견해를 내셨어요. 오랜만에 반갑네요. 그러나 발상을 바꾸면 새
로운 직업의 질서도 도래합니다. 저의 안은 이런 것이었어요. 다른 모든 것
은 조합이 자율적으로 하되 배당은 국가가 결정하는 것인데요, 배당금이 조
합원 사이에 3배를 넘지 않을 것, 2배 이상 3배 사이는 전체 조합원의 10%
이내일 것을요. 저런 거라면 굳이 '갑과 을'이라고 불릴 필요가 없지요. 저것
을 회심의 작이라며 상임위에 제출했는데, 그게 말이죠. 의원들이 처음에는
뭐 이런 게 다 있어! 하다가, 나중에 뭔가 진행되는가 싶더니 역시나 참! 그
렇게 되어버렸지만, 그게….

매튜는 하품하느라고 입에 손을 대거나 미간이 찌그려지던 M에게 얘기
가 재미없느냐고 했다. M은 국정조정심의관이 몇 급인지 먼저 얘기할 수
없느냐고 했는데, 이것도 잠꼬대와 같은 말투여서인지 매튜는 M은 역시 인
내심이 부족해서 같이 사업을 할 수 있을지 걱정이라고 말했다.

그러자 M은 "아니, 몇 급이라는 말에 무슨 시간이 걸리는 것도 아닌데 무
슨 인내심 타령이라니, 그만 가겠소!" 하고는 일어났다. 매튜도 일어서더니
M이 저럴 줄을 알고 있었다는 듯이 "그래요. 잘 가시오."라고 하고서는 소
파에 뚝 떨어지더니 뒤로 나자빠져 눈을 감아버렸다. M은 아래층으로 내려

가는 계단으로 가면서 수차 뒤돌아보았으나 매튜는 눈감은 채 꼼짝없었다. M이 계단을 내릴 때 누군가 M을 가로질러 내려갔다. 여태 보이지 않던 저 사내는 누구지? M은 수차 위층을 뒤돌아보며 내려오다가는 갑자기 그 사내를 뒤쫓았다. 1층에 내려가니 주방 쪽에서 소리가 났다. 그 사내가 물을 끓이면서 컵라면의 비닐포장을 뜯고 있었다. 배에서 꼬르륵 소리가 나던 M은 "누구신지 모르지만, 컵라면 하나 더 없나요?"라고 했다.

사내는 자신은 수석비서라면서 "그렇게 억지춘향으로 듣고 있었으니 배고플 만도 하겠네요."라고 하더니 M에게 식탁에 앉으라고 했다. 그러고는 냄비에 물을 더 붓고는 찬장에서 컵라면 하나를 더 꺼내었다. 식탁에 마주 앉아 컵라면을 먹기 시작할 때 M이 김치는 없느냐고 물었다. 비서는 "글쎄요?"라더니 냉장고에서 플라스틱 통을 꺼내자, M이 통을 낚아채 배추김치를 한 조각을 입에 넣었다. M은 "이거, 시었잖아요! 다른 것 없어요?"라고 했다. 비서는 "그래요?" 하고는 자신도 한 조각을 입에 넣어보더니 "이 정도이면 그냥 잘 익은 건데요. 어쨌든 입에 맞지 않다니…" 하며 김치통을 치우려고 했다. M은 김치통을 쏜살같이 빼앗더니 김치와 함께 순식간에 라면을 먹어 치워버렸다. 그 모습을 보고 있던 비서가 자신의 라면도 먹겠느냐고 했다. M은 "그래요?"와 동시에 라면 컵을 낚아채서는 라면 발을 입에 넣은 채 "몇 급이지요?"라고 했다. 비서가 "그게 무슨 말이오?"라고 했다. M이 "수석비서는 몇 급 정도냐는 거예요!"라고 했다. 비서는 그런 쓸데없는 일에 관심을 가지느냐고 M을 나무랐다. M은 아랑곳없다는 듯이 라면을 후딱 먹어치우고 말을 꺼냈다.

─쓸데없다니요! 매튜 씨가 가졌던 '국정조정심의관'은 관리이니 급이 있잖아요. 그런데 한사코 말씀을 안 하시니, 그 비서의 급을 알면 그걸로 미뤄 짐작이라도 하게요. 그러면 좋아요. '국회국정조정심의관'은 보통 몇 급이 해요? 국가정책에 관한 안을 다룰 정도였다니 2급은 될 것 같은데, 그렇죠? 일

이 그러니 국회의원들과도 친할 것이고, 그것도 그렇죠! 이렇게나 좋은 집에 사는 것으로도 2급 이상은 되었을 것이지만요. 그냥 몇 급이라고 한마디만 해주세요, 네?

비서는 '관리는 직에 있을 때 힘이 있는 것이지 그만두면 아무것도 아니다. 그렇지만 매튜는 관리를 그만두지 않은 것과 그리 다르지 않다. 매튜와 같이 힘이 그대로 있는 경우는 많지는 않지만 그래도 더러는 있다. 매튜가 직급을 말하지 않는 것은 아마도 공직에서 취득한 비밀을 누설하면 아니 되는 것과도 비슷한 그 무엇이 아닌가 싶은데, 비서의 신분으로는 그 정확한 이유까지는 모른다. 그런데 직급을 말하고 나면 그것으로써 매튜가 M을 돕기는 어려워질 것이 확실한데, 그것이 중요하다고 본다.'라는 취지의 말을 하더니, 그냥 돌아갈 것인지 아니면 남을 것인지는 M의 자유라고 하고는 위층으로 올라가 버렸다.

M은 비서의 말은 이상한 나라의 이상한 인간이 하는 말의 하나에 지나지 않는다고 여긴 것인지, 기억에 남기지 않았다. 그게 뭐든 M을 향한 뜻이 결코 적지 않음이 분명한 엘린과 파비안이 굳이 매튜를 찍은 사실 그 자체를, M이 뜻하는 바가 어떤 사정에서도 그 두 여인의 의중과 상호관련일 수밖에 없다는 진실을 M 스스로 무시해버릴 수 있을까?! M은 계단을 오르다 멈추기를 반복하다 결국 3층까지 발이 닿았다. 탁자에 마주 앉은 매튜는 그냥 건조하게 입을 열었다.

— 비서가 뭐랬는지는 우리는 또 만날 사이니 신경 쓰지 않아도 되고요. 다만 한 가지, 인내심에 계속 탈이 나면 비용이 상승하게 된다는 것은 기억해야 할 것이지요. 그러면 얘기를 이어보면, 그 배당에 관한 권한을 누가 맡느냐에 대해 여당과 야당이 각기 입장이 달랐다는 건데요. 여당은 그 내부에서 정부와 국회로 갈렸고, 야당은 그들대로 국회와 야당으로 갈렸던 것이에요.

국회나 야당이 맡는다는 것은 각기 그들의 뜻에 의해 설립된 공법인을 통한다는 뜻이고요. 야당이 맡아야 한다는 소수의 입장과 그렇지 않은 다수의 입장 사이에서 공방이 가장 뜨거웠고요. 그런데 저의 안에 대해, 소수의 입장인 의원들과 학계의 일부에서만 '혁명적 발상'이라고 했지, 정계, 학계, 언론, 대기업 대부분이 '웃기는군!'으로 나가버렸으니 결국 좌절된 것이었지만요.

그런데 말이오, 의원들 정파 사이에서 마지막까지 잡고 있다가 결렬된 어떤 협상이 있었다는데, 내가 보기에는 그것이 진짜로 이유가 아니었을까 싶거든. 한 의원이 일생에 둘도 없을 기회일 수 있으니 끝까지 버티어보자고 한 일이 있었는데, 아마도 그게 그것과 관련된 어떤 함의가 아니었을까 하는 것을 말이오. 그게 뭔지 그 '둘도 없을 기회'는 그렇게 떠나가버렸지만, 그렇게 둘도 없을 정도는 아닐지라도 이젠 나는 당신과 함께 다시 등장한 이 기회를 어떻게든 살리려는 것이오. 물론 당신에게도 이 기회가 낳을 그 새로울 결과물을 공유할 권리가 있고요.

정부가 아닌 야당이 국가정책에 대한 수행의 권한을 가진다느니 하는 괴상망측함이, 공무원이 일생에 둘도 없는 기회도 가질 수 있다는 비약이, 뭔지도 모를 결과물 타령이… 역시나 M에게는 모조리 헛소리였는지 M은 "거참! 그 좋은 기회를 놓쳐 유감이네요."라고 툭 던지고는 "그런데요, 말씀하신 바를 보면 군이 저 같은 헛것이 필요하지는 않을 것 같네요. 몇 급인지 그 좋을 심의관이라는 자리를 왜 그만둔 것이죠. 어쨌든 공무원 월급이 우스울 정도의 기회가 더러 있었을 것 같은데, 왜 그 자리에서 계속 건져 올리시지, 그렇지를 않나요?"라고, 부풀어 찾아온 기대가 이젠 어지간히도 지쳐버려 이판사판인 듯이 고개를 쳐들었다. 매튜는 M의 조급증을 오래 참았다는 것인지 톤을 올렸다.

— 말이 그렇게 쉽다니! 그 심의관을 그만둔 것에는~요, 나 자신도 모를 사정

이 끼어든 것이오. 추측이라도 해보자면, 자영업자가 너무나 많은 그 상황이 폭동을 불러올지 모른다는 내 표현을 두고 꽤나 시끄러웠던 것은 사실이오. 표현이 설령 그랬더라도, 그건 강조에 지나지 않는 것으로 이해할 것이었는데 말이오. 신문·방송이 연일 떠들었는데, 논객이라는 자들이 사상에 문제가 심각하다, 폭동을 고의로 유도했다('정부전복'의 저의가 있다고 들릴 수도 있는 교묘한 표현도 있었고요.), 저런 사상을 가진 자가 그런 중요한 자리에 있다는 자체가 위험하다… 등등으로 핏대를 세우는 거요. 왜 있잖아요, 앞뒤 문맥들 모조리 잘라버리고 '폭동'이란 거 하나에 숱한 꼬리를 다는 집중 타격을 말이오. 저런 것이 꽉 차가던 중에 야당 쪽에서 일단은 소나기는 피하자는 물결이 일어(당장 야당의 지지율 하락이 부담이 된 것이죠.) 결국 그만둔 것이니, 그건 자의인가요? 타의인가요? 지나서 보면 환장하며 밀어붙이던 일부 야당의원들에게 더욱 불을 질러 버렸거나 색깔론이 시간이 지나 묻혔을 것이 아닌가, 라는 전제가 성립한다면, 그런 경우에는 내가 성급했던 것임을 부인할 수 없겠네요.

매튜가 국회심의관 자리를 어떤 경위로 해서 그만두었던 따위는, M의 귀에 그리 들어오지 않았다. 다른 엉뚱한 것들만 늘어놓는 매튜의 계속되는 질주는, 그가 M에게 도움이 될 것인가 하는 의문에 이어 엘린과 피비안의 판단에도 의문이 일게 했다. 그렇다고 해서 엘린과 피비안 그들 자신이 국회를 움직일 수 없는 입장일 터이니, 매튜의 저 지겨운 얘기를 뿌리치고 가버릴 수도 없다. 이 순간 M의 구제는 엘린이 빨리 나타나는 것 외에는 아무것도 없다. 그녀가 무슨 용무로 이곳에 오든 매튜를 상대할 자가 있음을 이유로, M은 적당히 빠져나갈 수 있다. 그렇게, 매튜와 그녀 모두에게 기분 나쁘지 않게도 이 지긋지긋한 곳을 벗어날 수 있다. 온다고 한 지가 한참인데, 왜 아직인가!

매튜는 계속 주절대었고 M은 피곤하고 졸려 쓰러질 듯이 하던 중에 '딩

동, 딩동' 초인종이 울렸다. 엘린이 왔다! 졸림이 순식간에 날아갔다. M은
벌떡 일어나 "왔구나!" 하고 외쳤다. 매튜는 빌빌대던 자의 환호를 '갑자기
어디가 잘못된 건가?'로 바라보고 있다. 몸종이 벨을 눌러 주었고 대문과
곧이어 현관문이 열리는 소리가 들리더니 계단을 오르는 빠른 걸음, 쿵쿵
하는 소리가 들린다. 오, 그렇지, 엘린! 어지간히도 마음이 바쁘군! 그런데
이게 뭐야? 들어선 자는 손에 바구니를 든 덥석 머리의 웬 젊은 사내였다.
술, 안주, 음식이 배달되어 온 것이다. 느닷없이 웬 술이야? 매튜, 비서 둘,
머슴, 또 어디서 나타났는지 젊은 여자 해서 다섯이 모여 앉더니 술판을 벌
이기 시작했다. 이들이 저것을 다 먹어치울 때쯤이면 M은 미쳐버릴 것이다.
M은 풀썩 주저앉아버렸다. 그들은 주거니 받거니 술을 마시면서 M이 무슨
말인지도 모를 얘기를 떠들고 있었다.

그들이 어지간히 술이 돌고 모두들 혀가 꼬인 후에야 엘린이 나타났다.
엘린은 자신과 함께 오기로 했는데도 M이 혼자 여길 어떻게 알고 왔으며
무슨 얘기를 했느냐 추궁했다. M이 유령이 알려줘서 왔다면서 버틴 후, 매
튜가 나섰다. 매튜는 딴은 부지런히 설명을 하는 듯은 했지만, 술의 자장에
걸린 탓인지 엘린의 불만에 턱없이 닿지를 못했다. 엘린은 매튜의 말이 맞
는지 비교한다며 M에게도 물었지만, 졸면서 들은 M의 대답이라는 것이 매
튜의 설명보다도 더욱 앙상한 것이었다. 도저히 안 되겠다 싶었는지 엘린
이 수석비서에게 무슨 말이 오갔는지 이것저것을 묻던 끝에, M이 파스란을
다녀온다는 말은 없었는지를 추궁하듯 묻고 있었다. M은 슬그머니 자리를
빠져나왔다.

매튜의 집을 나와 차를 몰아 도로를 달렸다. 오늘을 되새겨보지만 도움
이라곤 없으면서 알 수 없는 자들이라는 혼란에 밀려들었다. 차창으로 보
이는 헐벗은 산 아래는 모두 밭으로 일군 상태였고, 또 그 아래 도로와의
사이에는 M이 파스란에서 어릴 때 보았던 울타리 없는 시골집과 흡사한 집

들이 복잡하게 엉켜 있었다. 도로와 가까운 어느 집 마당에서 연기가 피어오르고, 애어른 할 것 없이 마당을 가득 채워 뭔가 부지런히 먹고 있었다. 인도 쪽으로 이동해서 보니 아마도 개를 잡아 삶아 먹고 있는 것이었다. 시골 외갓집에서 불에 태워 까맣게 된 개 껍데기를 얻어먹었던 기억으로 침이 꼴깍! 했다. 이대로 저곳으로 달려가 몇 푼으로 구운 개 껍데기만 달라고 할까? 그러던 중 뒤에서 요란한 사이렌 소리가 들렸다. 백색 오토바이를 타고 온 교통순찰경찰이었다. 그는 차선변경위반과 속도위반이라며 M에게 면허증을 요구했다. M이 차선도 속도도 위반한 일이 없다며 버티니까, 2킬로미터 전에 그랬다고 한다. M은 그랬는지 어쨌는지 전혀 기억이 나지 않았으나, 그런 게 어디 있느냐고 따졌다. 경찰은 위반한 지점에 증인이 있으니 그곳으로 갈 것을 요구했다.

제정신이 아닌 상태에서 차를 몰고 왔으니 위반을 했을지 어떨지는 M 자신도 모른다, 현장으로 되돌아가 진위를 따지느라고 소비될 시간과 정력이라는 것은 생각만 해도 끔찍하다, 사진과 속도측정기의 결과가 아닌 웃기지도 않는 증인을 거론하는 바로서 뇌물을 기대하는 상황일 수 있다, 엉덩이를 대고 삐딱하게 서서는 장난이듯이 하는 말투는 '돈 주고 빨리 가!'가 아닌가…. 이런 분석으로써 M은 "믿어지지는 않지만 정말 위반했다면 외국에서 온 데다 초행길이어서 그랬던 같네요. 이만하면 정식의 과태료보다 훨씬 많을 것이니…."라면서 5만 원을 경찰의 하의호주머니에 찔러버렸다.

경찰은 "외국에서 왔다고요? 통행증을 봅시다."라고 했다. M이 "통행증요?" 하며 망설이자 경찰은 차를 발로 차면서 명령조로 "뭐해요, 빨리!"라고 했다. M은 통행증을 대신한다며 주재연락사무소에서 발행해준 '체류확인서'를 경찰에게 보여줬다. 경찰은 M의 손에 든 확인서를 본 후 좋다는 사인을 보낸 후, M이 확인서를 호주머니에 도로 집어넣는 순간 "아, 잠깐, 다시 봅시다!"라고 했다. 미친놈! M이 당당히 경찰의 눈 가까이 들이밀자, 경찰은 뚫어지게 보는가 싶더니 확인서를 낚아채버렸다. 그러고서는 "이거, 기간이 지났잖아!" 하더니 M에게 경찰서로 가자고 했다.

무슨 소리인가? 확인서를 보니 '유효기간'이 기재되어 있었는데, 그 기간이 이미 사흘이 지난 것이었다. '유효기간'이라는 것이 있었던가? 경찰의 입에서 나오는 폭풍의 태세 앞에서 그런 것은 따질 이유가 없어져 버렸다. 불법체류로 인한 구금, 재판, 벌금, 파스란으로 추방이 따른다는, 산림관리소에서의 그 난리가 재현될 판이었다. 경찰에게 20만 원을 더 찔러주고 끝을 내었지만, 그 돈의 아까움 따위는 생각할 겨를도 없이, 유효기간 갱신을 위해 한참이나 먼 주재연락사무소에 가기까지가 문제였다. 다시 경찰에게 잡힐 수도 있는 당장 들이닥친 위험이었다. 천천히, 차선을 지키며, 차선변경이 허용된 구간인지를 확인하며, 웬만해서는 추월을 하지 않으며, 경찰이 있으면 태연히 지나치며, 만에 하나 어떤 이유로든 경찰이 차를 세우면 무조건 줄행랑을 치겠다며… 그렇게 길고 긴 긴장의 끝에 다행히 주재연락사무소에 이르렀다.

주재연락사무소에서 창구직원에게 체류확인서를 주면서 기간갱신을 하러 왔다니까, 그는 "M 씨? M 씨라, 누구시더라, 아, 그렇지, 잠깐 기다리시죠."라더니 어딘가로 갔다 오더니 체류관리계장실로 가라고 했다. M은 "그냥 그 체류확인서에 수정·날인을 해주시거나 새로 발급해 주시면 됩니다. 지금 제가 바쁘기도 하고요."라고 했다. 그는 "약식인 체류적격시험으로 해결하려고 했는데, 갱신이 당연하다는 듯이 하네요. 귀하의 건은 심사위원회에 회부해야 할 경우이니, 그리 아시오. 위원회에서 심문일이 잡혀 연락 갈 것이오. 그러니 신청서나 쓰고 돌아가 기다리세요. 앞으로 한 주일쯤에는 심문이 실시되도록 해보겠소."라고는 다른 곳으로 가버렸다.

　　체류 중에 양쪽 국가 어느 쪽에 대해서든 심각한 문제를 일으키거나 로만정부에서 체류에 문제가 있다고 통보가 있는 경우에 심사위원회가 관여하는 것으로 되어 있는데, 그런 사항에 해당치 않는 M에게 대체 이놈이 지금 왜 이러는 거야! 그나저나 이놈과 싸워본들 그리 신통치 않을 것임도 불보듯 빤하다. 처음 들어보는 '체류적격시험'이라는 건 뭔가? 시험을 친다고? 뇌물을 먹으려는가? 체류관리계장은 그러고도 남을 자더라도 그렇지, 시험이라니? 정말로 시험이라는 것을 친다는 거야, 허 참! 얼마를 요구할런가? 다시는 보고 싶지 않은 자이지만, 그래, 까짓것, 부딪혀보자!

　　이건 도저히 아니다 싶으면 심사위원회에 회부하라고 하고, 그 위원회에서 거절하는 결정을 하면 중앙위원회에 이의신청을 하고, 그 이의절차에서도 팽 당하면 행정소송을 거는 길도 있다. 설마 그렇게까지 갈 리는 없을 것이지만! 보따리 장사들은 푼돈으로 웬만하면 통과하는 것 같던데 얼마나 뒤집어쓸까? 체류관리계장실에 들어서니, 소파에서 만화책을 보며 키득대든 계장은 웬일이냐고 했다. 이게 무슨 소리인가? 미친놈! M이 체류기간 갱신 때문에 왔다니까, 계장은 "아, 그래요?"라고 하더니 시험이라며 종이 한 장과 볼펜을 주며 저쪽 창가 책상에서 기재하라고 했다. 그러고는 삼십 분 후에 오겠다며 밖으로 나가버렸다.

　　문제지 앞머리에는 굵은 글씨로 '주의 : 문제의 종류에 대해 의문을 가져서는 아니 되며, 사실대로 자세히 기재하지 않으면 감점이 되며, 합격은 70점이 이상이어야 함'이라는 기재가 있다. 대체 뭘 묻는다는 건가? 획 지나면서 대충 보아도 괴상한 문항들이었다. 아무리 봐도 납득을 할 수 없다. 왜 이따위를 묻는지 따지려고 찾으니 바깥사무실 직원은 계장은 볼일이 있어 나갔다며, 문제의 종류에 대해 의문을 가져서는 아니 된다고 되어 있지를 않더냐고 했다. 돌아와 다시 문항들을 천천히 읽어보아도, 이것을 왜, 이게 체류와 무슨 관련이 있다는 거야! 빌어먹을 놈!

문항의 요지는 파스란국 E재벌의 주요회사인 (주)A유통의 임원들과 상급직원들에 대해서 M이 얼마나 아느냐를 묻는 것이었다. 아주 친하면 1로, 보통으로 친하면 2로, 그냥 아는 정도이면 3으로, 아는 듯 모르는 듯 모호하면 4로, 거의 모르면 5로, 전혀 모르면 6으로 각 표시하라는 것이었다. 그리고 친하거나 아는 경우에는 어떻게, 어떤 경위로 그런 것인지 대한 설명을 기재하라고 되어 있었다. 모르는 경우에는 M이 알게 되거나 친하게 될 수 있는 방법의 기재를 요구하고 있었다. A유통은 M이 회사 법무관리실에 사내변호사로서 2년간 근무했던 곳이다. 면면을 보니 대충 절반은 아는 자들이고 그중에는 친했던 일부도 있었다. 그러나 그곳을 나와 개인사무소를 낼 때 그 회사 일을 맡을 가능성이 없다는 것을 잘 알았던 M은 그 회사와의 거래를 기대하지도 않았고 실제도 그러했다.

어쨌든 '주의'에 충실하게 답을 쓰고 나니, 다시 들어온 계장은 그런데도 잘 된 답안지라더니 무슨 소리인지 나중에라도 필요하면 관련되는 추가질문이 있을 수 있다고 했다. 이것으로 해서 M에게 불이익이 갈 일은 전혀 없으며, 오히려 언젠가 오늘의 일이 M에게 큰 이익으로 돌아가는 계기가 될 수도 있다고 했다. 이건 무슨 놈의 헛소리인가! M은 체류기간의 갱신을 생각보다 길게 받고는 그래도 돈을 줘야 할지 망설이자, 계장은 그럴 필요가 없다는 건지 떠밀 듯이 그냥 돌아가라고 했다. 감읍하면서도 얼른 빠져나와 '미친놈'을 반복하는 M의 발길은 가벼웠다.

7

M의 퇴락

호텔로 돌아온 M은 파김치가 된 몸으로 호텔사우나로 가다가는, 그곳에 가면 밑도 끝도 없이 파스란에 대해 묻거나 알 수 없는 말을 걸어오는 자들이, 오늘은 유난히도 그것이 싫어져 그냥 객실로 돌아왔다. 뜨거운 물이 가득한 욕조에 머리만 나오도록 깊숙이 담갔다. 이 나라에 와서 지금껏 겪었던 일들이라는 것이 대체 뭔지 알 수가 없으면서 어지러움만 가득해진 머리통을 물속으로 넣었다가 뺏다가 거듭하고 있었다. 파스란과의 무역개방을 주장하고 괴상한 방식으로 영세자영업자들의 삶을 개선한다고 줄기차게나 떠들던 매튜, M을 챙기는 정성은 지극하나 지나친 간섭과 요구로 성가시고 부담스런 엘린, 다른 사람들과 다를 바 없는 생활태도이면서 가끔 파괴적인 언사를 내뱉고 한편으론 그 정체도 미지수인 파비안, 파스란 사람임에도 로만의 관리와 같이 되어버렸고 또 뭔지 꿍꿍이를 가진 것 같은 연락사무소 계장, 그리고 그게 뭐든 M을 향한 의지가 있다고 전제해야지 이해가 가능한 몇몇의 부담스런 자들… 저들은 M에게는 보잘것없거나 그리 가능치도 않을 그 무엇을 앞세움으로써 각자가 이룰 수 있다고 믿는 그 무엇이 있다는 건가? 저런 건 우스운 일이 아니냐? M이 이 나라에서 저들에게 대체 무슨 역할이 될 수 있다는 건가?!

그렇지만 따지고 보면 M의 이런 의문은 쓸데없는 공상일 수 있다. M이 단지 이해나 납득을 할 수 없다고 해서 전혀 다른 생각이나 조건을 가진 그들의 언행을 두고, 어떤 설정된 바로 보는 것은 얼마든지 터무니가 없을 수도 있지를 않은가. 또 매사가 무슨 목적이 있는 것은 아닌 바에야 그들 각자 입장이든 관심이든 취향이든 그게 뭐든 그냥 운신하는 것이 아닌가. 사람의 일이란 게 그렇지! 하며 필요에 따라 협조하거니 도움받으며 그냥 가는 것이 아닌가…? 그냥저냥 생각이 생각을 집어먹고 또 집어먹으면서 결국에는 스스로도 아무런 근거도 없는 긍정을 엮어 가는 가운데, 딩동댕! 초인종 소리가 들렸다. 귀찮아, 누군지 저러다가 가겠지! M은 꼼짝하지 않은 채 있다가 두 번, 세 번, 네 번, 다섯 번째나 울리자 "지독하군!"하며 일어나 숄을 걸치고 나와 누군지를 확인하니 엘린이었다.

매튜의 집에서 몰래 빠져나왔다며 따지려는가? 성가실 것이지만 엘린의 정성에 비춰서도 그런 정도는 감수해야지! 문을 따주니 뭔지 모를 큰 바구니를 들고 잔잔한 웃음까지 띤 것이 따질 태세는 아니었다. 머리에 물가 남은 것이 샤워를 하고, 입술이 붉게 빛나는 것이 신경 쓴 화장이고, 몸의 곡선을 그대로 반영하는 원피스며 그 아래 하얀 허벅지가 송두리째 드러난 것으로 더욱이 따지려고 온 것은 아님이 분명하다.

바구니를 풀어 내어놓은 것은 김밥, 국물, 맥주, 안주였다. 엘린은 단지 "오늘 고생했어요! 우선 김밥부터 먹도록 해요."라고 했다. 배고팠던 차에 치즈까지 넣은 김밥이 입에 딱딱 붙는다. M이 저지른 죄과를 뒤집는 호의와 도발하는 차림에서 다른 뭣이든 나올 것 같던 중 서류를 내밀더니 "이거, 얼마나 사실대로 기재된 거예요?"라고 했다. 그게 뭐든 방어 중이었음에도 서류를 받아든 M은 놀라며 "아니, 이게 왜 당신 손에!"라고 했다. M이 주재연락사무소 계장에게 작성해서 준 체류적격시험지 사본이었다. 내용 자체는 M에게 무슨 비밀도 아무것도 아니었지만, 어찌 된

지 귀신 곡할 노릇임에 마음이 바빠진 M이 물으려는 순간, 엘린이 먼저 입을 열었다.

— 저를 부풀게 하는 소식이지만, 그래도 그렇지, 여전히 못 믿는다는 거예요? 평소 저를 배려하고 제게 친절하면서도, 제게 절실한 것에 대해서는 관심이 없는지 어쩐지 마음에 들지를 않아요. 이 '체류적격시험지'라는 것은 놀랍기 그지없어요. 쓰러질 뻔했어요. 그렇게도 알고자 했던, 그럼에도 결코 제게는 말한 바 없었던 바와 너무나 관련이 많은 것들이 담겨있어요. 이 나라 바깥 사정에서 대해서는 잘 모르거나 피상적으로만 알고 있는 대부분 사람들은 파스란의 E그룹을 모르거나 그냥 이름이나 들어봤을 정도지만, 저 같은 사람은 그래도 기본은 알고 있거든요. 이것을 보고는 더 알아본 것이지만 E그룹은 물론 파스란에서 가장 큰 재벌이지만 그 나라 경제를 좌지우지한다고도 불릴 정도이더군요. 게다가 '글로벌기업'이라며 세계적으로 유명하더군요. 변호사님 근무했던 A유통은 E그룹에서 가장 크고 그중심회사였고요. 그런 회사의 임원들 태반을 알거나 친하다니, 그것을 안 순간, 아! 정말, 놀라 까무러쳐졌어요. (M이 "아, 그건, 그, 그건 말이오. 나는 그냥 여러 사내변호사들 중에 하나로서, 그러니까 단지 나는…"라고 하던 중) 아, 알았어요. 알았다니까요! 안 들어봐도 알거든요. 유독 저 앞에서는 지나칠 정도로 자신을 감추거나 심지어 낮추거나, 무엇보다 파스란에 대한 것이면 '넌 알 것 없다!'는 듯이 빠져나간 것이 한두 번이었던가요? 하여튼, 이번 일은 특히나 서운하기가 짝이 없어요.

특별히 할 말도 없었던 M으로서는 빠져나가느니 어쩌니 하는 것이 답답한 노릇이고, 엘린이 어떻게 저 서류를 가진 것인가를 생각하면 기분 영 그렇다. 계장과 엘린이 내통한 경위라면 그건 대체 뭘 좋다는 건가? 어쨌든, 저 서류가 유통된 것은 오만하고 쓸데없는 짓거리가 아닌가! 엘린은 서류의 출처에 관한 M의 의문에 대해 먼저 알아서 언급을 했다. 별것도 아니라는 듯이 휙 던지고 지나간 엘린의 말이라는 것은… 자신과 하나가 된 사람인 M에 대해서는 알아야 하고, 그러려면 알 수 있는 연락체계를 가지고 있어야 하며, 그 서류의 사본을 준 자는 계장이 아닌 다른 사람이라고 했다. 엘린은 적어도 입수 그 자체는 흠결로서의 자백이어야 함에도 불구하고 전혀 그렇지를 않았다.

M은 머리칼이 하늘로 뻗었다. 그리고 기이했다. 가깝거나 사랑하는 사람에 관한 일은 그것이 전적으로 프라이버시에 해당하더라도 맘대로 개시(開示)해도 된다는, 무슨 악의도 없이 그런 것은 당연하거나 권리라는 듯이 하는 바가 기이할 뿐이었다. 엘린과 M 사이의 사랑이라는 것은 뭣인가? 어떤 종류인가? 둘이 같은 것인가, 다른 것인가? 같고 다르고를 따질 수 없는 것인가? M은 알다가도 모를 뿐이다.

의지 앉은 엘린이 다리를 바꿔 꼬면서 허연 허벅지 사이로 아랫도리가 송두리째 드러나는 순간 M은 엘린을 덮쳐 키스를 퍼부었다. 엘린도 잘라먹을 듯이 M의 혀를 빨았고, 둘은 엉켜 바닥에 쓰러져 뒹굴었다. M의 몸을 으서지라 껴안던 엘린은 호텔레스토랑 지배인의 자리가 만만치가 않다고 했는데, M이 자신을 지켜줄 것을 애원인 듯이 앙탈인 듯이 말했다. 더 높은 곳을 생각한다고 했는데, 지금의 지배인자리조차 만만치 않다니? 설령 그렇더라도 대체 M이 무슨 힘이 있어 지켜준다는 거냐? 마땅한 대답거리가 없는 M은 "그래, 그래" 하고는 뭔가는 대신해야 한다는 것인지 엘린의 귓불을 빨며 급박하게 "앞으로는, 앞으로는 이번과 같이 감추는 일이 없도록 하겠소!"라고 했다. 더욱더 미친 듯이 서로의 몸을 쥐어뜯고 있는 둘은, 각기 걸린 거물에서 빠져나가려는 발버둥을, 서로는 알지도 못하는 각자 키우는 괴물을 어찌 못해, 그 괴물이 우연으로 걸려든 상대에게 앙갚음하고 있는 것 외에는 달리 설명할 바 없을 터였다.

둘은 옷 입은 채 끌어안았다가 떨어졌다 반복하며 구르다 어지간히 지칠
만도 할 즈음에 엘린이 "자리 나왔어요."라고, 지나는 바람인 듯이 말했다.
M이 "뭐라고요?"라고 했다. "매튜 씨로부터 당신의 일자리를 받아냈어요."
라고 했다. M은 벌떡 일어나 의자에 앉았다. 엘린도 흘러내린 브래지어 끈
을 잡아 올리며 마주 앉기를 무섭게, M은 침을 튀며 다급히 물었다.

— 국회에 자리가 났다는 가요? 그렇게 갑자기 결론이 나다니, 빨리요!

— (M의 다급한 환호가 불편한 듯 뜯들이더니) 당신도 알듯이 매튜 씨는 그 입법위
원 모집에 대한 논의를 재개케 하려고 무던히도 국회에 들락거렸잖아요. 그
런데 앞으로 1년은 지나야 될 수도 있다는 전갈을 해당상임위 의원으로부
터 나왔다고 하네요. 국회의 사정이 복잡하나 봐요. 가능성은 적지만 그보다
수개월 전일 수는 있다고 하고, 정치적 협상에 따를 일이다 보니 길어지면
1년 반이나 2년이 걸릴 수도 있다고 했고요. (M이 "뭐요? 1년, 2년까지 갈 수 있
다고요? 그, 그게 정말이면…"라고 하자, 화를 내며) 어쨌든! 내 말을 잘 들어요.
이젠 앞으로 어떻게 해야 할지 결정해야 해요. 수중에 돈도 얼마 남지 않았
을 텐데, 이제부터 적용될 이 호텔의 그 높은 정상 숙박료를 감당할 수 없잖
아요. 호텔을 나가 작은 방 하나를 얻는다더라도 1년이나 걸릴 수도 있는 동
안 뭘 어쩌며 버틸 거예요?

— 정상 숙박료라니? 90% 할인으로 지금껏 지냈는데, 무슨 얘기요? 뭐든 해
서 돈 벌면 1년이든 얼마든 호텔에 있는 건 문제가 없소. 괜한 걱정은 마
시오!

— 이를 어찌해요. 도저히 싫은 소식이지만 지체할 수 없어요. 탄로 나버린 결
과이니 길게 말할 것도 없어요. (M이 다급하게 "뭐, 뭐라고요?!"라고 했다.) 들
어보세요! 특별입법조사위원이, 관리가 아님을 알게 되었어요. 그래서 당
연히 앞으로는 할인받을 수 없고, 그동안 돈도 소급해서 납부해야 해요. 그
정도에 대해서는 호텔 운영위에서 할인된 90% 전부를 주장하는 다수와 그
절반인 45%만을 주장하는 소수로 나눠 논란이 있었어요. 후자의 경우는 M

씨를 고급관리로 안 것으로부터 누렸던 호텔의 위상과 임직원들의 설렘을
경제적 가치로 평가한 값을 반영한 결과, 그렇다는 주장이었고요. 저가 이
런저런 피력한 것이 어디까지 파고든 건지는 모르지만, 어쨌든 결론은 절
충되어 65%로 결정되었어요. 이렇게 되어버렸으니 그 돈을 납부하고 호텔
을 비워야 해요.

이제부터 뿐만이 아니라 소급까지라니?! M은 고의가 아니라 상황이 그
렇게 되었다며 소급은 부당하고 억울하고 소리쳤다. 그러자 엘린은 목소리
를 낮춰 M을 달래듯이, 아무리 둘러봐도 지금으로서는 M이 일단은 파스란
으로 돌아가는 것 외에는 마땅한 방법이 없다고 했다. 그러자 M은 벌떡 일
어나 "아니야, 그건 절대 안 돼! 이곳에 뭘 하든 내 몸 하나 건사 못할 것은
없어! 이 나라에 왔을 때는 그만한 이유가 있었고, 1년이든 2년이든 3년이
든… 그런 쓸데없는 소릴 하려거든 그만 돌아가시오!" 하고는 몸을 흔들며
온 실내를 휘두르며 오갔다. 엘린은 바구니에서 맥주와 안주를 꺼내어 탁
자에 올려놓고는, 비틀대며 실내를 오가다 이젠 벽에 머리를 처박고 있는
M의 얼굴을 손으로 어루만지며 그를 감싸 안아 탁자로 데려왔다. 엘린은
맥주를 잔에 따른 후 굳어버린 시선을 아무렇게 버린 채 있는 M에게 맥주
를 마시게 한 후 입을 열었다.

—이미 난 결론에서 달라질 것은 없어요. 상황이 그래서 매튜 씨에게 부탁해
급히 받은 자리고요. 매튜 씨도 서둘러 알아본 건데 구체적인 것은 가봐야
안다고 했지만(가서 스스로 판단해야 할 것이라는 말이었어요.), 어쨌든 전문성
을 가진 자리인 것으로 보이고요. 매튜 씨가 결과를 줬을 때는 가능한의 차
선은 된다고 보지만, 어쨌든 당장 발등에 떨어진 불이고 달리 선택의 여지
도 없잖아요. 일단 가서 일을 해보시고 정 아니면 제게 말하세요. 물론 저가
보장한다느니 어떻다느니 그런 것은 아니지만요. 무엇보다 엉망인 곳이 아
닌 다음에는 적어도 3개월은 무조건 경험하는 거예요. 지금은 위기를 넘는

때이니 다 잊고 일만 하는 거요. 만에 하나 그렇지 못하면 저도 같이 무너져요. 당신에 대한 절망으로 인해서요! 예? 알았죠! 살 집은 저가 알아서 옮겨 놓을 테니, 얘기가 되어 있는 그곳으로 바로 찾아가시면 되고요.

엘린은 P시 변두리 마을에 주택의 일부인 방 하나, 부엌, 화장실 겸 세면장, 작은 창고로 된 월세를 구해줬다. 호텔과는 물론 비교조차 할 수 없는 낡고 좁은 공간이었지만, 그렇다고 해서 엘린에게 서운해할 것은 아니었다. 게다가 엘린은 적으나마 보증금까지 대신 내어준 바이니 말이다. 호텔에서는 엘린이 교섭을 해서 반환할 숙박료를 1년 동안 매달 균등분할로 상환하기로 하는 각서를, 엘린의 연대보증이 붙는 방식으로 써주고 나왔다.

8

파비안의 날들

이사한 셋집에서 버스를 타고 엘린이 일러준 정류장에 내리니 곧바로 '국립법률구호센터'가 있었다. 울타리가 따로 있는 건물이었다. 대문 안으로 고개를 내밀어보니 마당이 넓었고 3층의 건물은 뒤쪽으로 밀려 서 있었다. 매튜가 M의 입장을 생각해 법과 관련된 곳을 구했구나! '국립'이니 파스란으로 치면 공무원이나 공기업직원이 되는 건데, 그럼 대충 그 '관리'의 신분이 된다는 건가?! 구체적인 것은 가봐야 안다고 했으니, M에게 무슨 일을 맡길 것인가? 설렘과 궁금증과 스치는 불안이 앞서거니 뒤서거니 하던 M이 건물 안으로 발을 넣으니, 이게 무슨 일인가? 넓은 사각탁자에서 뭔가 부지런히 쓰는가 하며, 숱한 사람들이 엉켜 정신없이 떠드는 것이 도떼기시장에 다름이 아니었다. 아이 업고 온 부녀자를 비롯해 남녀노소 가릴 것 중구난방 왁자지껄했다. 헐벗은 행색들 하며 아무렇게나 오가고 떠드는 행태로 보아, 따질 것 없이 배운 것 없고 가난한 자들이 법률구제를 받으러 왔을 터였다.

접수창구 앞에는 길게 줄 서 있었고, 서류접수 직원이 농사짓다 온 건지 흙 묻은 장화를 신은 사내에게 신청서 기재를 잘못했다며 뭐라고 또 뭐라고 잔소리하고 있었다. M은 그 사내의 접수만 끝나면 뒷줄 사람들에게 대충 실례로 직원에게 물으려고 기다리고 있었다. 직원이 하는 말을 사내가 제대로 알아듣지 못해 시간이 지체되던 사이 줄은 길어지고 있었다. M은 건물 밖으로 나와서는 담배를 빼어 물었다. 담배를 두 개째나 피우며 고개를 숙였다가 쳐들었다가를 반복하며 마당을 오갔다.

세금으로 굴리는 곳이니 '철밥통'으로서 실적 따윈 신경 쓸 필요 없이 월급이 꼬박꼬박 나올 건데, 무슨 일을 하게 할까? 설마 방금 본, 말단이나 할 것인 저런 접수담당과 같은 일은 아니겠지. 법이라고는 눈곱만치도 모르는 노동자와 빈민을 상대한다는 것이 대체 사람이 할 짓인가! 적어도 M의 법률지식이 빛을 발할 그런 자리겠지. 그렇지 않다면 굳이 M 같은 법률전문가를 채용할 리가 있는가! 월급은? 호텔에 매달 반환할 돈을 빼고도 충분하겠지. 생활비에다 담뱃값, 술값, 유흥비, 그리고 저축할 돈도 영 없진 않겠지. 유흥비는? 이젠 호텔에서와 같이 70% 할인된 값으로 1급의 아가씨를 가질 순 없더라도, 파스란에 비해선 대략 십 분의 일의 돈으로 10대도 가능한 나라이니 그게 어디냐! 석 달이나 여섯 달 정도를 즐기면서 버티다 보면 기회가 올 것이고, 일 년 내에 아무리 길어도 이년 내에 입법위원의 자리도 가능성이 없지를 않다! 다만, 입법위원이라는 고급관리에 들기 위해선 비난받을 언행이 노출되지 않도록 주의는 하는 거야… 이런 안도와 설렘을 만들 듯이 해서 그려진 그림을 타고 오가던 M은 건물 뒷마당 쪽으로 가고 있었다. 뒷마당도 결코 작지 않았다.

뒷마당 저쪽 끝 건물 뒷문과 연결된 광에서 웬 여자가 바삐 움직이는데 빨래하는 듯했다. 채용 관련해서 어느 부서를 찾아야 할지 묻고자 다가갔는데, 이게 누구야! M은 걸음을 딱 멈췄다. 파비안이었다. 순간 M은 호텔에서 쫓겨난 자의 궁색함이 싫어졌던 것인지 급히 몸을 피하지만 파비안이 "변호사님!"이라고 불렀다. 도주하던 걸음을 멈춘 M이 이렇다 할 말은 못하고 굳어버리자 파비안은 M의 팔을 잡아끌다시피 해서 광으로 데려갔다. 빨랫감, 비누, 대야 등 어지러이 늘려있었지만, 수도며 세탁기며 이런 저런 연장이며 평상도 있는 것이 꽤나 넓었다. 둘은 빨랫감들이 늘린 위에 엉거주춤 앉았다. 파비안이 뭔가 말하려고 하자 M은 가로막으며 급히 입을 열었다.

— 아, 뭐냐면, 근처에 볼일이 있어 왔다가 '법률구호센터'라는 간판이 보이기에, 그러니까 법에 관한 것이어서인지 뭔가 하고 들어와 본 건데, 참! 고목도 많고 경치도 그저 그만이어서 휘둘러보던 중이었는데… 그런데 왜 이곳에 있나요? 여기서 뭐 하나요? 지금 빨래를 한 것 같은데, 이게 다 뭐예요?

— (등을 곧추세웠으나 M을 바로 보지는 않은 채) 호텔에서, 나오셨다는 걸 알고 있어요. (M은 "그, 그걸, 어떻게…"라고만 하고는 입을 딱 벌린 채 있다.) 그래도 며칠 후로 생각했지, 이렇게 일찍 오실 줄은 몰랐어요. (M은 "아니, 그, 그게, 무슨 말이오?"라고 했다.) 더 들으시면 돼요. 매튜 씨가 변호사님의 일자리를 찾는다는 사실을 알고는 저가 이곳에서도 사람을 구한다는 정보를 매튜 씨의 귀에 들어가도록 했어요. 법과 관련된 곳이다 보니, 이 센터와 매튜 씨 사이에 얘기가 잘 되었나 보네요. 그런데, 사실은, 저는~요, 변호사님이 파스란으로 돌아가시길 바랐어요. 완전히~요! 어려워진 지금에도 귀국을 걸어찰 만큼의 기대치가 뭔지는 모르지만, 이 나라가 현재 파스란과 같을 정도가 되는 건 몇십 년, 아니 백 년은 지나야 할지 몰라요. 그럴 기미도 전혀 없지만 이 나라에 어떤 변혁이 있더라도, 설령 그렇더라도 말예요, 대체 이 나라 사람들 살림살이의 실제는 그리 크게 달라지진 않을 거예요.

사람들 개개인 뼛속까지 박혀 굳어져 버린 생각과 생활방식에 부딪혀 그 어떤 변화의 조짐도 그냥 부서져 버리고 말 거예요. 또 설령 모두들 '이젠 변했다!'라는 때가 왔더라도, 그때는 관리들이나 힘이 있거나 돈이 많은 사람들은 그 뒤집힌 상황에 따라 자신들의 과거는 소리 없이 어둠에 묻어버리고는, 그 새로운 변화를 인정하거나 심지어는 찬양하면서까지 지금으로는 알 수는 형태로 자신들의 새로운 성을 구축해버릴 거고요.

저 같은 사람은 말할 것도 없지만 결국 국민들 대다수는 각자가 불만인 가운데 여전히 벅찬 날들을 살게 될 것이고, 결국 껍데기만 변한 것이 될 것이고 변호사님도 외국인으로서 마찬가지로 그때인들 무슨 그리 대단할 수 있을까 싶은 것을 말예요. 그렇게 점치더라도 아니다 싶으면 변호사님은 언제든지 파스란으로 돌아갈 길은 남아 있으니, 저의 이런 말 따위에 신경 쓸 것은 아니겠지만요. 그렇지만 이 나라에 남기로 한 이상에야, 이 센터가 그리 나쁘지는 않을 거예요.

— (단지 파비안의 근거도 없는 반골적인 치기가 또 발동된 것에 지나지 않다며, 그냥 무시해버린 듯이) 글쎄, 미래에 대한 얘기는 그런 복잡한 걸 왜 따지는지 모르지만, 그나저나 왜 여기에 있으며, 그것도 웬 빨래요? 여기에 취직이라도 했다는 건가요? 호텔에서는 그럴 사정이 있어 화장실청소를 했다고 치더라도 어쨌든 대학까지 나와서는, 이번에도 지난번과 같이 무슨 괴상한 이유가 있기라도 한다는 거요. 관공서와도 같은 곳에서 빨래하는 사람이라니?

이때 웬 사내가 뛰어오면서 파비안에게 지금 출발하니까 빨리 오라고 소리쳤다. 파비안은 어지간히도 급했는지 어쨌는지 M이 앞에서 속내의가 보이도록 작업복을 벗고 옷을 갈아입으면서 M이 찾아갈 담당자는 알려주고는, 돌아와서 얘기를 하자며 휙 가버렸다. 어딜 간다는 거야? M은 도깨비에 홀린 듯이 했다가는 파비안이 사라지자 일러준 담당자를 찾아갔다.

채용담당은 M이 할 일은 청소, 심부름, 이런저런 잡일이라고 했다. 이게 뭔 소린가 하던 M은 곧 웃으며 "아이고, 농담으로 대화를 시작하시는 분이군요. 막 일할 사람에게 그렇게까지 부담을 들어주시니 고맙기가 그지없네요."라고 했다. 직원은 정색하며 "농담이라니, 그게 무슨 말이오? 우선 오래 방치되어 지저분한 바깥마당 청소부터 하시오. 잡풀도 뽑고 깨끗이 해야 합니다."라고 했다. 뭐야, 농담이 아니라는 거야! M은 그래도 '설마'라며 되묻듯 담당을 바라보자, 담당은 "뭐해요, 빨리하질 않고!"라고 호통했다. 황

당하기가 짝이 없어진 M이 눈을 부릅떠서는 "아니, 지금 그걸 말이라고, 고급인력에게 그런 잡부들이나 하는 일을 말이오!"라고 했다. 직원은 M이 이상하다는 듯이 하다가 나무라는 투로 "뭐, 고급인력~요? 철들려면 아직은 한참 멀었네! 추방될 수도 있는 신세가 구제된 것도 모르고 있다는 건가… 허."라고 하고는 한 시간 후 점검을 할 터니 광에서 청소도구 가져다가 하라고 하고는 휙 나가버렸다.

뭐 이 이런 게 다 있어! 봉급을 얼마 준다든지 후생이 어떻다든지, 한마디도 없이 청소부터 하라고? 바깥마당으로 나와 담배를 신경질적으로 피우고 발로 땅바닥을 쾅쾅 차보지만 당장 뭘 어찌해야 할지 잡히는 것이라곤 없다. 매튜는 뭔가 크게 잘못 알고 이곳을 선택했다! 어디로 가버렸는지, 파비안에게 따져볼 수도 없다. 엘린! 그래도 그렇지, 이 여자가 사람을 이렇게도 비참케 하다니! 법률구호센터 출입구 옆에 있는 공중전화로 호텔 레스토랑에다 엘린을 찾았다. 전화를 받은 여자는 다짜고짜로 엘린은 '소모품관리과'로 옮겼으니 그쪽에 알아보라며 전화를 끊어버렸다. 옮기다니, 이건 또 무슨 소리인가? 다시 전화하니 다른 자가 받아서는 '소모품관리과'에 경리로 갔다며 그곳 전화번호를 알려주었다. 고급호텔의 최고급레스토랑 지배인이 소모품을 다루는 부서의 경리로 갔다고? 그것도 갑자기?

이것도 뭔가 잘못된 것이다! 이것저것 생각할 것이 없이 소모품관리과로 전화를 하니 웬 사내가 받았고, 이어 그의 "어이, 엘린! 근무시간에 웬 전화야! 빨리 받고 짧게 해!"라는 소리가 미약하나 분명히 들렸다. 이거 뭐야! 곧 엘린이 받았다. M이 떠들어대어 말할 겨를도 없었지만 엘린은 듣고만 있었다. M의 긴 불평과 투정과 절규가 소진되던 즈음에 엘린은 소모품관리과에서 경리일을 하고 있는 것이 사실이며, 오히려 M을 달래듯이 레스토랑 지배인과 비교할 수는 없지만 그렇다고 해서 경리가 그렇게 나쁘지는 않다고 하고는, 지금은 일 때문에 길게 통화할 수는 없다며 나중에 자세한 얘기를 하자고 했다. 지배인이 경리로? 기껏 경리가 되고서도 나쁘지 않다니! 그나저나 진즉에 하려던 다른 자리를 다시 알아봐 달라는 말은 하지도 못했다. 그런데 어차피, 경리로 추락한 여자에게 다른 무슨 부탁을 한다는 말인가?! 더구나 하루아침에 추락한 그녀 자신의 코가 석 자일 건데!

법률구호센터의 울타리를 나와 무작정 돌아다녔으나 갈 곳도 말을 붙일 자도 없게 된 M은, 당장 발등에 떨어진 청소는 해놓고 볼 일이었다. 광에서 빗자루와 쓰레받기를 가져와서 건물 앞마당을 먼저 청소하고 울타리 쪽으로 가니 제멋대로 자란 풀이며 덩굴이 엉켜 엉망진창이었다. 다시 광에서 낫과 갈고리와 삽을 가져와 풀과 덩굴을 자르고 뽑던 중, 뭐야! 발이 아래로 푹 빠졌다. 발을 빼고 풀을 제껴 보니 분명 개똥인 듯이 하는 냄새가 확 덮쳐왔다. 어느 개새끼가! 물컹한 똥이 음지에서 마르지 않아 축축한 채 수북한 것으로 봐서, 동네 어느 개가 똥만 마려우면 이곳으로 달려왔거나, 어느 놈이 개똥을 이곳에 계속 버렸으렷다! 개똥을 치우고 뒷마당 쪽 청소를 하고 있던 때 모두들 퇴근하고 있었고, 일을 시킨 자도 내일 아침에 확인할 터니 그리 알라며 가버렸다. 청소를 끝내니 한쪽 담 곁에 쌓아놓은 풀과 덤불이 작은 집채만큼이나 되었다. 가장 멋있다고 입고 온 양복은 흙이며 똥 냄새로 엉망이 되어버렸다. 광의 문을 걸어 잠그고 그곳 수도에서 발가벗고 온몸을 씻은 후 빨려고 둔 옷가지를 대충 걸치고 냄새나는 양복을 광에 둔 후, 퇴근하고 아무도 없는 사무실 민원용 낡은 소파에 지쳐버린 몸을 팽개쳐버렸다.

—M변호사! 이번 사건이 우리 그룹의 대외신용도에 얼마나 큰 영향을 미친다는 것을 정말 모른다는 거야. 당연히 대법관 출신이 포진한 C법무법인에 보낼 건데, M변호사가 그렇게 함부로 이름도 없는 법무법인에 보냈다는데, 당

장 사건을 회수해와 알았어!

—법무실장님, 대법관 출신이라고 해도 그 사건의 법리에는 그리 밝지 못할 것임에 반면, 그 법무법인은 그 사건과 같은 유형에는 특화가 되어 있습니다. 저 혼자 그런 것이 아니라 다른 변호사와 검토 후 그 법무법인에 보낸 것이고, 저희 사건이 처음이 아니었기 때문에 그 법무법인은 이번 건도 당연히 맡은 것으로 신뢰를 하고 있는 상황이니, 사건을 회수해 오기는 도저히 무리입니다. 최선을 다하라고 다짐을 받아놓겠습니다.

—이 바보 망충아! 그까짓 이름도 없는 쥐똥만 한 법무법인과 신뢰 따위를 지킬 것이 뭐가 있어. 대체 넌, 이번 건이 법리 따위로 간다고 생각하는 거야. 최선을 다한다고? 최선 위에 사람이 있어, 인맥 몰라! 전관이 괜히 비싼 줄 알아. 이 재판 잘못되면 회사 얼굴에 똥칠하고 형사문제로도 비화되어 그룹 대방까지 칼이 들어 올 수 있어!

—예? 그렇게까지?

—아휴, 누가 저런 한심한 것을 사내변호사로 보낸 거야. 그 사건 당장 회수해 오지 않으면 사표 써!

—사, 사표는, 아, 안 돼….

잠에서 깨고 보니 까맣게 어둠이 내려있었다. 그때 바짓가랑이라도 잡고 버티었으면 어땠을까? 생각하기 싫다! 이리저리 치이다가 어차피 잘렸을 터니! 화장실 쪽에서 덜거덕대는 소리가 났다. 모두 퇴근했을 텐데, 이 시간에 누구? 도둑인가? 도둑이 화장실에서 볼일을? M은 "거 누구요?"라고 소리쳤다. 파비안이 나와 M의 바지를 두 손으로 털며 "이제 일어났어요? 그냥 눈에 보이는 곳만 대충 치우고 말지, 아휴, 냄새가 진동하는 것이 미련스럽게 강아지 똥까지 치웠나 보네요."라고 했다. 파비안이 개똥 묻은 바지를 빨았다며 내일 아침 다려놓을 테니 지금 것을 벗고 입으라며 다른 바지와 윗도리를 건네주었다. 그리고는 M이 잠든 사이 만들어 놓았던 동태찌개와 밥을 가져와 탁자 위에 놓았다. M은 묻고 싶은 것이 넘쳤으나 우

선은 배가 고파 먹어치우는 데 정신이 없었다. M이 다 먹었을 즈음 파비안
은 타온 커피를 건네고는 입을 열었다.

— 화도 나고 할 말도 많을 게지요. 잡직들이나 그것도 못 되는 자들이 하는 일
   이지만, 그래서 변호사님에게는 몹쓸 짓으로 받아들여지겠지만, 그러나 지
   금 이 힘들 시기를 통과의례로 스스로 삶아 먹을 수 있어야 해요. 그 누구도
   장담할 수는 없지만 한때의 고난인 것으로요. 청소 외엔 무슨 일을 한다고
   그랬어요?
— (허, 이렇게 입을 틀어막아 버리다니! 이럴 줄 알면서도 매튜 측에 정보를 줬고, 그게
   당연하다는 거야!) 말하기도 싫소. 심부름이니 뭐니 이런저런 잡일이라니…
   빌어먹을! 월급이 어떻다는 말도 없이, 첫날부터 다짜고짜로 거지 같은 청
   소부터 떠넘기는 새끼….
— '새끼'요? 아, 우리끼리야 그렇지만 관리들이 알면 큰일 나요. 저도 관리들이
   듣는 데는 '변호사님'이라고 부르지 않을 거고요. 하나가 빠진 것 같은데, 민
   원안내는요? 그건 말이 없었나요? 잘 생각해 보세요.
— 민원안내? 그런 말을 없었는데, 그게 왜요?
— 그것도 하기로 했어요. 제일 중요한 건대, 원래는 없던 거였지만 분명히 저
   하고 약속을 했는데, 이상하네, 빠질 리가 없는데. 알아보고 일부러 뺀 거면
   어떻게든 집어넣도록 할게요. 그거 없이는 안 돼요, 절대!

M은 어이가 없다. 뭘 대단하다는 듯이, 무슨 구세주라도 된 듯이 거론한
다는 것이, 그래, 기껏 '민원안내'냐! 근본도 없는, 지저분한, 못 배워먹은,
논리도 없이 떠들기만 하는, 성가시기가 짝이 없는 자들에게 종일토록 '조
용 해라, 아이 울음 그치게 해라, 아이들 못 뛰어다니게 해라, 줄 맞춰라, 기
다려라, 그 용지가 아니다, 그렇게 작성하는 것이 아니다!'라는 짓거리를 두
고 말이야!

M은 "이보시오! 민원안내라니? 그 똥줄 빠지게 바쁘고 힘든 것을 말이오!"라고 내뱉었다. 파비안은 청소나 다른 잡일과는 달리, '민원안내'는 사람을 상대하기 때문에 외롭지 않고 그 일로부터 다른 이익이 발생할 수도 있다고 했다. M은, 사람에게 신물이 나는 일을 가지고 외롭지 않다느니, 법률비용이 없어 찾아온 자들을 상대하는 일을 두고 이익이 발생할 수도 있다느니 하는 것은 제정신으로 하는 소리냐고 했다. 그러고서는 이따위 일 그만두고 다른 일을 알아보겠다며 불평했다. 파비안은 "이런 어쩌나? 아직은, 아직은 아닌데, 아닌데…."라고 중얼대더니, M이 이곳을 떠나버리는 것만은 막으려는 듯이 그렇다면 다른 일을 추가해서 주겠다고 했다.

— 어린아이처럼 불평불만이니, 참! 어쩔 수가 없네요. 좀 지나서 봐가며 얘기하려던 건데, 에효! 그냥 지금부터 제 일의 일부를 가지도록 해요. 이곳 임직원들 눈치를 봐가며 하거나 몰래 하는 일인데요, 민원서류 하며 이런저런 서류를 복사하거나 정리하는 일을 나눠 줄게요. 이것도 성에 차지 않나요?

— (놀랐다는 건지 반갑다는 것인지 눈을 휘둥그렇게 해서는) 서, 서류를 정리한다고요? 법률서류를? 당신 법대 나온 거요? 어떻게 이곳에 일하게 되었소? 무슨 백이라도 썼소? 그리고 참! 나한테는 월급은 얼마나 줄란 가요?

— 법과는 관련 없는 일을 했으니 대학 때 배운 법은 다 잊어버렸고요. 서류정리 일을 맡고부터 어쩔 수 없이 다시 법공부 하고 있는 셈이고요. 그렇다고 해서 무슨 전문적일 만치 하는 것은 아니고, 그냥 일을 처리하는데 알아야한다든지 어쨌든 필요한 만큼만~요. 백이 있느냐고요? 저 자신이든 제 가족이든 힘 있는 사람들과의 관계는, 그런 건 사용할 수 없잖아요. 누구도 사용치 말라고 금하는 것은 아니지만, 그래요. 다만 결과적으로 그렇게 된 경우는 있어 왔고요. 그렇게 된 경우는 그 출처가 짐작이나마 되는 경우, 전혀 알 수 없는 경우, 알고 모르고 그런 것보다는 이상한 경우… 여러 가지였어요. 이곳에 일하게 된 것은 이상한 경우라고 해야겠는데… 뭐냐면~요, 바로 옆

식당에서 주방보조, 음식 나르기, 손님 시중 같은 일을 하고 있었는데, 그 식당에서는 이곳에 종종 중식배달을 하고 있거든요. (M이 "예? 식당일을 하고 있다고요. 그럼 이곳에서는 뭐요?"라고 했다.)

지금 그 얘기도 같이하고 있는 거예요. 그게 뭐냐면, 어느 날 이곳에서 그 배달을 오라는 전화가 왔는데요. 전적으로 해오던 언니가 배달을 나가려는데, 갑자기 가끔 오는 남자손님이 굳이 그 언니의 서빙을 받아야겠다는 거예요. 그래서 달리 사람이 없으니 결국 저가 처음으로 배달이라는 것을 하게 되었는데, 그때 이곳에 배달 와서는 청소하고 빨래할 사람을 구한다는 사실을 알게 되었어요. 마음은 꿀떡이었지만 입이 나오진 않았어요. 그다음 날도 배달주문을 와서는 어쩌다가 서류정리를 돕게 되었어요. 그때는 도왔다기보다는 시키는 대로 받아주고 옮기고 그런 걸요. 또 그다음 날 배달을 와서는 (그전에는 일주일에 한두 번이나 하던 것이 연거푸 주문이 왔는데요. 식당에서는 저가 배달해서 그런지도 모른다며 좋아라고 저보고 배달 가라고 했지만, 제 발이 먼저 나가고 있었거든요.) 엉망인 사무실과 마당을 청소해줬고요.

또다시 그다음 날에는 한 직원이 제게요, 사흘이나 나흘에 한 번씩 청소를 해주지 않겠느냐는 거예요. 저는 당연히 그러겠다고 했고, 그렇게 해서 세 번째 청소를 하는 날에는 그 직원이 이젠 아예 청소와 빨래를 전담하는 것이 어떠냐고 했거든요. 그렇지만 저는 식당 일을 완전히 그만두고 싶지는 않았기 때문에, 식당일을 하면서 웬만하면 매일 와서 알아서 청소나 빨래를 하겠다고 했어요. 그렇게 여기 일을 하게 되었는데, 식당일은 점심과 저녁의 식사 전후 외에는 시간을 낼 수가 있으니까요. 그리고 일요일은 식당일이 없으니 대청소나 급하지 않아 모아놓아도 좋은 빨래는 그때 하면 되었고요. 그러다가는 알게 모르게 여기저기 직원들의 서류를 정리하는 일을 도와주게 되었던 거예요. 물론 조금씩이나마 용돈을 받았지만요. 그런데 늘 서류정리와 복사로 몸살을 앓던 한 직원이 절 좀 보자더군요. 광에서요. 그가 뭐라했냐면~요, 이곳 일이 돌아가는 물도 아는 것 같고 법도 어쨌든 기본은 아는 것 같으니, 자신의 일인 서류정리와 복사를 좀 나눠서 맡아 줬으면 좋겠다는 거예요. 다른 임직원들 눈이 있으니 그때그때 알아서 맡기겠다는 거였어요. 다른 임직원들이 없을 때, 그러니까 퇴근 후나 휴일 또는 무슨 사정이 있어 사무실에 임직원 없을 때 처리해달라는 뜻으로 저는 알아들었고요. 그런데요! 나중에 안 거지만, 당장 급한 서류만 자신이 처리하고 나머지 모두는 저가 떠맡는 것이었어요. 또 더 나중에는, 서류의 종류로 보나 어디로 보나 다른 직원들의 서류도 그가 중개로 제게 넘기는 것이 분명했고요. 어쨌든 보수는 그때그때나, 아니면 한 주일 치를 모아 주고 있고요.

그런데~요, 이곳에서 하는 청소, 빨래, 서류의 정리와 복사로 해서 받는 돈이 식당의 그것보다는 더 많더라는 거예요. 또 다행인 것이요, 제가 할 서류 정리와 복사가 나날이 늘어나고 있다는 거예요. 물론 민원신청의 양이 많아지는 이유도 있지만, 이 센터차원에서 뭔가 운영상 변화의 탓도 있는 것으로 보이고요. 그게 뭔지는 센터가 법원, 검찰, 변호사협회와 같이 법조의 중요 축이 되고파 덩치를 키우는 것과 관련되는 것 같은데(그런 것 있잖아요. 조직이란 것 그 자체가 가지는 권력욕구로 인해 자꾸 덩치가 커버리는 것을 말예요.) 자세히는 모르겠고요.

얘기가 이렇게 되고 보면 결국 그 이상한 경우가 되는 셈이라고도 할 수 있잖아요. 그때 그 손님 때문이라는 결과이지만 저가 배달을 하게 된 것이 결국 이곳의 일을 할 수 있게 한 것이니 말예요. 월급은 얼마를 주냐고요? 적어도 지금은 월급 타령하는 것은 아니지 싶어요. 이곳도 사람 사는 곳인데 상식적으로 이해하면 될 것이 아네요.

— 그러면 내 일에 청소가 포함된 것은 뭔가 착오네요. 그건 당신의 일이라고 센터에다 얘기를 해주세요. (파비안이 "착오가 아니에요. 공식적으로 넘어간 거예요. 그렇지만 책상 닦는 것하고 실내 빗질은 저가 많이 거들 거고, 가끔 하는 실내 물청소와 마당 대청소도 함께할 생각이에요. 그렇게 아세요."라고 했다.) 공짜로요? (파비안은 도저히 바쁠 때는 어쩔 수 없지만 어쨌든 그렇다고 했다.) 그래요? 그러면 서류를 정리하거나 복사하는 일은 퇴근 후나 휴일에 한다는데, 꼭 그래야만 하는 거요? 저 일에 대한 대가는 당신이 주는 것이오, 그 직원이

오, 아니면 센터에서요? 그리고 이런 관공서와 같은 곳에서 빨래라니, 각자 자신의 집에서 빨아 입지를 않나요? 민원안내는 구체적으로는 뭘 한다는 거고요. 무엇보다, 월급을 상식적으로 이해하면 된다고요? 세상에! 그런 말이 어딨소!

— (설명하기가 복잡하거나 성가시게 군다는 듯이) 그렇게 일일이 따지니, 참, 어떻게 세상일을 모두 알고 시작한다는 거예요. 그래도 해명이란 걸 해보면, 우선은요, 저나 변호사님과 같은 입장에 있는 사람이 이렇게 일할 기회를 받는 것으로 월급이 얼마인지 같은 건 미리 묻지는 않는 거예요. 기회 그 자체에 모두 담긴 것인데도 월급을 묻는 것은 이상한 일인 거예요. 민원안내는, 사람들이 종일 나눠 오는 것이 아니라 예를 들어 점심 후에 몰려와 막 떠들거나 서로 싸우거나 하면 의자에 앉아 기다리게 하거나, 줄에서는 새치기를 못하게 한다든지 뭐 그런 거예요. 온 가족이 몰려오면 모두 한마디씩 해서는 정신이 하나도 없는데, 한 사람이 대표로 신청하고 할 말을 하게 해야 하고요. 담배꽁초나 휴지를 아무 데나 버리거나 코를 풀어 벽에 닦는다든지, 그런 것을 잡아 혼내 준다든지요. 그런 사람들 많거든요. 시골에서 온 사람들 중에는 신기하다며 좌변기에 한없이 앉아있기도 하는데, 빨리 나오라고 하고요. 이 근처에 사는 사람들이 몰래 볼일을 보는지도 살펴봐야 하고요. 아, 참! 사람들이 화장실의 두루마리 종이를 가져가는지도 잘 봐야 하고요. 얼마나들 가져가는지!

서류에 대한 일은~요, 변호사님은 그냥 근무시간에 해도 관계가 없어요. 중요한 것은 근무시간 외에도 해야 할 만큼 일이 많아야 하는 것이에요. 그 대가는 물론 저가 드리는 거고요.

빨래는 저가 하겠다고 해서 그렇게 된 거고요. 빨래 값은 맡긴 개개인이 주는데, 대체로 미혼자들이지만 기혼자들 중에서도 있긴 해요. 세탁소에 맡기고 찾고 할 것 없고 요금도 저가 싸니까, 저도 그들도 모두 좋은 것이죠. 그리고~요! 정말 이곳이 괜찮다 싶으면(그리될 것 같지만요) 식당 그만두고서라도 이곳 직원들의 점심도 할 생각이에요. 서비스로 그냥 두어 번 밥을 해준 적이 있는데, 이분들 은근히 바라는 것 같거든요. 맨날 서너 군데 식당 밥이 질렸나 봐요. 그러다가 보면 직원들 회식도 저게 맡길 것 같고요. 그때는 장을 보는 것부터 할 게 많으니 변호사님이 도와주셔야 하고요. 그래서 식당 그만두고 이곳에 전적으로 일하게 되면 그때는 서류정리 일을 더 많이 받을 것이고, 또 운이 좋으면 경리 일도 나눠 줄지도 모르니 말예요. 이만하면 이제 더 알아야 할 건 없죠.

월급도 모르는데 일할 기회 그 자체에 모두 담겨 있으니 따지지 말라고! 잠자는 시간까지 없애며 일거리를 만드는 것 같은 이 여자는 돈에 환장한 것인가? 그래서 받는 돈이라는 것이 몇 푼이나 될 것이며, 그 몇 푼어치로 이 여자의 대가족에게 뚫린 구멍을 막아낸다는 건가?

그나저나 이 여자의 일중독에 말려들어 M까지 혹사될 것 같다! 어찌 되었던 납득할 수 없는 바로서, M은 서류작업에 대한 대가를 굳이 피차 복잡할 것 없이 해당 직원들로부터 자신이 바로 받겠다고 했다. 그러자 파비안은 자신이 받아야 하는 수수료 때문에 그럴 수 없다고 했다. M은 그렇다면 서류작업에 대해서는 M이 파비안에게 고용된 것이냐고 물었다. 파비안은 그런 것을 두고 고용되었다고 하지 않는다고 말했다. M이 이런 경우 파비안은 손 안 대고 코 푸는 중간도매상이나 거간꾼이나 다를 바가 뭐가 있느냐고 하니까, 파비안은 타인의 권리에 대해 그렇게 부르는 것이 납득할 수 없다고 했다.

9

법률구호센터에서의 사내

국립법률구호센터에서의 M은… 정치하다가 낙하산 타고 와서 슬렁슬렁 시간 때우거나 맹렬히 센터를 키우는 데 몰두하는 3년 임기제 이사장, 이사장의 밑 닦아 주면서 센터를 손아귀에 넣고 있는 본부장, 흑백의 이원체제의 위쪽인 변호사들, 위쪽의 뜻을 살펴 아래쪽을 부리는 사무국장, 일보다 지사장 되는 것이 급한 과장들, 일보다 과장이 되는 것이 급한 계장들, 일보다 계장이 되는 것이 급하고 국고지원금 표시 나지 않게 빼서 자신의 상사와 사이좋게 나누는 사원들, 종일 잠자거나 화투 치다가 한두 번 일 나가도 되는 운전사들, 이리저리 눈치껏 일하다가 민원들에게 호통치는 잡직들… 이들 모두보다 먼저 출근해 청소를 비롯한 업무준비를 하고, 마지막에 시건장치 등 안전을 확인한 후 퇴근을 해야 했다.

새벽 출근에다 어느 직원이든 퇴근이 늦어지게 되면 그자가 나갈 때까지 기다리고 있어야 했다. 버티다 버티다가 도저히 이기지 못하고 있을 때, 파비안은 M이 센터 건물 옥상 빈 창고를 개조해 거처로 할 것을 조언했다. 조언이라기보다는 명령과도 같은 것이었다. 심각한 출퇴근의 부담이 없어지는지라 M은 좋아라 했고, 파비안이 센터에 M의 사정을 앞세워 그것을 부탁해 성사되었다. 그런데, 그리 오래지 않아 무슨 법적인 의무이듯이 사실상 M이 센터 건물 전체에 대한 관리를 떠맡게 되어버렸다. M 은 파비안에게 부담스럽다며 창고에서 나가겠다고 불평을 했다. 파비안 은 출퇴근의 문제만이 아니라며, 철없는 M이라고 화를 내었다. 다시 방을 얻어 나가면 출퇴근 차비, 난방비, 전기세, 물세, 오물세, 청소비는 말할 것 도 없고, 그 무엇보다 만만치 않을 집 월세는 생각지도 않느냐고 나무랐 다. 결국 M은 '지독한 계집!'이라며 무릎을 꿇었다. 개조한 창고 거처에 는 잠자리와 세면장 겸 주방이 있는 것이 전부였다. 소변은 깡통에, 대변 은 3층 화장실로 내려가 해결했다. 잠자거나 밥해 먹는 때 외에는 출퇴근 시간 가릴 것 없이 사무실에서 보냈는데, 텔레비전이 돌아가는 가운데 졸 다가 그냥 그대로 소파에서 잠들기가 다반사였다. 파비안이 식당에서 몰 래 반찬을 가져다주다가 들통이 난 후부터 그녀가 와서 직접 만들어 주기 도 했으나, 어차피 재룟값이 들었고 설거지가 너무 싫어 옥탑거처든 사무 실이든 대충 라면이나 끓여 먹는 날이 늘어갔다. 그런 생활이 언제까지나 계속될 것만 같았다.

그러다가 또 추가로 혹을 달렸다. 국회업무보고에서 센터이사장이 일 을 저질렀다. 한 의원이 들어온 민원 하나가 갑자기 생각이 난다며, 혹시 라도 휴무인 토요일 오후와 일요일에도 센터가 민원접수를 받는 것을 생 각해 본 적은 있는가를 물었는데, 이사장은 "예?" 하다가는 곧이어 그렇 게 하겠다고 해버렸다. 그러자 그 의원이 "그래요? 그렇다면 구체적으로 말할 수도 있나요?"라고 하니까, 이사장은 접수뿐만이 아니라 상담도 가 능한지 검토 후 보고하겠다고 해버렸다. 국회에서 돌아온 이사장은 센터 간부회의를 소집했다. 이사장은 토요일 오후와 일요일에도 접수와 상담 이 가능한지 국회의 검토요청이 있었다며, 간부들 각자가 자유로이 의견 을 내면 된다고 말했다. 간부들은, 상담에 대해서는 대체로 침묵으로 일 관했다. 접수에 대해서는 국회의 요청이 단지 검토인지 아니면 요구의 수준인지에 대해 물었다. 이사장은 요구에 가까운 바람소리로 들렸다고 하고는, 센터의 증원과 증축의 계획에 관해 법무부에 설명하러 급히 정부청사에 가야 한다며 나가버렸다.

그런 다음 상담은 빠지고 민원서류의 접수는 실시되었는데, 말이 접수이지 입만 가져와 뭔지 모를 것이 태반인 불만을 M에게 한없이 떠드는 자들이 너무 많았다. 채권자, 채무자, 주소, 전화번호, 신청취지, 신청이유를 적도록 된 신청서 양식을 교부하면, 모두들 '신청취지가 뭐예요? 신청이유는 어떻게 적나요?'라고 M에게 물어대었다. 대답은 질문을 낳았고, 그에 대한 대답은 '그건 왜 그래요?' 하는 식으로 또 질문을 낳았다. 그러다가는 결국 M은 해당 사안에 대한 법률상담까지 하게 되어버리는 것이 다반사였다. 그들이 작성해놓은 신청서는 글자를 알아보기 어렵고, 법적인 구성이야 물론 기대할 수도 없는 것이지만 감정의 토사로 채워졌고, 온갖 주장을 적었으면서도 관련되는 증거는 턱없이 부족하거나 아예 없는 것이 보통이었다. 결국, M은 토요일 오후와 일요일에 접수를 받고 사실상 상담까지 하기에 이르렀다. 늦은 밤에나 가족이 통째로 몰려올 때는 '에라 모르겠다!'며 숨어버리기도 했다.

센터에 들어온 민원에서 통계에 필요한 유형별 사건의 분류를 직원으로부터 지시받았다며, 파비안이 어느 토요일 민청신청서철을 M에게 넘겼다. 하기 싫었던 M은 다음날 오후 대략의 경향이라도 보자는 듯이 손에 잡히는 대로 듬성듬성 넘겨보는데, 억지로라도 구성되는 법적인 주장으로는 다음과 같았다.

　— 내 이름을 빌려 정부고용지원금을 받아서는 그 일부를 떼어 주던 회사가 갑자기 사람을 바꾸었다며 더 이상 돈을 주지 않아 억울하다.
　— 나보다 훨씬 늦게 입사한 사장의 조카가 나보다 먼저 승진한 것에 대해 불만을 표시했다고 회사에서 내 책상을 치워버려 억울하다.

— 임대차기간 끝나 이사 가야 하는데, 집주인은 자신이 무슨 현금을 쌓아놓고 있는 것도 아니므로 새로운 세입자가 들어오면 그 돈을 받아나가라고 한다. 그런데 집에 쥐가 많다는 사실이 소문난 데다 집주인이 시세보다 보증금을 올려놓아 새로 세를 들어올 사람이 없다.

— 월세가 밀리다 못해 보증금 전부를 까먹은 세입자로서, 자신이 연구 중인 기술이 특허를 받아 대박을 칠 2년만 더 기다려 달라고 해도 집주인은 재판을 하겠다는데, 이를 어찌해야 좋을지 모르겠다.

— 매월 말일에 물건값 결제를 해오던 거래처가 반년째 돈을 주지 않고 있는데, 그 회사가 아니면 나의 업체는 문을 닫을 입장이기에 이러지도 저러지 못하고 있다. 그런데 최근 같은 업종의 지인으로부터 들은 바에 의하면, 그 회사 오너는 과거 여기저기 빚이 많을 때 재산을 빼돌리고 회사를 파산시킨 전력이 있다고 한다.

— 소작하는 밭에 멧돼지가 들어와 농사를 망쳐놓았는데 지주는 다른 소작농들과 같은 기준으로 소작료를 받겠다고 하고 있고, 지주의 아들은 자기의 밭에 들어온 멧돼지를 왜 잡아다 주지 않느냐고 따지고 있다.

— 나와 갑과 을이 소일거리로 화투를 치다가 갑이 갑자기 내기로 하자고 해서 돈내기화투를 했는데, 처음에는 내가 따다가 중간에 판돈이 올라간 후부터 내가 계속 잃을 때마다 갑에게 차용증을 써줬다. 내 월급의 1년 치가 되는 화투 빚을 갚지 못하게 되자, 갑은 이긴 돈 대신에 내 처제를 1년간 자신에게 넘기라고 하고 있다. 만약 그렇지 않으면 나와 처제의 불륜을 내 직장에 알리고 소송을 제기하겠다고 한다.

— 갑이 하던 음식점을 인수했는데, 고정손님이 150명이라던 갑의 말과는 달리 실제로는 50명이 될 것 같지도 않았고, 그 손님들마저도 갑이 바로 옆에 같은 종류의 식당을 내어 뺏어가고 있다.

— 같은 마을에 사는 갑이 개를 데리고 내 집에 놀러 왔는데, 그 개가 내 집 안방에 들어가 잠을 자고 내 단벌 양복에 오줌을 쌌다. 갑은 자신이 시킨 것이 아니며, 그 개가 방에서 잘 때 내가 개를 쓰다듬어 준 원인이 크다며 내 책임

일 뿐이라고 한다.

— 남편이 나를 정신병원에 입원시키고 1년 후에 나와 보니, 남편은 다른 여자와 붙어 내가 시집올 때 가져온 패물을 팔아 버리고 도망을 가버렸다. 그리고 남편은 내 이름으로 보증을 해버려 채권자가 내게 돈을 갚으라고 난리도 아니다.

— 내가 사는 집 근처에 개와 돼지의 사육장이 들어서서, 냄새와 소음과 질펀한 개·돼지의 똥오줌으로 인해 도저히 살 수가 없다. 그런데 그 사육장 주인은 관청에 자신과 통하는 관리가 있으니 좋을 대로 하라고 하고 있다.

— 윗집 배관이 파손되어 집에 물이 질펀하게 흘러내리고 있는데, 윗집은 내 집에서 자란 쥐가 올라와 배관을 갉아먹은 것이니 나의 잘못이고 그 쥐를 찾아 데려가라고 하고 있다.

— 집을 사서 새로 이사 온 옆집 사람이 나와 이웃들이 25년 동안이나 그냥 사용해온 길을 자신의 땅이라며 큰길로 나가는 곳에 철조망을 치고는 통행료를 내라고 하고 있다.

— 두 형제의 소유인 점포를 형한테서 세를 얻어 1년 동안 그 형한테 월세를 주어왔는데, 이제 와서 동생이 자기 몫인 절반에 대해서 지난 기간만큼 합해서 주라며 가게에 와서 행패를 부리고 있다. 형과 한 집에 사는 그 동생은 형에게 돈을 줄 때 지금껏 보았으면서도, 그것은 자기가 받은 것은 아니라고만 주장하고 있다.

— 돈을 빌려 간 갑이 자신의 아버지가 죽으면 상속받게 되는 재산으로 갚겠다고 했는데, 한 달 전에 그 아버지가 죽어 이제 갚으라니까 자기는 상속받은 것이 없다고 한다. 갑의 이웃들이 하는 말로는, 갑은 상속재산분할협의인지 뭔지로 상속을 포기했다며 돈을 갚을 책임이 없다고 할 것이라고 한다.

— 큰 술집을 운영하는 갑이 을이 만든 술을 5%만 싸게 공급해주면 얼마든지 언제까지나 받아주겠다고 해서, 을은 여기저기 빌린 돈으로 더 임차한 땅에다가 작업장을 키우고 더 많은 기계를 들여놨다. 그런데 술을 공급한 지 얼마지 않아 갑의 거래주문이 많이 줄었는데, 갑은 장사가 되지 않아 그렇다

지만 갑의 술집에 가보면 갈수록 손님이 넘치고 있다. 그런데 누군가 을을 찾아와서는 지금까지보다 공급가를 10% 더 낮춰주면 갑이 원래대로 주문을 할 수 있도록 해주겠다고 하고 있다.

— 내게 공사하도급을 준 업자가 건축주한테서 돈을 받으면 준다고 해서 계속 공사를 해왔는데, 알고 보니 그 업자는 처음부터 건축주로부터 계속 돈을 받아 왔고 지금을 모두 받았더라.

— 동생이 일을 마치고 밤에 귀가하다가 하수도 공사를 한다고 파놓은 구덩이에 떨어져 머리와 다리를 심하게 다쳐 병원에 입원해 치료를 받고 있는데, 공사를 맡긴 관청에서는 잘못 보고 구덩이에 빠진 동생의 잘못이지만 그래도 정 억울하면 공사를 한 업체에 물어보라고 한다.

— 내 아들을 치료하던 의사가 무슨 주사를 놓고 나서부터 아들이 다리에 문제가 생겨 막대기를 짚고 걸어야 할 정도로 큰 불편을 겪고 있는데, 의사는 처음에는 일시적 현상이라고 했다가는 아들의 보행곤란이 계속되자 아들의 원래 체질에 문제가 있었다고 하면서 어쨌든 안 되었으니 얼마간이라도 돈을 준다고 하기에, 그럴 수 없다고 버티다가는 주위에서 모두들 없는 살림에 입만 많은데다 병원을 어떻게 이기려느냐고 해서 결국 그 돈을 받았는데, 손해가 너무 커 도저히 이대로는 끝낼 수가 없다.

— 식당에서 일을 하다가 만난 30살이 많은 노인에게 5년째 밥·빨래·간병을 해주고 있는데, 그동안 코빼기도 보이지 않던 아들·딸이 나타나 노인이 나를 위해 얻어준 작은 가게 보증금이 자신들 것이라며, 그것을 확인하는 각서를 써와서는 내게 도장을 찍으라고 하고 있다.

— 아버지의 사망으로 들어온 부의금을 평소 아버지를 방치하다시피 한 형수가 다른 3형제 몰래 모조리 숨겨버리고는 하는 말이 부의금은 원래 장자가 가지는 것이라고 주장하고 있다.

— 채무자가 돈을 빌려 가면서 다섯 달 내에 갚지 못하면 자신의 자동차를 주겠다고 했다. 기한이 지나도 이런저런 평계만 대면서 갚지 않기에, 그의 집 담장에 붙여 늘 세워두는 그 고물자동차라도 가져오려고 한다. 그러면 안

된다는 말도 있던데, 그럼 어떻게 해야 하는가?

— 여자인 나와 남자인 갑은 각기 노점상을 하고 있는데, 목 좋은 자리를 서로 차지하려다가 둘이서 삿대질하며 언쟁을 하게 되었다. 그러던 중에 갑이 술을 마시고 오더니 갑자기 자지를 꺼내어 그것을 흔든 후 나의 노점 물건들 위에다 오줌을 갈겨버렸다. 그 물건들을 말려 팔고 나니 갑의 친구가 물건을 산 사람들에게 그 사실을 말해 버려 그 사람들이 나의 내 머리채를 잡고 흔들고 때려버렸다. 갑에게 책임을 물어야겠는데, 그는 내 물건에 오줌을 싼 일이 없다고 한다. 그래서 현장을 본 단 한 사람인 갑의 그 친구에게 증인이 되어 달라고 하니, 그는 증인이 되었다가는 힘이 센 갑에게 맞아 죽는다고 하고 있다.

— 2차로 받는 공식화대가 그대로인데도 마담이 아가씨들이 받는 개별 팁이 올라가고 있다며 일방적으로 아가씨들이 분배받는 2차 화대의 비율을 낮춰버렸다. 그리고는 처음 올 때 마담에게 빌린 돈에서 갚아나가는 액수를 줄여버리고 있다. 다른 것으로는 아는 손님 하나가 팁을 많이 주겠다며 1시간 동안이나 온몸을 만져놓고는, 급히 전화할 일 있다며 룸을 나가서는 줄행랑을 해버렸다. 마담의 억지에 대해서 어떻게 대처해야 하며, 돈을 떼먹은 그 손님에게는 어떻게 해야 하는가?

— 이미 경매가 들어온 건물인 줄 모르고 보증금을 주고 세를 얻었다가 빈손으로 쫓겨날 수 있는 상황인데도 건물주는 경매가 취하될 수 있다고 생각했고, 그렇지 않더라도 등기부를 확인하지 않은 내 잘못이라고만 하고 있다.

— 무당이 딸 셋만 낳은 내게 접근해 아들을 보게 해준다며 큰돈을 받아간 후 또 딸을 낳았는데도, 무당은 내 정성이 부족해 그렇다며 돈을 더 내어놓으면 이번에는 신령에게 특별히 신통력을 부탁하겠다고 하고 있는데, 지금이라도 이미 준 돈을 돌려받아야겠다.

— 친구가 자신의 남편 사업에 투자하면 은행이자의 3배를 준대서 월급의 절반을 떼어서 주었다. 7개월까지만 그것도 은행이자의 2배만 주더니, 그다음부터는 남편이 더 큰 사업을 시작했으니 6개월 후에는 밀린 것까지 포함

해 은행이자의 5배를 준다며 돈을 더 받아갔다. 1년 반이 지난 이제는 남편과 이혼을 했다는데 연락도 되지 않는다. 그 남편이라는 자는 이혼한 아내가 친정에서 가져온 돈인 줄만 알았으며, 설령 빌렸더라도 직접 받은 않은 자신은 책임이 없다고 주장한다. 내가 소개한 3명도 내 책임이라며 떠들고 있다.

— 평소 알던 건물주가 2년 전 계약할 때 10년이든 20년이든 언제까지나 계속 장사하라고 해놓고는(그때 계약서에 그런 말도 넣자니까, 우리끼리 뭘 그러냐고 해서 쓰지는 않았다.), 2년이 지나고 새로 1년이 된 지금은 재계약이 아니고 당분간 그냥 봐준 것에 지나지 않으니 가게를 비우라고 하고 있다. 최소한 권리금만이라도 받을 때까지 기다려 달라니까, 건물주는 말을 듣지 않으면 민사와 형사로 문제를 삼겠다고 하고 있다. 새로 들어오는 사람한테 건물주 자신이 권리금을 받을 것이라는 말이 들린다.

— 마을 공동게시판에 '갑의 식당에서는 빨랫비누로 식기로 썻고 먹다가 남은 반찬을 그대로 사용한다고, 그 식당을 자주 이용하는 손님이 말한 일이 있다.'라는 내용이 적힌 종이가 붙어 있었다. 그런지 사흘 후에 갑이 알고서 그것을 떼어내었는데, 그 후에도 떼고 나면 밤사이에 계속 붙고 있다. 근처에서 똑같은 종류의 음식점을 하는 을의 소행이 틀림없을 것인데, 을은 자신도 누가 다른 식당에서 그런 말을 했다는 소문은 들었지만 자신이 그 종이를 붙인 것은 아니라고 하고 있다.

— 중매로 만난 사람의 집에 가서 그의 부모에게 절을 하고, 그 집 밥도 빨래도 수없이 해주고, 갈 때마다 그 집에서 그 남자와 같이 자고 하는 날이 석 달이 지났다. 그런데 이제 와서 그 남자가 말하기를 '어머니가 사주를 보니 내게 과부살이 있고 집안을 통째 말아먹을 수 있는 것으로 나왔다.'라며 없는 것으로 하자고 한다. 그런데 최근에 들은 바에 의하면 그 남자는 내가 자신의 집에서 같이 잘 그때도 선을 보고 다녔다고 한다.

— 세를 사는 집에서 25살 된 딸이 자다가 연탄가스를 마시고는 속내의 바람으로 비틀거리며 길거리로 나와 쓰러진 후 불량배일들이 딸을 강제로 범하고

146

는 사라져버렸다. 그 후 딸은 일도 못하고 열흘간 병원에 입원해서 병원비도 많이 들었다. 집주인은 원래 문제가 없었는데 쥐들이 방문을 갉아 먹어 연탄가스가 방에 든 것이라며, 그 쥐들에게 따지든지 알아서 하라고 한다.

— 교통사고로 보험금을 타려고 친구가 자동차로 나를 부딪쳤는데, 잘못 받아 원래 계획과는 달리 많이 다쳐버렸다. 친구는 부딪치는 순간 내가 몸을 틀어버려 그렇게 되었다며 자신은 책임이 없다고 하고는, 다친 지가 3달이 지났지만 친구는 지금까지 보험금 신청도 하지 않고 있으면서도 혹시 나중에라도 보험금을 타면 그것으로 치료비를 주겠다고만 하고 있다.

— 하고 있는 재판에서 나는 할 말이 너무 많은데 판사는 내 말을 듣지도 않고 무슨 말을 하려는 건지 안다며 내 말을 끊어버린다. 판사는 핀잔하면서 뭘 해야 하고 또 다른 뭘 해야 한다고 하는데, 그것을 어디서든 물으려고 해도 판사가 말한 그게 무슨 뜻인지도 모르니 물을 수가 없다. 판사가 상대방 변호사에게는 그냥 술술 넘어가면서, 변호사 없는 나만 잡고 뭐라고 해서 답답하고 힘들어 죽겠다. 재판하기 전에는 그 전날부터 파랗게 질리게 되고, 재판이 끝나면 다음 재판 날까지 무엇을 준비해야지 몰라 이리저리 헤매고 다닌다.

— 재판에서 이긴 후 기다려도 판결을 한 법원에서 아무런 연락이 없어 찾아가니, 법원의 담당자가 판결이 나도 돈을 받는 것은 내가 알아서 하는 것이라고 했다. 그래서 피고의 집에 찾아가 판결이 났으니 돈을 달라고 하니, 피고는 땟거리도 없다며 법대로 하라고 했다. 법대로 해서 판결이 났는데 무엇을 법대로 한다는 말이냐고 따지니까, 피고는 자신의 말이 뭔지는 어디 가서 물어보라고 하고는 나를 내쫓아버렸다. 그래서 집 근처 부동산중개업소에 물어보니 피고의 재산을 찾아 강제집행을 해야 한다고 했다. 법원에 신청해서 피고의 전세보증금에 압류를 했는데, 그 전세는 피고의 아내가 임차인으로 되어 있다고 집주인이 확인을 해주었다. 그런 경우에는 그 압류가 무효가 된다고 하는데 정말 그런가? 그것이 무효이고 만약 피고에게 다른 재산이 없다면, 법원은 왜 내가 1년 동안이나 그 힘든 재판을 하

는 것을 말리지 않았는지 납득이 되지 않는다. 돈을 받을 달리 방법이 없는가…? 등을 이유로 어떻게 해야 하나, 가압류를 해야 하느냐, 민사소송을 제기해야 하느냐, 형사고소를 해야 하느냐, 상대방의 공격에 어떻게 방어를 해야 하느냐….

여기까지 읽던 중 파비안이 사무실로 들어왔다. 변호사를 선임해야 할 사건이 있으니, 꼭 성사되어야 한다고 했다. 뚱딴지같이, 변호사를 선임하다니? 이곳에 신청해서 요건이 부합하면 여기 변호사가 알아서 하는데, 밑도 끝도 없이 변호사라니?

— 일단, 제 말을 듣고 나서요. 과거 저희 집안과 잘 알던 사람인데, 누가 봐도 억울하고 손해를 많이 본 사안이에요. 가난한 사람은 아니지만, 이 사건 자체는 그만큼 손해가 크고 절박해요. 당사자가 지금 밖에 대기하고 있으니 절대 목소리는 높이지 말고요. 임대차 관련 명도소송에서 피고인데 현재 변호사가 영 시원치가 않다고 해요. 그래서 변호사를 바꾸려는데, 다행히 착수금을 조금만 준 상태고요. 물론 사건의 규모로든 당사자의 자력으로든 우리 센터에서 맡을 사건은 아니고요. 변호사는 저가 구할 테니 변호사를 교체해야 하는 필요성과, 교체될 변호사가 특히 유능하다는 점과, 그렇게 유능함에 비해서는 선임비용이 결코 높지 않다는 점 등을 알아듣게 설명해 주세요. 선임하고 수임료를 조정하는 것도 M 씨가 맡아 하는 것으로 알도록~요. 이미 변호사를 선임해 본 경험이 있는 사람이니 대충 후려치지는 말고 많은 얘기를 들어주고 설명해줘야 해요. 천천히요. 그래야지 일이 성사될 수 있고, 그렇게 해서 그 수수료도 따라오는 것이고요.

수수료도 따라오다니, 이게 무슨 소리인가? 이 여자가 이런 것에까지 발을 뻗고 있었다는 건가? 파스란에서는 흔한, 흔하다기보다는 법조관련자들이 기회만 있으면 잡으려고 미쳐 있는 그 '복비'가, 착수금의 20~30%에다가, 경우에 따라서는 성공보수의 일부도 받는 그 돈이 이 나라에도 있다는 건가? 사람 사는 곳이니 없으란 법은 없다고 치고, 그래도 이상한 게 없지를 않다. 그냥 자신이 알아서 변호사를 구해주고 복비를 먹으면 간단하고 그만인데, 또 그 돈에서 M의 몫이 빠져나갈 일도 없게 되는데, 왜 이런 계산에 맞지 않는 짓인가? M은 호텔의 빚이 걱정인지, 그것이 아니어도 탐나는 복비의 몫에 모가지가 걸린 지 기어이 물었다.

— 일이 성사되면 수수료도 따라온다고 했는데, 그게 선임비의 몇 %요. 그런데 말이오, 그냥 당신이 알아서 변호사를 소개하면 되지, 굳이 복잡하게 여기까지 사람을 데려올 필요가 없지를 않소!

— 이런저런 기준에 의해 달라요. 평소 수수료 수준이 어느 정도의 변호산가, 변호사의 사건 욕심이 어떤가, 재판이 복잡하거나 큰 사건인가, 계속적으로 사건을 만들어 보낼 수 있는 소개자인가, 규모 있는 사업을 한다든지 평소 법률관계가 복잡해 이후에도 사건이 들고 올 당사자인가, 당사자가 선임비용이라는 것에 대해 어느 정도 관대한가, 당사자의 재력이 어떤가, 해당 사건이 당사자에게 얼마나 절박한가, 절박한 것으로 착오를 하고 있는 경우에 해당하는가, 당사자가 그 변호사의 능력에 대한 인정이나 기대치가 어느 정도인가, 보내는 사람이 기대하는 수임료와 수수료가 어느 수준인가, 승소한 경우 변호사가 성공보수금을 안전하게 받을 수 있는가 등등에 따라… 그 등등의 사유들이 섞여 작용한 결과 수수료의 정도가 정해진다고 할 것이니, 그래서 미리 '수수료가 선임비의 몇 %이다.'라는 말을 성립은 좀체 어렵고요. 그러니, 이 사건의 절박함과 함께 새로운 가능성, 그리고 선임될 변호사의 능력에 대해 잘 살려줘야 해요. 사람을 데리고 온 이유를 묻는다니요! 그냥 저가 보내는 것하고, 변호사인 M 씨가 이것저것 얘기를 듣고 설명을 해줘서 당사자의 믿음이 올라간 상태에서 가는 것이 어찌 같은가요! 땀 흘린 만큼 벌잖아요!

파비안이 말하는 동안 M은 입이 딱 벌어져 있다가는 '뭔가 비튼 것이 없지는 않은 듯했지만, 어쨌든 이곳 센터에서 일하다 보니 저런 디테일도 아는가!' 싶었다. M은 자신도 소개비 중에 일부를 가진다는 것으로 들려 반갑기가 그지없었다. 그런데, 이런 것을 땀 흘린 만큼이라니? 파비안은 바삐 가야 할 곳이 있다며 밖에서 기다리던 당사자를 들여보내 준 후 돌아갔다. M과 마주 앉은 당사자는 얼른 보아도 부티가 나는 중년의 남자였다. M은, 오늘 얘기를 들어보고 자신이 사건기록을 검토하고 법률적 판단을 한 후, 자세히 적은 서면과 함께 맡을 변호사에게 보낼 것이라고, 남자에게 말했다. 사건에 대한 사실상 및 법률상 파악과 분석을 그 변호사보다 자신이 더 많이 부담하게 된다는 것으로도 들릴 말이었다. 그러고는 남자에게 무엇이든 하고 싶은 말을 하라고 했다.

— 파스란에서 오신 변호사님이며 우리나라 법에도 뛰어나신 걸로 들었습니다. 임차인으로서 명도소송을 당했습니다. 이틀 전 법원의 조정절차에서 저도, 원고인 임대인 쪽도 판사의 조정안에 불만이었습니다. 원피고를 이리저리 구슬리다 잘 안 되자 판사는 강제조정을 해서 결정문을 보내겠답니다. 판사는 저가 건물을 짓기 위해 땅에 투입한 돈을, 그 돈도 일부만을 저쪽이 반환하는 정도로 제시하고 있습니다(실제로는 더 많이 들었는데 변호사가 제대로 못한 것이 아닌가 싶습니다.). 저는 엉망인 상태였던 땅을 대지로 조성하고 건물을 짓느라고 7억 원을 들인 후 6년간 장사를 했지만, 그 대지조성비의 일부에 지나지 않는 5천만 원 외에는 모두 날리는 것입니다. 인건비와 공과금을 비롯해 경비가 많이 든 반면 가까이에 경쟁 식당들이 들어서 버려 장사가 되지 않았기에(이건 사실은 뒤통수 맞은 것이고요.), 그 6년간 돈을 번 것도 아니고요. 결국 7억 원을 고스란히 날려요! 그 돈, 그 돈 전부 은행 하며 이리저리 빚내고 처갓집 돈까지 긁어모은 건데요. 이대로 끝나면 저가 길거리로 나앉는 것은 말할 것도 없고 처갓집까지 문제가 되어요. 파비안 씨는 옛날의 저를 기억하는 건지 모르지만 사실 저는 지금

아무것도 없어요.

임대차계약서가 임대인에게 일방적으로 유리하게 되었고, 땅 사용료인 월세를 저쪽이 이러저러한 이유로 계속 올려 받아갔고요. 임대차 기간 1년이 지날 때마다 월세를 올려주지 않으면 나가라는데 어떻게 해요. 그것도 원상회복 조항에 따라 건물을 철거해야 한다면서요. 어떻게 철거를 해요. 그 아까운 건물을~요! 철거해서 원래 맨땅으로 돌리는 데도 그 비용도 수천이 든다지만~요. 그러면 결국, 저는 7억 원이나 든 건물을 잃어야 하는 반면, 임대인은 높은 월세를 받아먹고도 7억 원이 투입된 건물을 공짜로 주워서는 다시 누구에게든 세를 놓아먹으면 그만이라는 건가요?! 이 건물에 이전에 다른 곳에서 장사할 때도 월세 때문에 남는 것이 없었는데, 이제 이 건물에서는 멀쩡한 건물까지 날리게 되었으니, 세상에, 이게 말이 된다고 생각하세요! 법을 하는 사람들은 아무런 감정도 분노도 없는 건가요?

그런데 그쪽 변호사와 같이 온 임대인 측 직원은 한술 더 뜨는 거예요. 조정이 결렬되고 난 후 법정복도에서 하는 말이, 임차인이 징징대니까 판사가 법에 맞지도 않게 임차인을 봐준다며 씩씩거렸다니까요. 그리고 그는 저를 나무라는 것이 뭐랬냐면, 계약서를 제대로 읽지도 않고서 이제 와서 딴소리냐는 거예요. 계약서가 다섯 장이나 되었고, 좁쌀만 한 글자가 빽빽한 것을 어떻게 읽어요. 그것도 우리에게 불리한 조항은(이것도 재판이 걸리고 나서 판사가 그렇게 말해서 알게 된 것이었지만) 세 번째 장 중간에 슬쩍 지나가듯이 적혀 있었고, 설령 그것을 읽어본들 그런 법적인 문장을 알기나 했겠어요! 당시 임대인 쪽 회사 직원이 자기회사가 임대 놓는 건물의 모든 임차인들에 사용하는 계약서 양식에 이미 말한 대로 금액과 기간이 그대로 적힌 것이라며, 볼 것이 뭐 있느냐며 그냥 도장을 찍으라고 했으니 더욱이 그렇고요. 또 위치가 좋아 그 땅을 서로 사용하려고 하고 있으니, 저가 운이 좋다고도 그랬거든요. 물론 위치는 좋은 편이었어요. 그렇지만 2년 만에 바로 근처에 새 도로가 생겨 그곳은 상권이 죽어버렸고(그런데 이 것도 나중에 보니 임대인 회사에서는 그 새 도로가 난다는 것을 알고는 있었던 것 같았던데, 아까 뒤통수 맞은 것이라고 했죠, 그것을 말해 줬다면 물론 그 땅을 계약하지 않았을 거고요. 다 지난 일이지만~요, 그래도 그래요.), 새 도로가 난 것 자체만으로도 불리해졌지만 그쪽에 경쟁 업체들이 들어서 버려 저의 가게는 매출이 절반 이하로 뚝 떨어져 버렸고요. 그렇지만 이미 7억이라는 큰돈을 집어넣은 상태이니 어째요. 중간에 부동산중개업소 같은 데다 만약 그만두면 그 돈을 회수할 수 있는지 알아보니, 다들 어려울 것 같다고 한 일도 있었지만요.

우리 변호사는 조정결정문이 송달되어 오면 이의를 할 것인지에 대해 함께 고민해보자고 했지만, 그것은 면이 없으니 넘기는 의례에 지나지 않는 것으로 들렸고요. 수임할 때는 사안이 그 정도면 할 만은 하다고 했거든요. 장사 못해 돈 못 번 것은 그렇다 치고, 당시 변호사 태도를 보아 투자금액 중 적어도 절반 가까이는, 그러니까 대충 3억 5천 근처는 건질 것으로 생각했거든요.

— 착수금 중에 얼마를 준 상태인가요?

— 60만 원인데, 약속한 착수금의 20%에 해당해요.

— 예? 그 정도 규모의 사건에 착수금이 300만 원이라고요. 그런 돈으로 하는 변호사라니, 납득이 되질 않네요. 그 변호사는 어떤 경위로 선임했으며, 성공보수는 어느 정도로 정했나요?

— 친구가 잘 아는 사람이 사무장이라고 했고, 그 사무장이 있는 곳 변호사가 이런 사건을 잘 할 거라고 했고요. 변호사가 판사와 대학동창이라 더 힘이 될 것이라고도 했고요. 그래서 선임은 했는데, 지금 변호사가 그 친구가 말한 그 변호사인가도 싶어요. 사무장이 그 친구와 잘 아는 사이는 아닌 것 같고 뭔가 이상한 것이 그래요. 이제 와서 그런 것을 따져 뭘 하겠느냐마는, 변호사의 태도도 그렇고 모든 것이 너무 불안해요. 착수금은 제 사정이 있다니까, 사무장이 일부만 받고 일단 수임부터 하고 나머지는 3차 재판 후 바로 주라고 했어요. 두 번째 재판 후 그게 조정기일이었으니 그러면 그 3차가 지난 것인지 어떤지는 저는 모르겠는데, 어제 사무장이 전화

로 돈 얘기를 했으니 그때가 지났다는 것이겠죠. 한 주일 후에 방문하겠다고 대답은 했지만, 정말로, 가기가 싫어요. 성공보수는 이긴 금액이 1억 원이 넘는 경우에만 그 금액의 15%로 했는데, 경우에 따라 조금은 다르게 한 것으로 알고 있고요.

— 일단 나머지 착수금은 주지 마세요. 또 연락이 오면 적당한 이유를 달아 시간을 벌도록 하고요. 다행히 돈이 조금밖에 건너가지 않았으니, 다시 검토를 할 수 있네요. 아마도 그 친구라는 사람은, 이쪽 세계는 모르면서 친구를 위한다고 그렇게 소개한 것이었을 것이고, 그 사무장도 사건에 대해 충분히 검토는 하지 않은 채 수임부터 덜컥해버린 것으로 보이네요. 변호사는 사무장이 이미 수임을 해버렸으니 그냥 따라갔을 터고요. 뭐, 그런 것들에 대해 자세한 건 복잡하지만 감으로 알 일이죠. 새로운 변호사를 선임하려는 뜻은 확고하다는 뜻이죠.

— 그런데 이미 준 60만 원을 도로 찾아올 수는 있는가요?

— (이 양반, 뭐 이래! 이런 식으로 짠돌이면 이 일이 성사가 될까?) 아, 그건 아니죠! 변호사가 그리 한 것이 없다손 치더라도 적어도 세 번은 법원에 나갔으니 설령 출장비랍시고 따지더라도 그 돈이야 되지 않겠소. 수임계약 위반이라면서 나머지 착수금도 받아야겠다고 나올 수도 있는 건데 말이오.

— 나머지 착수금을요? 그러면 어떻게 해요. 그럼 싫어도 그 변호사를 계속해야 하는 건가요?

— (어떻게 할까? 여기서 기를 죽여 버릴까? 아무래도 참을 일이렷다.) 아, 그렇게까지 걱정할 일은 아니고요. 그럴 수도 있고 아닐 수도 있지만, 추가로 주는 일은 없도록 할 테니 그리 알고요. 물론 나로서는 신경이 쓰이는 일이지만, 하여튼 그래요.

— 그러면 새로 선임될 변호사는 착수금과 성공보수금이 어느 정도 되는가요?

— 사건의 규모로 보나 착수금 800 정도는 기본이고, 성공보수는 20% 정도이지만 조정은 가능하겠네요.

— 800을~요? 전, 지금, 그런 돈은 없는데요.

— (허, 만만치 않네!) 수억 원이 걸려 있으니 어떻게 하든 융통을 하든지 해야
지, 돈 몇백 때문에 이렇게 중요한 일을 망칠 건가요? 정말 그래도 좋다는
건가요?

— 지금 제 얘기는, 그러니까 얼마간이라도 낮출 수는 없는가 하는 건데요.

— (역시 그렇겠지!) 낮춘다? 그럴 변호사 드물지만 특별히 만들어보지요. 일단
착수금 500 정도로 되도록 해보죠. 아마 그렇게는 될 겁니다. 그럼 기왕 하
는 일이니, 성공보수도 10% 이하로 갈 수 있도록 해보죠. 이 사건 정도의
규모에 저 비용으로 제대로 된 변호사라는 것은, 그건 정말 쉽지 않지요. 변
호사 사무실을 아무리 돌아다녀 본들 찾을 수 없을 것이고, 오히려 전혀 아
닌 변호사의 사무장에게 덜컹 맡겨 버리게 되는 것이 보통이에요. 다들 그
렇게 되어버려요. 더구나 저같이 이렇게 모든 사정들을 감안하면서 자세한
상담을 해주지도 않아요. 그리고 이것은 중요한 정보인데요. 조금 있으면
정기 인사로 판사의 이동이 있게 되는데, 그 판사도 바뀝니다. 그 판사는 틀
림없이 가고 다른 판사가 옵니다. 무슨 말이냐 하면, 새로 오는 판사는 완전
히 새로이 사건을 검토하기 때문에 얼마든지 다를 수 있다는 겁니다. 이 경
우 현재의 그 변호사는 판사가 바꿨다고 해서 지금껏 자신이 했던 주장을
다른 것으로 바꾸기는 좀체 어렵다는 거예요. 일반인도 아닌 변호사가 갑자
기 말을 바꾼다는 것은, 그건 여러 가지로 곤란한 것이지요. 이미 재판기록
에 다 나와 있는데, 갑자기 다른 말을 하는 변호사가 판사에게 어떻게 비치
겠어요. 모든 판사들에게 소문이 나버릴지 모르죠. 어쨌든 그런 낯이 서지
않는 짓을 변호사라면 좀체 어렵다고 봐야죠. 그러니 저가 사건의 성격, 판
사의 성향 등 모든 것을 심도 있게 검토해서 새 변호사가 전혀 새로운 주장
을 하도록 하는 거예요. 그래, 상담이란 것을 해보니 어떻던가요? 무슨 소리
인지 애매하거나 대충으로 장담하거나, 다들 그렇지를 않던가요, 어째요?
내 말이 틀려요? (임차인은 "아 예, 그건 그렇긴 했어요."라고 했다.) 그 보세요,
그렇잖아요. 오늘 잘 오신 거예요.

사건기록을 가지고 더 깊이 검토를 해야지 확률이나 승소할 부분에 대한 감을 잡게 되겠지만, 내가 가진 법리나 경험에 의하면 '어디 판결로 건물을 철거해보라!'며 장기전에 돌입하는 것 외에도 한 가지는 짚이는 것이 있다. 물론 이것도 지금 들은 내용에 비춰 거의 그럴 것이라는 추정이지만, 어쨌든 그렇다. 지금 그 변호사는 어떤 판단을 했는지 모르지만, 그렇게 해석이 될 것이고 받을 수 있는 돈도 상당할 터이니, 그렇다면 이 사건은 적극 검토할 필요가 있다…, 라는 말이 M의 입안에서 맴돌다가 나오지는 않았다. 내가 변호사로서 직접 수임할 수 있었다면! 법으로는 어려울 것 같지만 돈 안 드는 언론을 끌어온다든지 어찌하든 '떼법'으로 밀면 현재 판사가 제시하는 금액보다는 3배나 4배로 조정되게 할 수도 있지를 않을까? 스스로 변호사로서 나설 수 없는 M은 많이 억울하다.

10

파스란의 선물

M은 자신이 이 나라에 온 것을 두고, 그 누구에게도 결단코 터무니없는 짓이 아니라고 강변해왔다. 차라리 귀국할 것을 권유한 자들에게, 미래는 현실이 가진 값과의 그 기준이 다르다는 식으로 단호히 배척했다. 미래는 과거와는 단절되는 별개의 실체라고 이해하는 것보다는, 근거 따위는 없는 다만 정신승리로서의 희망이듯이. 단지 배척을 넘어 균열의 자신을 쳐부술 더 힘이 센 자신을 세워야 했고, 그 '더 힘이 센 자신'은 위기 때마다 자동 발동되어 M은 이 나라 깊숙이 내렸고, 달리 선택의 여지 없이 이 나라를 끌어안아야만 파스란에서 잃은 자신이 일어난다는 투철한(어디까지나 홀로 정당한 것이든 뭐든 간에) 정신의 궤적으로 보아야 할 터였다.

그렇지만 M은 이곳에서도 전혀 새로움을 생산치 못한 채, 법률구호센터에서의 온갖 것을 도맡는 잡직으로 힘겨운 싸움을 하고 있을 뿐이다. '힘겨운 싸움'인 것은, 센터는 잠시 머무름에 지나지 않을 것이라는, 단지 그렇게만 여겨졌던 것에 이다지도 오래 체포된 사실로써 뚜렷하다. 차선의 희망조차… 문서에 대한 일은 비록 하수급에 지나지 않더라도 보람이든 자존감이든 없을 수는 없었고, 그런 법을 다룰 능력자라는 점으로부터 센터의 시선이 언젠가 M을 어떤 형태로든 승진으로 밀어 올릴지도 모른다는 불식 간의 기대치가 전혀 없진 않았지만… 저런 정도의 희망조차도 센터는 전혀 틈을 보이지 않아 왔다.

그렇게 지리멸렬이 흘러오던 시간의 어느 지점에서부터 매튜, 엘린, 파비안을 비롯해 M에게 극성이던 모두의 이런저런 관심이나 주문이 사라지고 피차 왕래도 없어져 왔다는 것(파비안은 '같은 공간에서 사무적 습관적 함께'라는 정도는 있었지만), 두터운 고립이 내린 M에게 이제는 로만공화국에서의 전망(展望)은 그 기억까지 지워지고, 다만 연명하는 날들이 마치 정상이듯이 굳어져 왔다. 나중에는 센터의 변호사들이 할 일인 난해한 상담이나 법률서면의 작성까지도 해왔던 M은, 이젠 파스란에서부터 배제된 바가 여기까지 계속된 그 자체조차 잊어버린 것으로!

그러던 어느 날, 파스란국이 로만공화국과 접경지역에 대규모의 핵발전소와 쓰레기매립장의 건설계획을 공표했다. 국토·인구 대비 지구상 그 어느 나라보다 이미 고율로 전력수요를 핵 발전에 의존해 온 파스란은, 산업의 가파른 성장에 따른 부응과 함께 예측되는 미래수요를 확보키 위한 것이라고 했다. 핵발전소의 위험을 내세우는 목소리들은, 성장에 미친 권부와 언론이 밀어붙여 획득한 여론의 지형으로부터 따돌림되어 외로이 징징댈 뿐이었다. 신예무기의 꾸준한 도입과 동시에 핵무기보유 의지의 세를 등에 업은 '세계 강국에의 지향'의 메시지가 여론의 압도적 박수까지 받아왔던 탓에, 국제사회의 의심과 비난의 목소리도 현실적으로 어찌할 수도 없었던지 곧 잦아들었다.

그러나 어쨌든 평소에도 공식적으로는 가장 얄미운데다 국경을 같이하는 파스란이고, 더구나 건설될 곳이 접경지역이라는 사실에서 로만공화국은 절대 그럴 수 없었다. 로만의 방송들은 연일 핵발전소의 위험성에 대해 악악거리고 있다. 신문들도 요란한 제목 아래 지면을 꽉꽉 채우고 있다.

5년 전 파스란에서 있었던 원전고장과 관련한 바에 대해, 신문은 뻥튀기여 키를 키우고, 방송에 출연한 전문가들은 세계역사상 있었던 대형의 원전사고를 거론하며 입에 침을 튀기느라 바쁘다. 국회도 관련 상임위를 포함해 다수의 상위들이 연일 정부각료를 불러 따지고 성토하고 있다. 그렇지만 국방이나 안전에는 여야가 따로 없던 야당의원들은 질문을 하는 둥 마는 둥 하는가 하면, 많이들 다른 사정이 있다며 아예 상위에 나오지를 않았다. 접경지역 주민들은 그들대로, 파스란을 성토하는 집회는 하루하루 격렬해져 갔다. 그러나 쓰레기매립장의 문제는 그 규모에도 불구하고 핵발전소에 불붙은 바에 묻혀버려 거론되지 않았다.

그러던 중에 로만의 민족주의계열 단체소속임을 밝힌 남성 다섯에 의해 파스란에서 인질사태가 발생했다. 무장을 한 인질범들은 고급사교장에서 연회 중이던 삼십여 명의 젊은 남녀를 잡고, 파스란정부에 대해 핵발전소의 건설 계획의 취소를 요구했다. 파스란에서는 특공대 투입과 인질범 설득 두 주장이 팽팽히 맞설 뿐, 결론 없이 전전긍긍하고 있었다. 이상한 것은, 인질범들은 피인질자들에게 팔굽혀펴기나 앉은뱅이 뛰기를 시키는 등 외에는 그 어떤 위협도 없이, 다만 탈출하는 자는 사살한다는 경고를 할 뿐이었다.

인질범들과 파스란 경찰 사이에 지루한 신경이 계속되던 가운데 괴상한 국면을 여는 일이 발생했다. 갑자기 접경지역에 핵발전소의 안전성과 경제성을 홍보하는 내용의 삐라가 쏟아지고 확성기에서 울려 퍼진 것이다. 핵발전이 수력·화력의 그것보다 월등하다는 점을 강조한 위에 핵 발전의 경제적 효과를 표현한 바에 의하면, 파스란 자신의 정당성을 스스로 입증이라도 하겠다는 식의 신념과 함께, 그것 이상으로 그 건설로써 로만공화국에다가 싸게 전기를 공급할 수 있으며, 나아가서는 파스란의 도움과 지원을 받아 로만도 핵발전소를 가지게 되면 그 국민들도 천국에 들 기회를 가지게 된다는 식의 메시지였다.

이어 또 다른 기이한 일이 이번에는 하늘이 젖과 꿀을 쏟아지는 방식으로 나타났다. 접경지역 로만 주민들이 어리둥절하던 가운데 지금껏 듣도 보도 못한 먹을거리들과 생필품들이 애드벌룬에 매달려 하늘에서 떨어졌다. 그것이 하루에도 수차례 계속되자 애어른 할 것 없이 모조리 그 물건들을 잡으려고 대기하기에 이르렀다. 이 2차의 세례는 일체 입을 다문 언론을 넘어 알음알이로 삽시간에 로만국의 모두가 알게 되면서 타 지역민들은 접경지역 사람을 부러워했고, 인접 지역민들은 버스나 트럭으로 몰려들어 물건잡기에 가세했다. 그즈음 인질범들은 피인질자 모두 건물 밖으로 내보냈는데, 다친 자 없이 하나같이 다만 답답한 정도 외에는 두렵거나 불편한 것은 없었다고 증언했다. 파스란정부는 어떤 책임도 거론치 않은 채 인질범들을 로만으로 돌려보냈다.

물건들은 친지나 상인의 손을 통해 온 나라의 눈요기 · 입요기가 되었고 사용하기에 이르렀다. 한편으로 로만에서 생산된 물건은 천덕꾸러기로 거래가 자꾸만 줄어갔다. 저런 식의 물품투하가 계속되고 그 물건들이 시장을 지배하기까지에 이르러서는, 로만 사람들이 파스란을 스트레스 해소하듯 해대던 욕지거리나 비난은 사라진 듯이 했다. 반면, 파스란 사람들이 부럽다거나 로만의 정부 · 정치권을 향한 미움 · 조롱 · 수군거림이 확산되었고, 성질 급한 자들로부터는 '분리독립 후 지금껏 사기였잖아, 나라가 해준 게 뭐 있어!'라는 골난 소리도 튀어나왔다. 변화된 여론이 확산되면서 눈치 보던 언론도 입 열기 시작했다. 처음에는 작은 신문에서 로만 국민들이 열악한 생필품을 써야만 했던 책임을 누구든 찾아 물어야 한다고 했고, 여론이 전면적으로 불붙자 주류언론도 숟가락 얹어 어쨌든 같은 책임의 거론에 나서고 있었다. 야당은 대책을 묻는다며 장관을 불러놓고 책임을 따지다가는 누구의 잘못인지가 모호해지자, 청문회가 필요하다고 공세에 나서고 있었다. 야당의원 중 무역개방을 주장해왔던 의원들은 수도 P시 중앙광장에서 시민들과 시국집회를 여는가 하면, 전국을 돌며 같은 집회를 가지는 일도 있었다.

일에 파김치가 되면서도 돈에 좇기는, 목숨은 있되 생활은 버려진 나날에 걸린 M과 파비안이었다. 임차인에게 변호사를 소개하는 일이 실패로 끝났음은, 혼자인 M보다는 내일 따위는 고려밖에 두고 오늘 하루 버텨야 하는 가족의 무게를 가진 파비안에게 더 큰 실망이었지만, 그건 둘 모두에게 '될 대로 되라.' 하면서 그냥 버텨야 하는 날을 강화시킨 사실 중 하나에 지나지 않았다고 보아야 할 터였다. 무기력을 뒤집어쓴 채 다만 죽음의 개문(開門)만은 않게끔 온몸으로 버틴다는, 그렇게 외에는 달리 표현할 바가 마땅치 않은 나날인 셈이었다. 한편으로는, 돈에 좇기면서도 그 좇는 돈의 협박을 가까스로 방어할 일거리는 두 사람에게 계속 주어졌다는, 그래서 단지 고통이라기보다는 일에 눌려 모든 것을 잊어버린 날들인 셈이기도 했다.

그렇게 생태계의 밑바닥에 있는 자들이 버티는 방식으로 나날을 메워오던 두 사람에게 오래 코빼기도 없던 매튜와 엘린이 어느 토요일 오후 들이닥쳤다. M은 민원상담을 하고 있었고, 파비안은 빨래하고 있던 중이었다. 오자마자 매튜는 벽에 걸린 달력을 찢어내더니 뒷면에다 큼직한 글씨로 '알림 : 센터의 사정으로 금주 토요일 오후와 일요일은 휴무이오니 양지를 바랍니다.'라고 쓰더니, 그것을 센터입구 기둥에 접착테이프로 붙이고는 센터 대문을 닫아버렸다.

한편으로 엘린은 센터본관 뒷문에서 파비안에게 빨리 오라고 광 쪽으로 고래고래 소리를 지르고 있었다. 오래 보지 않아 낯설기까지 한 자들의 이런 갑작스런 짓에, M과 파비안은 자신들이 잘못한 뭔가 있는가 싶었는지

움츠려 매튜와 엘린의 태세를 보고 있었다. 엘린이 재촉해 M, 매튜, 엘린, 파비안 해서 네 사람이 사무실 소파로 모여 앉자, 매튜가 엘린으로부터 문서 하나를 건네받더니 M에게 보여주었다. M이 체류기간의 연장과 관련하여 주재연락사무소 체류관리계장에게 제출한 그 설문지 사본이었다.

이게 뭐야? 이것이 뭣이기에 이 손 저 손을 타는 거야?! M이 문서의 정체를 확인하자, 매튜는 대뜸 전에 엘린이 그랬듯이 그 문서에 기재된 내용이 사실이냐고 다그치듯 물었다. 당장 잡아먹을 듯이 나오는 매튜의 서슬에 M은, 이 상황에 대한 의문을 생각할 수도 없이 그렇다고 대답했다. 그러니까 매튜는 답안 내용 모두 확실하냐고 재차 물어 M으로부터 확인은 받아내었다. 그런 후부터 매튜는 당사자를 통해 사실 확인이 이뤄졌으니 일단 여유가 생겼다는 것인지 저자세로 돌변해, '이런저런 사정으로 자주 연락 못 해 미안하다며 생활은 어떠냐? 별일은 없었느냐?' 따위를 M과 파비안을 번갈아 보며 길게도 늘어놓았다. 파비안은 반응이 없었고, M은 '계장, 엘린, 매튜 사이에 어떤 부탁이나 선후의 관계로 저 서류가 만들어졌다는 것인가? 설령 그렇더라도 대체 이들은 왜 저것을 흔들어대는가?'라는 생각이 오가다가는 '아, 예, 아닙니다.'를 따위만 남발하고 있었다. 엘린이 수시로 끼어드는 가운데 매튜의 말이 길어지자 파비안이 밀린 빨래가 많다며 일어나려고 했다. 그러자 엘린은 단호히 지금 빨래 따위가 문제가 아니라고 했다가는, 매튜를 바라본 후 빨래는 따로 처리될 터이니 걱정할 것 없다고 했다. 매튜도 엘린의 말이 괜한 것이 아니라고 하고는 말을 이었다.

— 당연히 다들 알고는 있겠지만 근래 이 나라에서 일어나고 있는 일들~요, 그게 뭘까요? 무엇을 예고한다고 생각하세요? 이상한 침투가 급기야는 나라의 근본을 흔들고 있는데, 지금껏 당연시되던 그 근본이 잘못되었음을 국민들이 빠르게 알아가고 있는 중인데요. 정체성이 혼란에 휘감긴 가운데 그 혼란을 지우는 세가 맹렬히 커가는 와중이고, 그리 오래지 않아 새로

운 이해의 지평이 열릴 것입니다. 오래 묵은 구질서가 무너지고 새로운 질서의 태동! 바로 이겁니다. 말한 바 있었던 형태의 영세자영업자들의 조합체계에 관해서는 이후 시일이 지나 상황의 추이에 따를 것이지만, 우선 시급한 것이 있어 이렇게 온 것입니다. 현재 벌어지는 현상이 과연 무엇인지 다각도로 모니터링을 하고 있어요. 여론과 언론의 지형변화는 물론이지만, 정치권의 내밀한 움직임을 포착하고서는 인적·물적 수단을 투입해 자료를 수집하고 분석하고 있어요. 여론, 언론, 정치권 모두가 큰 범주에서 돌이킬 수 없을 만치 같은 방향으로 내닫는 것으로 분석되면, 그건 그야말로 천지개벽입니다.

별 흥미도 없고 일에 좇겨 누적된 피로가 짓누르기까지 해서 성가시기만 했는지 M이 "세상이 시끄럽기는 하지만 무슨 말씀인지, 오신 결론부터요. 이런저런 일이 밀려 있으니"라고 했다. 엘린은 기다렸다는 듯이 손을 흔들며 "그것도 우리가 처리해요. 사람을 사든지 어떻게 하든 전부 처리할 거예요. 아무런 걱정 말아요!"라고 말했다. 파비안은 느닷없이 찾아와 일을 알아서 처리해준다는 것이 뭔지를 안다는 것인지 어쩐지 이렇다 할 반응이 없었지만, M은 놀라며 "예? 갑자기 오셔서는 우리 일을 처리해준다느니, 그게 무슨 말예요, 네?"라고 했다. 그러자 매튜는 일 걱정은 할 필요가 없다는 것은 저절로 알게 된다고 하고는 입을 열었다.

─지금 여론, 언론, 정치권, 그 어느 곳 가릴 것 없이 요동치는 이유가 뭔가요? 그 원인이 뭐냐는 것입니다. 다들 뭣 땜에 목청 높이며, 뭣을 탐하기 때문인가요. 그거죠, 바로 물건~요! 쏟아지는 물건에 눈이 돌아가 버린, 물건의 소나기에 미쳐버린 것이잖아요. 이 미쳐버린 현실이 어떤 곡절을 거치던 다시는 되돌아가진 않을 것 같지를 않나요?! 전혀 경이로운 세계를 맛본 인간들이 어찌 그럴 수 있으며, 버릴 수 있겠소! 저 회귀를 거부할 힘은 결국 거대한 물결이 될 것이고, 그 변화된 물결이 언론도 정치권도 꽁꽁 묶어버릴 것

이고요. 자, 그럼 보죠. 파스란이 접경지역에 원자력발전소와 쓰레기매립장을 건설하는 대가라고 볼 것인 밖인 물건을 공짜로 주고 있는 것이, 그것이 정말 그 이유로서 완전히 납득이 되나요? 그 방식이 괴상한 것에서부터 대체 그 목표가 뭔지에 대해 생각하게끔 하지를 않나요?! 그게 뭘까요? 이렇게 봐야지를 않나요?! 양으로 음으로 '교역하자, 제발 교역하자!'라는 그 줄기찼던 요구에 비춰, 그 특별한 결행일 가능성에 방점을 찍는 것을! 파스란의 숙원이자 너무나 오래된, 로만의 완강한 버팀으로 이르지 못한 무역개방의 요구인 것으로 말이오. 결국, 뭔가 후속의 조치가 나올 것이고요. 양 정부 사이 공식적인 교역의 체결은 쉽지 않을 것이더라도, 어떤 경과를 거치든 어떤 형태로든 교역이 개시될 수밖에 없도록 만들어 버릴, 분명 변화의 힘을 주목해야지요.

여전히 같은 말을 듣고 있는 것도 도저히 못 할 짓이지만 불신인지 경계인지 M은 짜증을 내며 "매튜 씨! 결론을 말씀하세요. 저한테 뭘 탐색하시냐고요? 이렇게 느닷없이 와서는!" 하고 내뱉었다. 매튜는 마지못해 듣고 있음을 몰랐던 바는 아니지만 자신이 발견한 대단한 진실에 대한 M의 짜증이 마땅치 않았는지 "사전 설명과 이해가 필요한 일인데, 허! 그렇게까지! 역시 당신은 그 인내심이 문제네요."라고 하자, 엘린은 무슨 자신감의 발로인지 유난히 키운 듯이 튀어나온 유방을 품은 상체를 앞으로 쭉 밀며 나오더니 말했다.

─변호사님! 지금 매튜 씨는 필요하고도 중요한 말을 하고 있어요. 그렇잖아도 오시면서 오늘도 남의 말을 귀담아듣지 않으면 어쩌나, 이 중대한 얘기를 어떻게 알아듣도록 할 것인지 하고요. 지금 얘기가 그만큼 배경에 대한 이해가 중요하다는 것이에요. 그렇지만 그렇게 참지를 못하시니 얘기의 결론은~요, 우리가 파스란으로부터 물건의 수입을 맡자는 것이에요. 우리가 사업에 뛰어든다는 것이죠. 물론 당장은 아니지만, 어쩌면 앞으로 일 년

도 지나지 않아 무역이 개방된다고 가정하고(틀림없을 것으로 보지만요.), 그것에 대비해서 우리가 지금부터 미리 그 사업을 위한 준비를 해야 한다는 것을요. 그러면, 특히 변호사님은 파스란에서 살면서 이 사업을 함께할 수도 있고, 우리 모두 파스란이든 세계 어디든 자유로이 누빌 수 있고 또 많은 나라의 기업들과 장사할 것이고요. 그러니 이게 보통 일인가요!

엘린이 찾아온 목적을 말해버리자, 매튜는 "오! 역시 시원해서 좋아!" 하고는 그 사업을 설명하겠다고 했다. 그러나 사업에 관한 얘기를 하는 둥하더니 어느새 또 그 지겨운 배경에 관한 썰을 하다가는 급기야는 자유니 평등이니 기회균등이니 민주주의니 하는 것에, 파스란에서 지겹게 들었지만 M에게 돌아온 것은 쥐뿔도 없었던 그 '담론'이라는 것에 빠져들어 질주하고 있었다. 매튜의 넘치는 민주주의 타령이 지겹다는 것인지, 그 지겹다는 것과는 관계없이도 포기되었거나 기억에 지워진 것은 아니라는 것인지 M은 "입법조사위원의 문제는 지금 어떤 상탠가요? 상임위에서 재개한다는 소식은 없나요? 근래는 재개토록 손을 쓰지 않았나요? 오늘 오셨을 때는 뭔지 모를 자신감이 보였기에, 반가운 소식을 가져오셨는지도 모른다는, 숙원이 풀리는 건가 했거든요. 지금 상임위의 상태는 어때요?"라고 했다. 엉뚱한 채권자와도 같은 M의 공세에 매튜는 자신이 정말 부채를 가졌다는 듯이 "그, 그것을, 아직도 생각하고 있으신지… 그, 그것보다는 우리의 사업을 함께 고민하는 것이, 이 사업이 훨씬 가치가 있고, 그, 그리고 실익이 있는데, 그, 그러니까 내 말은 뭐냐면, 그, 그게…"라며 더듬거리고 있을 때, M은 화장실을 다녀오겠다며 자리를 떠버렸다.

5분, 10분, 15분, 20분이 지나도 M이 돌아오지 않자 파비안이 화장실을 가보니 M은 없었다. 파비안은 M을 찾겠다며 나섰지만 센터 건물 내에도 바깥의 식당에도 없었고, M이 가끔 가서 노닥거리던 다방 아가씨도 오지 않았다고 했다. 포기하고 돌아온 파비안은 세탁기나 돌려놓고 매튜과 엘린에게 돌아가려고 광으로 들어왔을 때, 광 저쪽 평상 쪽에서 미약하나마 코 고는 듯이 하는 소리가 들렸다. 뭔가? 쥐가 나무를 갉는가? 이웃 개인가? 사람인가? 가까이 가니 빨려고 내어놓은 이불을 머리까지 뒤집어쓴 채 평상 위에서 누군가 자고 있었다. 몰래 들어온 동네 거지인가? 놀라 주춤하다가는 이불 밖으로 튀어나온 바지가 아무래도 M인 것 같았다. 평상에 엉덩이를 걸치고 조용히 얼굴 쪽 이불을 들치니 역시 M이었다.

파비안은 엉덩이를 더 끌어 올린 후 손으로 M의 가슴 위 이불을 쓸어내렸다. 이어 입, 코, 눈, 귀를 만지더니 자신의 얼굴을 M의 머리카락에 파묻었을 때, M이 "그 나라에 안가! 난 여기에 있어야 돼!"라며 벌떡 일어났다. 파비안은 화들짝 평상에서 뛰어내렸다. 주위를 휘둘러보던 M은 파비안을 발견하고는 멍청히 있다가 얼마가 지난 지를 물어 듣고 나더니 "그 양반들, 돌아갔나요?"라고 했다. 아직 기다리고 있다니까 M은 혼자 생각할 것이 있으니 일단은 파비안이 알아서 그들이 돌아가도록 해달라고 부탁했다. 파비안이 창고로 돌아오니 M은 다시 이불을 뒤집어쓰고 누워 있었는데, 피곤해서 다시 자야겠다면서 그들이 돌아간 지를 물었다. 파비안은 어떻게 구워 삶았는지 그들은 돌아갔다면서 평상에 걸쳐 앉은 후 M의 머리카락을 만지며 "조만간 다시 온다며, 오늘 중에라도 사람을 보낼 것이라고 했어요."라고 했다.

M은 파비안의 허벅지를 쓰다듬으면서 "사람을 보낸다고요? 그 지겨운 얘기를 이제 비서나 다른 사람을 보내 하겠다는 거요? 그래, 누가 온다는 거요?"라고 했다. 파비안은 평상으로 완전히 오르더니 한 손으로는 계속 M의 머리카락을 만지작대고 다른 손으로는 M의 손을 잡아 자신의 가슴 쪽으로 옮기면서 "누구인지, 왜 오는지는 언급이 없이 그냥 가버렸는데, 물을 새도 없이 타고 온 승용차에 올라버렸어요. 아이고, 뭐가 어찌 되었던?!"라고 했는데, 그 말하는 본새가 누가 오든 신경 쓸 것도 나쁠 것도 없다는 투

였다. 그리고는 파비안은 입술을 M의 귀에 대고는 "생각할 것이란 게 뭐예요? 앞으로 어떻게 할 거예요?"라고 속삭였다. M은 하품과 함께 "아, 졸려!" 하더니 파비안을 이불 안으로 끌어당겨 눕혀버렸다. 그리고는 "생각하고 자시고 할 게 뭐가 있나요. 그냥 피곤해서 더 자려고 그랬을 뿐이오." 라고 하고는 "앞으로 어떻게 하다니요?"라며 되물었다.

파비안은 M의 가슴에 얼굴을 파묻으며 끼어들고 싶잖다는 것인지, 그러고 싶어도 가능치 않다는 건지, 어쨌든 무슨 자기방어라도 해야겠다는 듯이 "어쨌든 그분들에게 변호사님이 필요한 것은 수긍이 가네요. 그것도 많이요. 아, 그리고 말예요, 그분들은 처음부터 변호사님을 통해 뭔가 자신들의 꿈을 고민하며 키웠을 것인데, 이건 변호사님도 얼마간이든 알고 계셨을 건데, 그건 인정하죠! 그 두 분은 처음에는 같으면서도 서로 다른 길에서 있었지만, 지금은 구체화되어 하나의 길에 선 것으로 봐야 할 터지요. 어쨌든 국회입법위원인지 뭔지 그건 물 건너간 것이니, 그리 오래지 않아 변호사님은 사업 준비로 파스란에도 다녀와야 할 것이고…." 하는 순간 M은 벌떡 일어났다. "안 돼! 난 거긴 가지 않아, 절대! 입법위원이 끝난 것도 아니고, 망상으로 덤비는 그딴 사업에 내가 끼어들 일은 없고, 그러니 내가 파스란에 갈 일도 없어!"라고 소리쳤다.

파비안은 억지다시피 M을 확 끌어당겨 다시 눕힌 후 M의 몸을 꽉 끌어안은 채 "그분들에게 변호사님은 달리 생각할 수 없는 조력자, 아니 유일자라고 볼 수밖에 없네요. 어디까지나 사업을 전제로 하는 것이니 불가피한 법적인 분쟁에 관한 사전 대비나 사후처리가 필요하다는 점(특히나 변호사님과 같이, 파스란과 로만 양쪽 나라의 법을 모두 아는 동시에 관습과 정서도 모두 이해하는 사람을 말예요.)과, 그 무엇보다 그 체류연장서류에서 그분들이 확인했듯이 A유통의 임직원들과 통할 있다는 바로 그 구체성, 그렇게 구체적으로 실현할 사람으로서의 변호사님이 바로 여기에 있다는 점, 저것이 그분들에게는 어찌 담보이자 희망이지 않을 수가 있겠어요. 이렇게 미치고 환장할 것으로!"라고 하고는, 자신의 몸을 M의 몸 위에 포개더니 키스를 퍼붓기 시작했다. 둘은 굶주린 늑대인 양 상대방의 혀를 씹어대다가는, 서로 껴안아 하나가 되어 좌우로 구르다가 빨래할 옷가지들이 엉망으로 퍼 늘어진 바닥으로 떨어졌다.

떨어진 바닥에서도 껴안은 채 구르던 중 파비안이 M의 귓불을 빠는가 싶더니 "지금껏 제 몸이 필요 없었나요. 반나절 품삯으로 제 몸뚱이는 팔리는데, 왜 그랬어요! 그 호텔에서의 아가씨들에 비하면 오분의 일도 안 되는 값이지만, 저는 그들의 경우를 생각할 수도 없고 하지도 않아요. 돈이 없어서 그랬어요, 왜 그랬어요?"라고 했다. M은 파비안의 품에서 벗어나 누운 채 천장을 바라보며 〈변호사가 되고 처음에 정부위탁 연구 과제를 수행하느라고 일 년간 계약직으로 일했을 때는 그냥 경력을 쌓는 셈 치고 한 것이었지만, 그 후 변호사를 하면서 그때 가능했던 연장계약을 왜 하지 않았는지 피눈물이 날 만큼 후회를 했지, 이 나라에 와서는 더욱이 관리라는 것이 엄청난 행운이라는 것을 알게 되었고, 결국, 변호사든 뭐든 굶어 죽기 딱 좋은 장사꾼은 하지 않겠다며, 그 입법위원이 된다며 여기까지 왔는데, 그런데, 그런데….〉라며 파비안을 잊어버린 듯이 생각에 빠져 있다. 파비안이 "대답하지 않아도 좋으니 너무 생각하지 마세요. 사람 생각이라는 것은 99%가 제 살을 파먹는 짓예요. 그 무엇도 권력이나 돈을 이길 수 없고, 백번의 생각도 한 번 미친 짓을 이길 수 없어요."라고 말하고는 M을 끌어안았다. M은 일어나 앉은 후 파비안도 일으켜 앉히더니, 매튜와 엘린이 오늘 찾아온 일과 관련해 그게 뭐든 다 좋으니 하고 싶은 말을 다 해보라고 사뭇 진지하듯 말을 했다.

— 할 말이야 많지요. 입이 있어도 입이 가려워도 써먹을 수 없는 넌이니 말예요. 어쨌든 M 씨에게만은, 뭐든 얘기할 수 있다는 것은 그나마 저에게 온 행

운이에요. 일단은 매튜 씨와 엘린 씨, 그들의 믿음과 희망이라는 것은 그냥 이상하지 않다는 것을 넘어 환장할 지경에 이른 것으로, 그렇게 보는 것이 차라리 정직한 거예요. 매튜 씨도 말했듯이 지금 자유, 평등, 기회균등이라는 물결이 확산되고 있고, 그런 사회적 힘을 배경으로 또한 그 힘과의 조우를 통해(아직은 불안도 품은 진행의 상태이니까 당장 단정할 순 없지만요.) 그분들은 성장하는 시장경제 나아가서 공정한 시장경제를 노래하며, 그래서 그 시장경제의 주체로서 그분들이 만든 회사를 통해(지금 진행되는 바는 정치혁명이라기보다는 유령에 유혹된 시장성 시민혁명일 것이지만, 그래도 어쨌든 혁명의 와중에는 어떤 위기나 반동의 작용으로 언제든지 뒤집힐 수도 있어 역시 단정할 수는 없지만요.) 자본을 축적하고 때론 정치작용에 영향을 미치거나 그분들이 차라리 정치의 담임자가 될 수도 있을 것이지요.

그런데 그게~요? 못 배웠고 전혀 다른 세계에 대한 경험치가 없는 99.99%의 국민을 가진 나라에서, 그렇게 수세대나 한 세기 전이라고 할 만치 생각들이 뒤진 땅에서, 설령의 저런 혁명의 과실은 누구의 것이 될까요? 누가 맛있고 오래 저장해둘 값을 가져가게 될까요? 물론 99.99%도 양적으로 질적으로의 절대기준은 지금보다 많이 올라간 물건을 쓰게 되고 발달된 각종의 편익은 분명 가질 것이지요. 그러면 그런 이익 다음에는, 그래서 그다음에는~요. 그러면 불만, 불신, 경계, 질투, 반칙, 그리고 설령 기회균등이 가동되었다는 믿음이 있었음에도 불구하고 99.99%가 그 결과 값에 대해 박탈되었거나 강탈되었다는 생각(기회균등, 그러니까 절차나 기회에 이빨이 빠진 것은 아니었으니 99.99% 중 99.98%는 대외적·공식적으로야 문제를 제기하지 못하고, 아니, 누구의 잘못도 규정할 수 없으니 그런 생각의 틀조차 만들어질까 싶기는 하지만요.)… 이런 것은 없어지는 세상이 오게 되는 건가요? 결과의 공평에 끼워 맞추는 절차의 공평, 이것은 몹쓸 짓이고 그 어떤 기준으로도 말이 되지 않는 건가요?! 하긴, 내 코가 석 자인데 저 99.99%들이야 어찌 되든 나 몰라라 해버리더라도, 매튜 씨는 1%에, 엘린 씨는 10%에는 들 것이라고 점을 칠까요? 아니, 이 거센 파고가 갑자기 없어지지 않는 한 그분들은

1%이든 10%이든 기어이 들고 말겠죠. 그러면, 변호사님은요? 저는요? 그렇다고 해서, 그분들의 움직임의 과정이나 결과물에서 제게 옮겨올 분량이 벅찰 것임을 결코 부인하는 것은 아니에요. 그렇게 사실은, 매튜 씨가 열을 내기 시작한 지 얼마지 않아서부터 '뭔가 오는구나, 분명 오고야 마는구나!' 하는 것이, 그 거대한 것이 이 년의 아랫도리가 젖어 넘치도록 방망이질을 하고 있었어요. 그 방망이질이 '저와 제 가족의 삶을 몇 단계 위로 기어이 끌어올리는구나!'라는, 감당키 어려운 기대로 밀고 들어와 지금 제 속은 불덩어리가 되어버렸어요. '사람 죽으라는 법은 없구나! 이런 날이, 이런 날이 오다니!'를 막 외치고 있어요. 당장 가족들에게 달려가 키스를 퍼붓고 얼싸안고 뒹굴고 싶어요. 판단은 변호사님 하는 것이고 이후 모든 것들의 추이는 알 수 없지만, 일단은 그분들에게 승차하심이 좋을 것 같아요. 다행히 당장으로부터 몸도 한결 편해지고 시간의 여유도 생길 사정은, 판단에도 그 결과에도 도움이 될 것이고요. 물론 저도 이제 일 같은 건 쓰레기통에 처박아 버리고 늘 소원이듯이 했던 그 실컷 자고 싶었던, 세상 모르고 잠에나 퍼드러져야겠어요.

M은 이제 매튜와 엘린이 가진 이유를 더 선명히 그릴 수 있었으나, 파비안은 가끔 느닷없이 그러했듯 오늘은 더욱이 낯선 사람 같다. 99.99%가 유리한 물건을 쓰는 이익을 얻는데다가, 무엇보다 제대로 된 절차나 기회가 주어져 기회균등을 누린다면서 웬 뚱딴지같이 불만, 불신, 경계, 질투 따위를 거론하는지? 납득할 수 없다. 설령 99.99%가 박탈감을 가질 일이 있다고 한들, 대체 그걸 어쩌라는 거야? 다 같은 기회가 주어졌음에도 불구하고 다만 능력에 따른 결과의 차이라는 현상에 대해 '불만, 불신, 경계, 질투'라니? 그 무엇보다 '결과의 공평에 끼워 맞추는 절차의 공평'이라고? 이런 미친 소리라니! 논리적이든 사실적이든 전혀 앞뒤가 없고 터무니없는 저런 소리를 당연하다는 듯이 강변하는, 이 여자는 대체 누구인가? M 역시 어떤 이유로든 결과적으로는 누리지 못한 '을'에 든다고 스스로를 확인하는 바

가 없지 않지만, 그렇다고 해서 그런 자신을 변호하는 데에 결코 저런 훼괴한 논리 앞세울 근거는 없다. 파스란에서 따돌림이나 당하던 극좌파들에게서도 들어보지 못한 주장을 파스란과 비교할 것도 없이 생각조차 폐쇄된 이 나라에서, 이 살갑고도 엄정히 자신을 다스리는 여자 안에 암거하는 오늘의 이 괴물은 대체 뭔가? 빌어먹을, 모르겠다…! 이렇게 낯설거나 짜증에 빠져 M이 달리 말을 하지 않고 있던 중 밖에서 자동차 소리에 이어 왁자지껄하는 소리가 들렸다.

무슨 소동인가? M과 파비안이 밖으로 뛰어 나가보니 남자 셋과 여자 둘이 센터본관입구 쪽으로 가고 있었다. 젊은 자들이었으며 차림새며 얼굴의 빛이 부티까지는 아니더라도, 적어도 노동자는 아닐 것이었다. M이 누구냐고 물으려 하자 파비안이 나서더니 "그 보세요, 편해질 거라고 했잖아요!"라고 하더니, 그들을 데리고 다니며 어느새 본관이며 별관이며 광이며 쏘다니며 그들이 처리할 일 하나하나 알려주고 있었다. 그들은 매튜의 지시로 M과 파비안의 밀린 일을 처리하기 위해 왔다고 했다. 파비안은 남자 둘에게는 M의 일인 서류정리를 시켰고, 여자 둘에게 빨래를 시켰고, 나머지 남자 하나에게는 그 외의 잡일을 시켰다. 파비안은 그들이 일하는 곳을 차례로 돌며 '이건 이렇게, 저건 저렇게'로 미주알고주알 간섭하며 정확을 기할 것을 주문했고, 그들이 시킨 일을 마치자 막걸리와 음료수를 먹인 후 이번에는 건물 내외 전부를 청소하라고 했다. 그들은 이렇다 할 말 없이 무슨 숙련공같이 척척 해내었다. 한편으로 파비안이 지시하거나 그들이 일하는 모습을 멍청히 보고 있던 M은 피곤하다며 옥탑층 방으로 가서 드러누워 버렸다.

11

파스란의 두 번째 선물

M도 파비안도 편해졌다. 매주 토요일 오후이면 매튜가 보낸 일꾼들이 밀려뒀던 일들을 처치해버리니, 당장 급한 것 외에는 웬만하면 미뤄버렸다. 센터로부터 핀잔을 들을 때는 '이건 미루면 안 되는 성격의 일인가?'를 생각할 때가 없지는 않았지만, 어쨌든 '땡잡았다!' 할 만치 과거에 비할 바 없이 편해졌다. 식당일을 하고도 시간이 남은 파비안은 틈만 나면 무역과 경영과 법과 파스란에 대한 공부를 하고 있었지만, M은 '이 여자야, 그건 헛물켜는 거야!'랄 뿐 자신의 시간은 어찌 못해 외려 불안해하고 짜증 내는 일이 잦았다.

그러던 M은 어느 날부터 센터의 관리들, 특히 간부들에게 시키지도 않은 뒤치다꺼리와 점수 따기에 몰두하기 시작했다. 이 나라에서의 시간이 지나면서 훨씬 다른 바로서 실감한 것은, 이 나라의 초급인 9급 관리도 파스란국의 5급 공무원보다 더 힘이 세고 더 누리는 것만 같았다. 그렇다면 이 나라의 국회입법위원은 설령 4급이나 5급이더라도 실제로는 파스란에서의 차관의 수준으로 무지렁이 국민들로부터 떠받들어지고 그들에게 힘을 가질 터이지만, 그것이 물 건너갔더라도 다른 관리나 그것에 가까운 자리가 영 없지는 않을 것이라는, 그런 기회의 엿봄에 불이 붙어버린 M이었

다. 센터는 세금으로 운영되는 바에다 다른 공기업과도 전혀 다르게 나아
보였다. 뭔가 힘이 있고 갈수록 빛나는 조직으로 클 것만 같았다. 민원인들
을 상대하거나 골치 아픈 일은 모조리 일이 년의 기간의 계약직들이나 비
정규직들이 맡고 있었고, 비록 하급이라고 하더라도 정규직들은 별도의 방
이나 칸막이로 분리된 곳에서 일과 잠과 놀이(소설책이나 만화책을 보거나 바
둑을 두거나)를 편할 대로 하고 있었다. 해서 M은 '나는 이 센터의 정직원이
될 수 없다는 거야? 될 수도 있잖아!'라는 갈구와 스스로 짓는 희망으로부
터 결코 눈을 뗄 수가 없었다.

　정규직들이 관리와 똑같은 대우에는 이르지 못하는 것에 대해서는 못
내 불만이었지만, 그래도 한편으로는 그들 스스로 관리와 다를 바 없다고
여기고 또 사실상 관리와도 같은 태도로 근무해도 그만이라고 보아도 그
리 틀릴 바는 아니었다. 간부들은 낙하산이 많은 것 같았다. 일반 정규직원
들은 필기시험을 치르며 공개채용으로 들어온다지만, 그것이 다가 아닌 것
같은 것이 필기보다는 면접이 더 좌우하는 것 같았다. 인사이동 때는 서로
지방의 지사로 가려고 하거나(어두운 곳일수록 더 자유롭거나 누리는 근무를
하게 되는가 보았다.), 본사에 남더라도 좋은 자리를 위해 이런저런 줄 대기
에 몰두하고 있었다. 관리들의 좋은 자리는 돈이 생기거나 이런저런 힘을
쓸 수 있는 자리로 보였고, 이곳 센터의 그것은 편하거나 남는 시간에 놀러
다닌다든지 다른 자기 사업을 한다든지 하는 자리로 보였다. 소속 변호사
들은 나중에 개업했을 때 이곳에서의 경력이 일종의 '전관'에 가까운 것으
로 작동하는 것으로 같았다.

　그나저나 저런 것들은 M과는 관련이 없었고 다만 '특채로 들어온 자도
더러 있어 보였는데, 그게 과연 어떤 경로일까?'라는 것에 M은 실제로 몰
두하고 있었다. 어떤 것일까? 문서보관창고를 모조리 뒤지고 인사담당자의
캐비닛과 서랍까지 열어 훔쳐보았지만 이렇다 할 비법은 발견되지 않았다.

본사와 전국 지사에 깔린 특채로 들어온 자들에 대해서 알아보니, 말이 '특채'이지 대체로가 특별한 학위나 전문성을 가진 자들이 결코 아니었다. 결국 M에게는 없는, 줄이나 돈을 타는 것 외에는 입장할 문이란 없다는 말인가?! 특채의 묘수를 찾지 못하던 M은 차선으로 계약직은 생각하고 있었다. 가령 이 년의 계약직이 되면 종종 재계약이 되는 것 같았고(물론 이때도 뭔가 소스가 들어가는 것 같지만, 그건 그때 가서 고민할 일이다!), 그렇다면 계약기간 동안 안정된 생활이 보장되면서 재계약의 가능성에 놓이는 것이 되고, 그러다 보면 정규직원이든 경력에 의해 다른 관리로도 될 수가 있다고, 그렇게 M은 스스로 믿음에 그리 의문이 없었다. 게다가 센터의 이사장과 간부들이 지금까지는 법무부가 맡아 하고 있는 국가소송 및 국가의 이익과 간접적으로라도 관련이 되기만 하면 무슨 사건이든 센터가 담당할 것을 목표로 법무부와 국회에 드나들며 어필하고 있는 사정도, 이는 조직의 규모가 커지고 힘이 세어진다는 것이니 이 또한 M의 의지를 불태우는 사정이 아닐 수 없음이었다.

한편으로 매튜와 엘린은, M의 관심이 어떠한지 모르는지 알고서도 '네가 되려고 미쳐있는 그따위는, 그리 오래지 않아 바뀔 세상에서 우리가 할 사업에 비해 아무것도 아니야!'라는 것인지, 변함없이 닥칠 미래에 선제적으로 대응할 사업이라며 M에게 설명하고 주문을 하고 있었다. 파비안도 갈수록 매튜와 엘린이 그리는 그림 안으로 들어서고 있었다.

그러던 어느 토요일 오후 엘린으로부터 다급하게, 그리고 말을 잇지 못하는 흥분으로 M에게 전화가 왔다. 곧 센터에 도착할 것이니 꼼짝없이 그대로 있을 것과, 매튜가 보내는 일꾼들에게 고기와 소주를 먹이려고 장 보러 간 파비안도 잡아둘 것을 명령하듯 말했다(삼겹살구이와 소주로 일군들의 먼지 씻어내는 것이지만, 이 돈도 매튜가 준 것이다.). 시장에서 돌아온 파비안이 고기를 썰고, 양념을 만들고, 국거리를 준비하고, 야채와 과일을 씻고 있을 때 두 대의 승용차가 센터마당에 들어섰다. 매튜와 엘린과 일꾼들이 한꺼번에 들이닥쳐, 이젠 알아서 하는지라 일꾼들은 각자 할 일을 찾아 흩어졌고, 매튜는 M에게 3층 회의실로 가자고 했다. 회의도 하지만 술도 마시고 화투도 치는 그곳은 관리들만 사용하는 곳이어서 곤란하다니까, 매튜는 대뜸 "이젠 관리는 쥐뿔도 아니요, 아무것도 아니란 말이오, 갑시다!"라고 했다. M이 자신은 책임질 일을 할 수 없다고 했다. 매튜는 "그딴 회의실 사용으로는 이젠 책임질 일 없소. 가서 설명할 테니, 갑시다!"라고 하고는, 그래도 망설이는 M에게 기어이 회의실 출입문을 따게 했다. 회의실을 들어서니 금요일 밤에 무슨 짓을 했는지 화투, 술병, 담배꽁초, 휴지, 여자의 스타킹 등이 난잡하게 흩어져 있었다. 급히 일꾼들이 치운 후 예의 앉던 습관대로 M과 파비안이, 매튜와 엘린이 각 같은 소파로 해서 두 사람씩 마주 앉았다. 앉자마자 가타부타 없이 매튜가 문서 한 장을 M에 내밀더니 읽어보라고 했다.

M이 받아 파비안과 함께 보니 로만정부에서 그 국회로 보내는 문서였는데 '1급 대외비'라는 문구가 선명했다. 문서는 〈△ 로만공화국은 파스란국의 원자력발전소와 쓰레기매립장 설치를 인정하는 대가로, 파스란국으로부터 로만공화국의 1년 예산에 해당하는 물품구매권을 지급받는다. 그 내용은 접경지역의 주민에게 20%, 접경지역 외의 주민에게 60%, 정부에 10%, 국회에 10%로 각 나누어 지급한다. 주민과 국회에 지급하는 물품구매권은 파스란이 로만의 정부를 통하지 않고 직접 지급한다. 물품구매권으로 구매할 물건은 파스란이 로만 내에 있는 상점에 직접 공급하되, 규모가 작은 상점부터 우선순위로 공급한다. 물품구매권 받은 상점은 그 구매권을 파스란에 반환하고 그 금액의 15%에 해당하는 구매권(해당 상점에서는 취급하지 않는 종류의 물품구매권)을 지급받는다. 한편으로, 공급한 물건이 이 제의에 규정된 바대로 유통되지 않거나 물건이 없어진다든지 문제가 발생하면 그 상점은 수혜대상에서 제외됨과 동시에 법적인 책

임을 묻는다. 이와 관련한 예방, 문제의 발견과 조치를 위해 파스란정부는 로만 국회의 추천에 의한 사람을 심사한 후 파스란의 대리인으로 선정한다. △ 로만은 설치될 원자력발전소에 대해 파스란으로부터 정기안전점검의 결과를 보고받으며, 특별한 사정이 있으면 안전점검을 할 수 있으며 수시로 안전에 관련한 사항에 대해 요구를 할 수 있다. 원전이 설치될 접경지대는 현저히 인구밀도가 낮고 전체 인구도 소수이고, 절대로 그럴 일이 없지만 그래도 작은 원전사고라는 가정에서라도 대비하는 차원에서 신속하고 안전한 대피를 위해 로만접경지역 내에 대피를 위한 도로의 건설, 자동차의 배치, 대피시설의 건설 및 대피에 필요한 주민교육, 방사선으로부터의 보호를 위한 장비의 공급 등을 파스란의 부담으로 수행한다.〉라는 요지의 내용이었다.

모두 읽은 M은 문서를 든 채 '이게 뭐지?' 하며 매튜와 엘린을 쳐다보기만 할 뿐인데, 파비안은 슬그머니 일어나 걸어가서는 회의실 벽을 보고 꿇어앉더니 두 손을 모으고 뭐라고 중얼대었는데, 나중에 보니 '감사합니다!'였다. M은 어리둥절한 가운데 이게 대체 무슨 일이며 무슨 미친 짓인가 싶어 문서와, 매튜와, 엘린과, 파비안을 번갈아 볼 뿐이었는데, 매튜와 엘린은 아무것도 이상할 것이 없다는 듯이 파비안을 바라보고 있었다. 이윽고 엘린이 가더니 파비안의 등을 몇 번 토닥인 후 그녀를 끌어안고서 소파로 돌아왔다. 돌아온 파비안의 얼룩진 얼굴로 보아하니 아마도 소리죽여 울었나보다.

매튜는, 이 문서는 파스란정부가 로만정부에게 보낸 제의로서 로만 측은 웃기지 말라는 답변을 파스란에 보낸 후 국회의장실에 '1급 대외비'로 보낸 것인데, 국회에 뭔가 특별한 기운이 돈다는 첩보를 접하고서 자신이 이리저리 손대어 얻은 것이라고 했다. 로만정부는 이 제의사실을 일체 함구하고 있고, 아직 언론의 보도도 전혀 없는 상태라고 했다. 그러면서 형식은 '제의'였지만 지금껏 로만정부를 따돌린 후에 전격적으로 보낸 것으로 보아, 이것은 제의가 아니라 '요구'로 이해를 해야지 착오가 없을 것이라고 했다.

M은, 매튜와 엘린이 떠벌렸던 주장과 파비안의 커져 온 동조에 대해 헛물을 켠다던 지금껏 태도가 이 문서의 출현으로 제동은 걸린 듯이 하면서도, "이건 괴상한 방식이기는 하지만 지난 20세기 전후 유럽, 러시아, 미국, 일본이라는 제국주의 점령군들이 했던 깡패 짓거리에 기승한 부역자들과 같이, 이번 일도 결국에는 로만이 집어 먹히면 그 뺑 뚫릴 로만을 타깃으로 해서 여기 우리도 그 점령군에 붙여 먹자는, 그게 좋다 나쁘다 이전에… 아니, 아니, 다시 보죠. 그런 가정을 전제로는 누군가든 새로운 주역으로 나서게 될 것이니 그것에 우리도 포함되어야 한다는, 그것이 이젠 한 국가의 문서를 통해 공식적인 의사표명으로 드러난 판이니, 계속 결정적인 변화가 오고 말 것이라는 그동안의 주장에 대해 이 문서를 본 다음에야 이젠 저가 마냥 무시하거나 묵살하기는 그렇기는 하지만… 그래도 아직은 로만을 지배하는 진짜 권력이 어찌 될 것이라는 전망을 단정하는 것은…"라며 중언부언 길어지다가는 갑자기 뚝 그친 후 느닷없이 "그런데 매튜 씨는 사는 집을 봐도 그렇고, 지금 이 센터에서 토요일마다 와서 일하는 사람들의 보수로도 그렇고… 정말이지 부잔가 봐요? 부친에게서 물려받은 재산이라도 많다는 건가요?"라고 했다.

매튜의 반응이 있을 듯이 하던 중 파비안이 일어나더니 "이젠 변호사님도 이번 일의 실체를 인정하시는 바이니, 전망에 대한 그 질긴 유보는 통과의례치고는 너무 낭비가 아닐까 싶네요. 전, 일하시는 분들에게 가서 살펴봐야겠어요."라고 하고는 회의실을 나가버렸다. 매튜와 엘린의 눈이 출입문 쪽에다 이미 나가고 없는 파비안이 남은 듯이 박혀 있는 가운데 M은 "낭비일지 어떨지는 신이나 알 일인데…."라며 말끝을 흐렸다. 이윽고 정신이 돌아온 듯이 엘린은 M에게 가르치듯, 작으나 건조한 목소리로 "재산이 얼마이며 어떻게 모았느냐 하는 것은, 묻는 것이 아니에요. 결례다 아니다 그런 것이 아니라, 원래 묻지 않은 것이니 말예요."라고 했다. 그러자 매튜는, 이 나라에서는 묻지 않는 금기를 엘린이 M에게 가르쳐준 것을 자신이 다시 반복하는 것도 역시 무슨 금기라는 듯이 달리 반응하지 않고, 지금껏 거론했던 사업과 그것을 가능케 할 전제 사실들에 대한 말을 꺼내었다.

— 그리 오래지 않아 있을 국회의원 선거에서 야당이 과반수를 획득하고 말 것이라는 둥(엘린은 "그렇죠! 이 정도면 틀림없지요."라고 맞장구를 쳤는데, 파스란에서 공짜물건을 뿌린 영향이겠지만 그야말로 오랜만에 여론조사의 결과가 야당 쪽으로 얼마간은 더 기운 것으로 나타나고 있었다. 그렇지만 완전히 한쪽으로 기운 것으로 나타나지 않은 한 이 나라에서의 그 여론조사라는 것은 그리 믿을 바가 없음을 내세워, 만약 야당이 밀리는 여론조사의 결과가 나왔다면 지금 이들은 저 불신을 앞세워 그것을 부인하고도 남을 태세였다.)

— 그렇게 되면 선거의 결과로 조성될 국민의 전폭적인 응원을 등에 업은 야당의 거센 요구에 이미 코너에 몰린 정부·여당은 몰락이라도 면하기 위해 그 요구를 받아들이는 길밖에 없을 것이라는 둥(이미 자신이 뭔지 모를 그 요구를 이미 국회의원들에게 제공하고 독려하고 있다고 강변함을 전제로 하는 말투였고, 나아가서는 그 요구가 성사한 후의 정치지형에서 자신이 권력의 한 축으로서 뭐든지 일을 일으킬 수 있다는 점을 잉태한 전제에서의 언질과 그리 다르지 않았다.)

— 로만과 파스란 사이의 통상이 개시되면 지금으로서는 상상하기도 어려운 새로운 현상들이 나타날 것이라는 둥

— 나타날 것 중에 하나를 선제적으로 잡기 위해 우리가 회사의 설립과 운영을 위한 모든 준비를 미리 해놓아야 한다는 둥(회사의 사업에 대해서는 수입과 그것을 위한 파스란의 수출기업에 대한 개척, 로만의 구석구석을 싹쓸이하는 유통망의 확보, 직원과 소비자에 대한 교육, 대량소비처의 확보와 관련 하수급 업체에 대한 컨

설팅, 영업상 행정절차나 사실행위에 관련한 각종의 대행 내지 대리, 거래상 분쟁에
따른 법무 등을 거론했는데, 아무리 보아도 파스란이 제의한 바의 어떤 이면을 나름
파지한 내용을 따르거나 직접 관련된 것들이었다.)

— 회사의 중요임원은 M과 엘린과 파비안이 되는데 기능과 전문성의 충족을
위한 다수 외부인의 영입이 있을 것이라는 둥(매튜 자신은 명시하지 않는 것에
대해 M은 뭔가는 했으나 곧 그러려니 해버렸지만, 파비안과 두 사람 매튜와 엘린은
어쨌든 서로 늘 서먹했을 뿐인 사이로 보였기에 M은 중요임원에 파비안이 왜 포함
되는지 물으려다가 그만두었다.)….

이외에도 M으로서는 그리 들을 재미가 없는 것들이 많았는데, M은 회사
의 설립과 관련해서 '그런 정도의 회사라면 기초자금이 엄청나게도 필요할
것인데, 그 돈을 대체 어떻게 마련하겠다는 거야! 매튜 이 인간이 자신의
재산을 팔아서라도 한다는 거야!'라는, 한편으로의 의문이 없지는 않았다.

12

M의 후퇴

M은 지금 상황에서 이 나라에 왜 왔는가를 다시 자문해보아도 애초부터 국회의 입법조사위원이 최종의 목표는 아니었고, 다만 그것은 파스란으로 부터 탈출의 빌미이자 미래의 구축을 향한 정거장으로서 꽤나 그럴듯했던 셈이었다. 그 정거장으로 향하는 길조차 처음부터 막혀버린 상태에서 이른 현재까지라는 것이 매튜와 엘린과 파비안(물론 매튜가 그중심이겠지만)에 의해 규정된 바에 크고 작은 영향들을 받아 왔을 터였지만, 하여튼 이제 M의 그 정거장은 이미 관리에서 돈으로 넘어온 것으로 보아야 할 터였다.

매튜는 돈이 많으면서도 정치가 경제를 이기는 나라라서 정치에 발을 담 갔던 것인가? 아니, 돈이 많기 때문에 오히려 더욱이 정치가 필요했던 것인 가? 파스란은 이미 오래전에 정치가 경제에 눈치를 보거나 경제에 종속되 거나 경제에 봉헌한다고 할 정도로 되었다고 싶지만, 그 역사 이래 경제는 정치에게 아무것도 아니었던 로만에서도 이제 그 정치권력의 절대성이 언 제 그랬느냐는 듯이 갑자기 쪼그라들고 있다. 파스란에서 오십 년 백 년 걸 린 '패권자 경제'가 지금 이는 현상의 폭발성으로 보면 로만은 얼마지 않아 딴 세상이 되어버릴 것만 같다. 이제 M은, 지금껏 정치의 후광이었던 '관리' 를 향한 사모의 염을 떠나, '패권자 경제'의 대표물인 주식회사의 우산 안으로 들어간 것으로 인정해도 좋을 듯하다. 매튜가 담보하고 엘린과 파비안이 후원하는 신세계로.

근래에 들어 파비안은, 불안스레 괜히 오간다든지, 일을 하거나 걷다가 갑자기 딱 멈춰 멍하게 있다거나, 자신이 둔 물건의 소재를 모르거나, 늘 해오던 일을 실수하곤 했다. 어느 일요일 오전, 보존기간이 지나 폐기대상으로 분류되고 있는 서류를 끈으로 묶으려다 기간이 남은 서류가 있음을 발견한 M이 "파비안 씨, 또 틀렸어!" 하며 보니 파비안은 하던 분류를 하지 않고는 멍하니 있었다. M이 "이런 엉터리 분류를 해놓고는, 뭐해요? 정신 차려요!"라고 소리쳤다. 파비안은 놀라는가 싶더니 슬그머니 일어나 아무런 말이 없이 사무실을 나가버렸다. M이 '지금 뭐하는 짓이야!'로 뒤따르며 불렀지만, 파비안은 뛰어 광으로 들어가서는 구석에 쪼그려 앉더니 머리를 무릎에 처박았다. 근래 계속되어 온 바와 지금의 행동으로부터 M은 파비안이, 무슨 사정으로 인한 일시적 비정상의 상태인 것이 아니라, 어떤 정신질환의 초기에 든 것은 아닌가 하는 생각까지 들려고 했다. 해서 조심스러워진 M은 마주 쪼그려 앉아 고개를 죽 내밀어 파비안의 얼굴을 보니 눈을 감고 있었기에 "날 좀 봐요. 무슨 일이에요? 뭐든 말해 봐요!"라고 했다.

그러자 파비안은 엉덩이를 철석 내려 바닥에 앉더니 "불안해요. 너무너무 불안해요. 일이 도무지 손에 잡히지 않아요. 선거에서 지면 어떻게 되죠? 그거 생각이나 해봤나요? 야당이 지면 지금 거론되는 사업은 물거품이 될 거고, 그것으로만 끝나지 않을 수도 있어요. 크게 지게 되면, 그땐, 그때는~요, 모두, 우리 모두 죽을 수도 있어요. 수십 년 지금껏 해 온 짓을 봐도 저들은 어떤 수를 만들어서도 체제에 흠집을 내려고 했던 자나 저항했던 자들을 대충 두지는 않을 거예요. 저들은 목표한 바의 응징에는 합리적인 이유나 적정성 같은 것은 고려하지 않아요. 그것은 저들의 유전인자예요. 싹은 잘라야 한다는 저들의 당위는 어떤 고려의 요소도 제껴 버리거나 짓이기고 넘어가요."라고 말했다.

눈을 똑바로 뜬 채 M을 보며 또박또박 말하는 것이 전혀 정상인이었기에, 파비안이 뭔가 크게 착오에 빠진 것으로 받아들인 M은 자신도 바닥에 엉덩이를 깔고는 "야당이 지다니요? 매튜와 엘린, 그리고 당신도 모두 이미 여론이 야당으로 더 기울었고 야당이 이기는데 의문이 없다는 투였잖아요. 그런데 왜 갑자기? 그리고 야당이 크게 지게 되면, 우리 모두 죽다니요? 선거에서 이겼다고 해서 상대 정당을 지지했던 사람들을 죽이다니, 이긴 자들이 공권력을 남용해 사업이든 취직이든 어렵거나 불가능하게 해서… 그래서 일을 할 수 없도록 한다는 거예요? 물론 그리되면 심각한 일이지만… 야당이 질 수 있다는 그 생각은 그게 무슨 근거도 없이, 불필요한 생각을 너무 하다가 공상에 빠진 것 같으니… 정말 야당이 질 수 있는 근거라도 꺼내 보든지요."라고 자신이 이해하는 바대로 말했다.

그러자 벌떡 일어나 빠르게 가다가 멈췄다가를 반복해서 M이 따라붙느라고 정신이 없는 가운데 파비안은 딱 멈춰서는 "근거라고요?! 이 나라를 얼마나 아시나요? 어느 나라에서나 있을 수는 있으면서도 그 나라 사람이 아니면 알 수 없는, 더욱이 이 나라만의 독자성이라 할 그런 것을~요. 정치가 찢어진 지역놀음인 것도 있는데, 그거 알아요?!" 하더니 갑자기 두 팔로 M의 얼굴을 휘감더니 키스를 퍼부어댔다. 이 갑작스런 공세에 M은 "아, 아, 숨, 숨 못 쉬겠소. 이것 놓고 말합시다." 하고는 파비안의 두 팔을 잡아 비틀어 뿌리쳐 버렸다. 파비안이 비틀하며 쓰러지는 순간 M은 손으로 잡아 넘어지던 파비안을 일으켜 세웠다.

M은 "그래, 지역이 찢어진 따위 때문에, 그걸로 선거에 지느니 어쩌니 하다니, 세상에! 지역에 따라 여당이든 야당이든 표가 나뉘는 것이야 어느 나라인들 당연하고 지역마다 이 당은 유리하고 저 당은 불리하고, 그런 것을

기본으로 하면서도 전체적으로는 그때그때 상황에 따라 이동된 표의 양에 의해 의석이 결정되는 건데, 대체 뭐가 문제라는 거요. 뭐가 어쨌든 야당이 유리하다는 것은 더 이상 따질 것이 없지를 않소. 자, 그런 쓸데없는 망상은 그만하고 일이나 하러 갑니다. 괜히 '사람이 어떻게 되어버렸나!' 했잖아!" 라고 했다. 그리고는 파비안의 팔을 잡아 끌어내다시피 광을 나와 사무실을 향해 센터 앞마당으로 들어서고 있었다.

앞마당 한가운데 이르자 파비안은 M의 손을 뿌리치더니 "내 말은, 그런 일반론 나부랭이가 아니란 말예요!"라고 했다. M은 "잘난 체 그만하시오! 지금 해야 할 일은 일꾼들이 대신할 수 없는, 우리가 알아서 해야 하는 일이잖아요! 갑시다!"라고 했다. 파비안은 "그 일은 몇 날 며칠 밤을 새우든 어떻게 하던 제가 책임질 테니 그냥 던져두고 가서 낮잠이나 자든, 신경 끄세요! 전, 지금은 그따위 일 못해요!"라더니 사무실로 총총 들어간 후 휘둘러보다가는 소파에 벌렁 드러누워 버렸다. '허! 대책이 없는 여자네!'며 담배를 피우던 M은 "미우나 고우나… 나 혼자 할 수 없는 일인데….''라고 중얼대며 "그래, 좋소. 당신의 그 주장에 대해 근거가 있든 없든 말이 되든 아니든, 어디 들어나 봅시다. 그렇게까지 나오니 그게 뭔지 실컷 해보시오.''라고 하자, 파비안은 그래도 마지못한 듯 부스스 일어나 앉더니 말했다.

— 이런 말 한들 무슨 소용이 있겠느냐마는, 이런 말 할 수 있는 사람이 있기는 하겠느냐마는, 이런 말 한들 정력낭비일 뿐인 변호사님일 것이지만… 썩어 문드러지고 있는 이년의 속이 저 혼자 미쳐서 그냥 발광하는 것쯤으로나, 그리 아시던가요. 이 나라 정치가 찢어진 지역에 놀아난다는 거, 그거 그냥 어느 나라에나 있는 것쯤으로, 그런 거로 생각하는 거예요? 이 나라에서는, 긴 산맥에 의해 나뉜 동쪽과 서쪽을 야당과 여당이 각기 자신들의 정치 밭으로 가지고 있지만, 문제는~요! 그게 완전히 기울어진 운동장이라는 거예요. 도저히 어찌 못할 만치 기울어졌다는 건데! 저 운동장을 뒤집으려고 야

당이 그 긴 세월 온갖 몸부림을 쳐왔지만, 어림없었어요. 다수당이 되거나 다수당은 아니더라도 집권이라도 해보려고, 그 수십 년을 수차례에 걸쳐 여당 내부에서 지들끼리 쌈질하다 뛰쳐나온 자들(상당한 표밭을 가지고 있던 자들이었죠.)을 잡아 연대니 뭐니 해서 그렇게까지도 선거란 걸 치러봤지만, 그 결과는 말짱 도루묵이었고요. 땅도 더 넓지만 인구가 서쪽이 두 배가 넘고, 그것도 자꾸만 격차가 벌어지고 있어요. 한쪽은 돈이 알아서 돈을 만들면서 덩치가 커지는 것 같은 거예요. 표를 줄 사람의 숫자가 턱없이 적은 현실에서 대체 무슨 대수가 있을 수 있겠어요. 선거 때의 이슈라든지의 사정에 따라 흔들리다가도 투표 날 손가락들은 지가 알아서들 제집으로 가버리거든요. 야당이 정부·여당의 실정이나 자신의 울긋불긋한 청사진을 아무리 떠들어본들 다 필요 없었어요. 정부·여당의 말도 안 되는 실정들이 넘쳤는데도 불구하고, 왜 사람들의 손가락은 다른 곳으로 가버리는 걸까요? 여야의 똑같은 내용과 수위의 지역개발 공약이더라도, 사람들이 여당의 그것이 실현가능성이 높다고 생각하는 이유, 어떤 형태로든 돈이 되게 해준다는 그것, 그게 다일까요? 사람들이 정말 그렇게 믿었기 때문일까요? 안 믿었으면서도 믿은 것과 같은 결과를 가져오게 한 것은 없었을까요? 그게 대체 뭘까요? 그만할래요.

이렇게 말한 후 도로 눕더니 소파에 코를 박아버렸다.

무슨 소리인지 납득이 가지 않던 M은 파비안의 단지 궤변으로 여긴 것인지 시큰둥하게 "유권자들이 믿든 아니든 집권여당의 공약이 더 먹히는 거야 당연한 거지, 무슨 얘기를 그렇게 복잡하게 해야 폼이 난다는 거요, 허! 꼭 괴상한 먹물같이 말이요."라고 내뱉었다. 그러자 파비안은 "파스란과 통합된 상태로는 집권할 수 없었던 사람들, 그 분리독립을 실현한 그 서쪽 사람들이 이 로만을 지금껏 집권을 해왔고, 힘 있거나 좋다는 온갖 기관들에는 죄다 그쪽 사람들로 채워져 왔고… 동쪽 사람들의 오랜 박탈감은 그 어떤 다른 것들로는 해결될 수 없음에도 불구하고, 달리 길이 없다는 막다른 골목이 번번이 이등이라도 누릴 타협이나 착오를 지어왔고… 그렇다고 해서 서쪽 사람들이 다른 지역보다 그리 월등히 누리는 것은 아닌 것 같고… 모르겠어요. 모르면서도… 서쪽이든 동쪽이든 그 어느 곳이든 훨씬 더 많은 사람들이 '그래도 믿을 것은 우리끼리다.'라는 것과, 그것 못지않으면서 그래서 더욱 오래 묵은 두려움의 늪에서 빠져나오지 않았고 않을 것으로… 이번 선거에도 결국에 가서는… 여전할 것이라는… 이런 게 지워지지 않아요."라고 하고는 M의 반대편으로 몸을 틀어버렸다.

국회의원 선거가 이십일이 남은 날 아침, 사람들이 밤새 뿌려진 전단을 읽었다. 인구밀도가 높거나 유동인구가 많은 각처에 뿌려져 있었다. 전단의 내용은 파스란정부가 로만정부에 보냈던 제의 그대로였다. 다르다면 쉬운 말로 써졌다는 것뿐이었다. 살포된 전단에 충격을 받고 당황하던 정부는 그 전단은 정부전복을 기도하는 반정부세력에 의해 위조된 것이 분명하다고 발표했다. 한편으로는 군, 경찰, 소방대, 행정기관 등 모든 공조직을 동원해 전단 수거에 나섰다. 야간에도 불을 밝혀 길거리며, 주택마당이며, 도랑이며, 지붕이며 샅샅이 훑고 주택과 상가를 수색해 전단의 수거에 미친 듯이 매진했다. 언론과 수많은 수거차량에 달린 확성기를 통해 전단을 소지한 자는 관공서나 그 수거차량에 제출할 것을 알렸다. 전단을 제출하지 않고 소지한 자는 소지한 그 자체가 반국가적 행위를 한 것으로 간주할 수밖에 없다며 그 책임을 묻겠다고 공표했다. 그 과정에 고의 없이 전단을 소지한 자들을 포함해 많은 사람들이 전단 수거작업자들에게 폭행당하고, 평소 반정부적 언사를 한 것으로 인정된 자들 중에는 그들이 전단위조의 범인일 수도 있다는 근거 없는 의심으로 경찰에 구금되기도 했다.

한편으로 언론은 평소 반정부 · 불평불만 세력 중 전단을 뿌렸을 것으로 추정되는 자 몇을 경찰이 체포해 조사 중이라고 보도했다. 이에 대해 야당과 시민세력은 권력이 몰래 관리하는 '반정부 · 불평불만세력명부'를 뒤진 후, 다른 약점을 확보하고 있거나 뒷배가 약한 몇몇에게 터무니없이 덮어씌우는 낡아빠진 수법으로 집권세력의 위기를 떨쳐내려는 짓거리라고 악악대었다.

선거일 보름 전날 다수의 텔레비전은 한 사내가 경찰에 체포된 상태에서 모자이크 처리된 모습으로 나타나서, 자신은 범행주동자의 한 사람으로서 살포된 전단은 날조된 것이라고 말했다. 경찰에 자백한 것을 기자들에게 확인해주는 형식이었다. 이에 대해 야당과 시민세력은 권부가 상황의 위기를 면하려고 연출한 것에 지나지 않는다고 주장했다. 다투는 야당·시민세력의 입은 언론의 단신으로만 처리되었을 뿐이었고, 권력의 물리력과 언론의 확성기에 묻혀 국민들에게 그리 전파되지는 못했고 전파된 범위에서도 그 위력을 얻지 못했다.

전단이 위조되었다는 언론보도에 대한 국민들의 행동거지는 그것을 믿는다는 건지 아니라는 건지 가타부타도 없이 모호하기만 했다. 범인이 잡혔다는데도 불구하고 사람들은 모이지 않았고, 이웃은 왕래가 없어졌고, 직장을 마친 자들은 술집이나 극장을 가지 않고 바로 귀가했고, 가게들은 일찍 문을 닫았고, 이웃이나 동료 사이는 말할 것도 없이 가족들도 필요한 말만 했고, 어른들은 아이들에게 밖에서 자신의 집안에 관한 어떤 사실도 언급치 말 것을 다짐받았고, 비둘기들과 쥐들은 갑자기 없어진 먹이를 찾아 온 도시를 분주하게 오갔다. 공중에서는 여전히 물건이 떨어지고 있었지만 그 누구도 손대지 않아 접경지대는 주인 없는 물건이 쌓여갔다. 다만 아이들이 몰래 가져갔다는 부모에게 들켜 따끔한 꾸중을 듣는 정도였다.

M은 파비안에게 사람들이 저렇게까지 숨는 행동거지는 어쨌든 비겁한 것이 아니냐고 의문을 제기했다. 파비안은 그렇게 단순히 생각할 문제는 아니라고 말했다. 그것은 오랜 세월 어떤 변화의 조짐도 발전치 못하고 오

히려 반동만을 경험한 바에 따른 자연스런 태도이며(함부로 나섰다가는 자신과 가족의 삶 자체가 곤란해질 수도 있다는 이해는 그냥 몸에 밴 것이라고 보태며), 한마디로 '바람보다 먼저 알아서 눕는 풀잎과도 같은 것'이라고 했다. M은 이번 전단 살포에 매튜와 엘린이 어떤 형태로든 개입한 것은 아니냐는 의문도 제기했다. 돈 벌려고 큰 사업을 기획 중인 입장이라면 당연히 권력지형의 변화와 같은 문제에 대해서는 비켜나, 다만 그 변화의 추이를 읽으며 그때그때 돈벌이에 유리한 것만 취사선택을 해야 하는데도, 근래 행동거지로 보아 매튜와 엘린이 그런 위험한 관여를 하고 있는 것은 아니냐는 것이었다(무색투명한 돈만을 추구해야 하는 본질로서의 장사치의 계산에 반하거나 위험한 행위라고 보태며).

파비안은 M의 이 우려에 대해서는 중언부언하면서도 운명에 맡길 수밖에 없다는 듯이 "글쎄요. 그분들이 절대 관여치 않았을 것이라고 단정할 수는 없지만, 그래도 설마 그랬을 것 같지는 않았을 것으로… 그렇지만 엘린 씨가 매튜 씨의 집념에 그리 이렇다 할 이해는 없이도 추종할 수는 있을 것인데… 또 그렇지만 오래전부터 이미 주류권력에 문제를 제기해온 정치인인 매튜 씨와 다만 자신의 삶을 어떻게든 세워야 하는 엘린 씨 사이에는 입장도 생각도 크게 다를 것이어서(이미 크게 세를 얻은 군중집회에 묻혀 같이 목소리를 내는 정도는 엘린 씨도 능히 그럴 수 있겠지만)… 그러면서도… 전혀 상반되면서도 분리되지 않는 요소들이 같은 한 사람에게 동거하는 일도 얼마든지 있고, 먼 미래까지 조율해가며 그런 상태가 작동되는 것은 아니라는 사실이… 아, 모르겠네요. 어쨌거나 우리가 할 것은 예의주시해서, 어떤 위험에 연루될 수도 있는 언동이 그들에게서 보이면 분명히 일깨우거나 경고는 해야 하는 것이지만…."라고 말을 흐렸다.

그러다가 선거 열흘 전날 A텔레비전은 문서사본을 제시하며 파스란정부가 로만정부에 보낸 제의문서라고 보도했다. 검찰이 믿을 수 없다며 그 방송국을 쳐들어갈 압수수색영장을 법원에 청구했다. 그러자 이 경우 법의 간섭은 부당한 언론탄압이라며 야당, 시민단체, 넥타이 부대를 중심으로 한 시민들이 몰려와 방송국 출입구에 진지를 구축했다. 법원은 청구된 영장에 대해, 옛날 같으면 볼 것도 없이 발부되던 것이 평소보다 오랜 시간을 끌었다. 결국 법원은 권력의 실제가 이미 대중으로 넘어간 상태라고 눈치를 긁은 것인지 '국민의 알권리, 취재원 보호' 어쩌니 하는 이유를 달아 검찰의 영장청구를 기각했다.

선거 나흘 전날에는 B텔레비전에서 앵커가 흥분하여 '단독 특종'이라며, 앞선 A텔레비전이 보도했던 것과 똑같은 제의에 관해 있었던 파스란 텔레비전의 보도를 인용해서 내보냈다. 결국 시청자들은, 그 보도에서 A텔레비전에서 보았던 것과 완전히 똑같은 형식과 내용의 제의문서를 다시 보게 되어버렸다. 이로써 파스란정부가 로만정부에게 실제로 제의한 것이 사실로 확인되었고, 그 효과는 삽시간에 전국을 도가니로 뒤덮었다. 사람들이 길거리로 쏟아져 나와 그 제의가 실질적으로는 뭔지, 앞으로 어떤 이익이나 행운이 호주머니에 떨어질 것인지 중구난방으로 떠들었다. 한편으로 엄청난 사람들이 접경지대에 며칠간 주인 없이 쌓여있던 물건들에 한꺼번에 몰려들어, 먼저 가지려고 뒤엉켜 싸우는 바람에 부상자가 속출했다.

무지렁이 국민까지 다시는 돌아설 수 없을 만치 이익의 귀속에 미친 상태로 굳어져 버리자 로만정부를 긴급 당정대책회의를 열었다. 회의에서 정보장관은 로만이 파스란에 대해 전쟁을 할 수밖에 없다는 대국민 발표가 필요하다고 주장했다. 그러자 국방차관이 국방장관에게 귀엣말로 "장관님, 각 군의 지휘관들은 지금의 민심은 안보위기의 강조이든 군의 물리력이든 그 어떤 수단으로도 되돌릴 수가 없다고, 그 민심을 읽은 그들은 이럴 때 그저 눈감는 것이 장땡이라고 이미 몸 사려버린 형편입니다."라고 했다. 국방장관은 "그게 그 정도로 가버렸나!"라더니 여러 사정을 고려해 일단은 경계령을 발동하는 정도가 좋겠다고 했다. 다른 장관들과 의원들은 정보장관에게는 '똥오줌 못 가리는 저 덜떨어진 놈!'이라는 듯이, 대통령에게는 '당신, 임기라도 채우겠어!'라는 듯이 가타부타 말은 없이 눈알만 끔벅거리고 있었다.

사실상 대통령의 애인인 가정부장관이 일어서더니 "정보장관님은 코앞에 닥친 선거를 생각하시는 것 같은데, 그러기엔 너무 늦은 것 아닌가 싶네요. 이미 사람들은 지금껏 모르던 다른 세계를 맛보고 미쳐버려 두려움을 잊어버린 상태이고, 그렇다고 해서 그들의 손가락을 묶을 수단도 없고요. 시간도 없어 개표를 어떻게 할 수도 없고요. 이 괴상한 상황에서의 안보장사는 오히려 선거를 완전히 망칠 수도 있으니, 지금은 그 어떤 수단도 먹히지 않을 유권자들의 상태라는 사실을 싫든 좋든 인정하고, 그래서 뭔가 전혀 다른, 대단한 대책을 발표해야 하지 않을까요? 그게 어떻게 되고는 나중 문제이고, 어떻게든 당장 표의 이탈을 최대한으로 막아낼 대책을 말예요."라고, 대통령 · 장관 · 의원 모두가 이미 체념한(친위쿠데타도, 국민을 겁박하는 것도 그 어느 것도 이미 늦은) 바를 뒤집을 무엇인가나 내어놓으라는 주문을 하고는 회의실을 나가버렸다.

이후 지루하게 밀고 당기는 당정대책회의가 계속되는가 하더니 갑자기 파스란과 로만의 각 대통령 특사가 은밀히 제3국에서 몇 번을 긴박히 만나더니, 선거 일주일 전에 대통령은 〈파스란국의 제의가 너무나 복잡해서 바로 발표하면 국민들이 혼란에 빠질 수 있고 또 그 실천방안을 검토하는 데에는 너무나 많은 시간이 필요했다. 그래서 선거 후 국민들에게 그 제의 사실과 실천방법을 자세히 알리려다 보니 본의 아니게 숨기는 것으로 오해를 받았다. 그러나 정부는 어차피 오래전부터 개방과 성장과 복지를 고민해왔던 터였기 때문에 파스란의 제의를 원칙적으로 모두 수용할 것을 결단했다. 정치, 경제, 무역, 사회, 문화, 교육, 사법 등 모든 영역에 대해서 혁신하고 새로운 성장 동력의 확보하고, 국민의 자유와 복지를 위한 획기적인 조치를 하겠다. 당장은 시간이 부족하므로 선거 후 한 달 내에 구체적인 계획과 실행 방안을 국민에게 소상히 밝히겠다. 특히 일정 수준 이하의 저소득 가계에 대해서는 매달 생활보조비를 다음 달부터 바로 지급하는데, 그 재원에는 예산 외에도 대통령과 국회의원과 장관을 비롯해 일정 직급 이상의 모든 관리들이 자발적 결의로 앞으로 적어도 일 년 이상 자신의 월급의 절반을 보태기로 한 돈도 포함된다. 그리고 각종의 민생범죄자와 정치범에 대하여 선거 후 바로 사면을 단행하려고 그 준비작업을 하고 있는데, 웬만하면 모두 사면됨으로써 취업, 결혼, 사업, 기타 사회생활에 불이익이 없도록 하겠다. 그리고 마지막으로 표의 등가성을 반영하지 못하는 현행 소선구제를 중대선구제로 변경하는 문제와 실질적 정당성의 확보를 위해 결선투표를 거치는 대통령선거를 도입하는 문제를 이번 선거 후 거국적 차원에서 토론에 부치겠다.〉는 내용을 골자로 하는 대국민 담화를 전격적으로 발표했다.

 이 대통령의 발표에 대해, 이번에야말로 과반수 확보를 자신했던 야당은 정부의 노골적인 선거운동이라며 반발을 하는 한편, 모든 야당 후보들은 언론이며 군중집회며 골목골목 누비며 이번 대통령의 발표는 정부·여당의 불법적이고도 치졸한 선거운동이고 순전히 표를 위한 거짓말이니 속지를 말라고 목소리를 높였다. 매튜는 자신이 드러나지는 않는 방법으로 인적·물적 수단을 동원해 야당의 선거운동을 지원했고, 엘린은 매튜를 도왔고, 파비안은 군중집회의 경우에만 그 속에 묻혀 박수를 보냈고, M은 장차 사업과 관련하여 매튜와 상의하면서 파스란 기업들을 파악하는 일에 빠졌을 뿐 선거의 상황에 대해서는 '이것도 좋다 저것도 좋다.'라는 식이었다. M의 태도는, 과거 파스란에서 살 때도 진보·좌파·이념·변혁 따위에는 관심이 없었고 세상이 바뀐다고 믿지도 않았지만, 그것보다는 지극히 어두운 국가라는 전제에서만 가능했던 '특별히 많이 누리는 로만에서의 관리'가 이젠 완전히 소멸하고 있는 것으로 볼 현실이 못내 안타깝다는, 누구의 의지와 관계없이 세상의 변화로 인해 그 부활의 불가능함이 굳어진다는 한편으로의 아쉬움으로써 어찌할 수 없었던 탓으로 볼 것이었다. 여당은 연일 이번의 조치는 로만 역사상 최초로 국민의 경제와 자유를 획기적으로 개선케 하는, 가히 혁명적 결단이라는 광고를 연일 텔레비전을 통해 쏟아내었다. 유세현장에서의 여당 후보들은 모두 땅바닥에 머리를 박는 큰절을 하였는데, 가령 어느 노인네가 측은하다면서 그만 일어나라고 할 때까지 그대로 땅에 엎드린 채 있는 후보도 있었다. 한편으로 이번 선거에서만은 누구에게든 표심이 야당으로 기울었다고 여겨졌던 여론은 급히 들끓는 혼란에 빠져들었다.

그 어느 때보다 뜨거웠고 투표율이 로만 역사상 비교 불가능할 정도로 최고치 찍었던 이번 선거는, 10%를 군소정당들이 가져가고, 여당과 제1야당이 각 비슷한 의석수를 얻는 결과로 드러났다. 여당과 제1야당 모두 과반수에 조금 부족한 의석을 가지게 됨으로써 그 어떤 법안이나 정책도 두 정당이 합의를 하거나, 두 정당 중 어느 하나가 군소정당들의 지지를 얻어야지 가능하게 되었다.

군소정당은 그 실질은 원래 여당이나 제1야당 쪽인 사람들이 이런저런 사정으로 떨어져 나온 것이라, 그들은 상황에 따라 언제든지 여당이나 제1야당으로 들어갈 수 있는 입장에 있었다. 그런데 다만 이번에는 그들 스스로 약진하리라고 굳게도 믿었던 두 개의 진보야당은 참패했다. 다섯 명이 있던 하나는 단 두 석을 힘겹게 건졌고, 두 명이 있던 나머지 하나는 의원이 없는 정당이 되어버렸다. 원래 별 영향력이 없었으니 두 진보야당의 사정은 그렇다고 치고, 어쨌든 결과는 과반이 훨씬 넘는 의석수로(필요에 따라서는 협상, 매수, 법의 발동을 암시한 겁박을 통해 끌어들인 군소정당의 의석수를 더하여) 오랜 세월 정국을 좌지우지해왔던 여당으로서는 몰락이 아닐 수 없게 되었다.

정부·여당이 국민들에게 약속한 개혁을 실행함에 있어(진의는 전혀 알수 없었지만) 군소정당들의 지지를 얻는 것은 그 과정이 너무나 복잡했고 지지부진했다. 그래서 처음에는 정부·여당이 어쩔 수 없이 제1야당에게 의존하는 형태로 굴러가다가는 나중에는 여당과 야당이라는 구분조차 모호해져 두 당이 하나인 듯이 해서 정국이 굴러가고 있었다. 또 그러다가는 제1야당의 인사들이 정부각료로 입각하는 것이 거국내각이 된 것 같이 되고 있었다. 지금껏 야당 인사가 입각을 하는 일은 없었고 그런 일은 그 누구도 생각조차 하지 않았던 바였다. 하나의 정부를 여야 정당이 함께 구성하는 방식의 정치경험이 없었다는 국가라는 전제에서 보면, 정부·여당이 아무리 개혁을 천명한 사정이라도(역시 진의는 알 수 없었지만) 이상하기가 그지없는 현상이었다. 다만 이번 선거의 결과, 수구와 극우와 극좌진보와 민족주의자와 같은 고집이 센 자나 순혈주의자는 전부 낙선하고, '중보보수에서 자유주의적 진보'라는 중간지대에 있는 자들만 당선된 사정(그래서 타협의 어려움이나 불가능성이 본질에서부터 많이 제거된 정치지형이 되었다고도 볼 것이지만)을 고려하면 굳이 예가 없었던 과거의 경험만을 전제로써 이해할 것은 아닐 수도 있었다.

한편으로 제1야당이 정국의 주도권을 상당부분 갖게 된 결과에다가 매튜가 지원했던 사람이 당선된 사실은 매튜가 구상한 회사의 설립에 힘으로 작용해 그 절차가 빠르게 진행되게 했고, 파비안의 가족은 비로소 사실상 따돌림당하는 방식으로 취급받아 왔던 천민의 신분에서 벗어났다.

13

M의 좌절

선거가 끝나고 한 달여 지나 파스란이 제의한 바의 실행을 위해 양국의 관련 장·차관과 전문가가 수차 만나 회의를 하고 실행할 협정의 안을 만들고, 양국의 대통령이 만나 그 협정을 확정하고, 그 확정된 협정에 대해 국회가 승인하는 과정이 있었지만 그 내용이 복잡해 국민들이 그리 알기는 어려웠다. 한편으로 파스란이 원래 제의한 내용의 상당 부분은 양국의 발전에 그리 급하지 않아 차후 양국이 구체적인 논의를 한다는 정도였다. 접경지대에 쓰레기매립장의 건설은 가능한 이른 시점에 측량과 설계 등을 시작한다고는 하였지만, 그 내용이 추상적이어서 정말 시행한다는 건지는 와닿는 바가 없었다. 원자력발전소의 건설은 타당성인지 뭔지 하는 것부터 해서 수많은 요건의 분석이 전제되어 장시간이 요구되는 사업이므로 파스란에서 먼저 시간이 필요하고 또 양국이 충분한 시간을 두고 수시로 협의를 해야 할 것이라고 함으로써 로만 국민들은 어쨌든 '하기는 하는가 보다'라는 정도로는 받아들이고 있었지만, 따지고 보면 파스란정부가 애초에 과연 이 사업을 할 뜻이 있었는지 의문이 들지 않을 수 없었고 로만정부도 과연 이 사업에 대한 고민과 분석에 의한 기대를 가지고 파스란정부와 협상을 했는지도 알 수 없을 것이었다.

처음부터 파죽지세로 몰려드는 '다른 것'에 미쳐가고 있었던 국민들의 관심의 망 안에는, 저런 원자력발전소나 쓰레기매립장의 건설 따위야 그것이 대체 어찌 되던 그리 들어오지도 않았다. 게다가 국회도, 언론도, 오피니언 리더 등도 원래 예정된 바이었던 과제들에 대해서 언급하거나 따지는 일은 없이, 이미 시작이 되어버린 저 '다른 것'이 로만공화국에 가져다줄 효과와 희망에 대해서 논하는 데에 몰두하고 있었다. 선거 직전 대통령이 발표한 개혁의 약속도 처음에는 훨씬 낮은 수준으로나마 거론은 되는가 싶더니, 이 역시 마찬가지로 저 '다른 것'에 묻혀 국민들의 관심에서 지워져 갔고, 정치권은 그 국민의 망각을 자신들의 이익으로써 자연스레 승차했다. '다른 것'이란 다름 아닌 곧 파스란의 기업들이 로만으로 몰려온다는 사실이며, 동시에 그것과 함께 너나 할 것 없이 그로 인해 지금과는 전혀 삶이 이뤄지고 말 것이라는 기대치였다. 취직할 자리가 많아지고, 소비가 늘어 자영업이 살판이 나고, 기업의 판로가 열리고, 좋을 물건을 쓰게 되고, 아파트와 같은 꿈의 주거에서 살게 되고… 모든 이익과 생활편의에 모두가 미쳐가고 있었다.

파스란의 기업들은 로만으로의 진출자격을 얻기 위해 상상키도 어려운 방식을 포함해 모든 수단을 동원했다. 말할 것도 없이 로만에서의 시장을 선점하거나 지배하는 것이 그 궁극이었지만, 로만정부가 파스란 기업의 로만 진출을 환영하고 적극 지원한다면서도 그 실제는 요건을 까다롭게 따져 진출을 허가하고 있었기에 온갖 수단이 동원되고 있었던 것이다. 파스란의 중소기업 · 대기업 할 것 없이 유통, 가맹점, 부동산개발, 토목, 건설, 금융, 보험, 인터넷, 핸드폰, 교육 등 사업을 망라해 들고 나왔으나 그중에서도 당장 쉽게 먹힐 소비재 산업에 대해 우선적이고도 월등한 비중으로 진출을 희망하고 있었다.

로만정부는 국가의 체계적인 발전을 위해 불가피하다며 우선은 중소기업은 제외하고 대기업만의 진출을 허용하되, 처음 한동안은 예를 들어 파스란 대기업들이 가지고 있는 수많은 업종 중 각 기업마다 특정의 한두 업종만의 진출을 허가하고 있었다. 그러다가 양국정부 고위관료가 만나 회의를 하고 나더니 파스란의 대부분 대기업이 모든 업종을 들고 로만으로 진출하기 시작했다(국민들의 불만과 요구를 등에 업은 바도 컸다.). 파스란의 모든 도시의 중요지역 토지에 대한 도로의 개설이나 확장이 기획되고 측량이 실시되고, 한편으로는 대지나 대지로 전용가능한 부동산이 가격감정평가에 이어 파스란의 대기업에 매입이 되고 있었다. 매입이 진행되는 한편으로는 그 중요지역 일대에 파스란에서 온 불도저, 포클레인, 덤프트럭, 천공기 등이 집결하고 있었다. 진출한 대기업의 영업용 건물의 신축을 위해 매입한 토지 위에 있는 낡은 구건물을 철거하거나, 그 신축될 건물에 연결될 도로의 정비나 개설을 위해 동원된 중장비들이었다.

한편으로 E그룹 A유통은 로만의 수도 P시에 진출을 해서 그 사업을 준비하고 있었다. 위치적으로는 도시 중심부 중에 하나였으나 유난히도 영세자영업자들이 많은 이 구역에다 A유통은 그 영업소의 설치를 위한 작업을 진행하고 있었다. 그런데 다른 대기업들도 우월한 발전가능성이 있다고 계산이 되는 이 구역으로의 진출을 원했지만, 정부는 불필요한 과당 경쟁을 초래할 수 있다는 (그 다른 대기업들의 입장에서는 납득이 되지 않는) 이유로 불가피하다며 A유통에 대해서만 이를 허가했다. 또 정부는 유통의 정상화와 선진화를 위해 역시 불가피한 조치라며, 오랜 세월 사실상 로만에서 벌어먹었던 파스란의 보따리장수들이 이 구역과 바로 붙은 세 개의 구역에서는 장사를 금지하는 결정을 했다.

한편으로 매튜가 설립한 주식회사 K는 로만에 진출한 은행으로부터의 대출을 통해 그 설립과 운영에 필요한 자금의 상당부분을 마련했다. K사는 A유통과 거래약정을 하고 있었는데, 그것은 통상 볼 수도 없고 도무지 생각하기도 어려운 유형이었다. 그 자세한 내용까지는 알 수 없으나 일단은 K사와 A유통과 그 구역 영세자영업자들(이 자영업자들은 조만간 하나의 조합으로 결성될 것을 예정하고 있었다.), 이들 셋이 유기적인 형태로서 사업이 수

행될 것을 전제로 하고 있음에는 분명했다.

그러면서도 K사는 결성될 조합에 대해 직접 관련을 가지되, A유통과 조합 사이에는 사실상으로든 계산상으로든 아무런 이해관계가 없는 형태였다. K사는 A유통으로부터는 공급받은 물품에 이문을 붙여 다시 조합에 공급하는 단지 도매상에 그치는 것이 아니었다. K사는 A유통으로부터 받는 물건값에 대해 일정한 범위 내에서는 간섭할 수 있고, 또 K사는 조합의 내부문제인 조합의 운영과 계산에 관련한 설계를 하고 간섭을 할 수 있다는 것이었다. 그런데 이와 같은 합의나 약정에 대해, 문서화가 되었는지 여부에 대해서는 주장에 따라 다를 뿐 훗날에까지 그 진실은 밝혀지지 않았다.

구건물들의 철거가 끝난 후 개설될 도로와 신축될 건물을 위한 기초 작업이 한창이던 중, 그 구역에 소재하고 있던 K사 건물에 갑자기 무장한 경찰과 함께 들이닥친 검찰이 회사의 사실상 사주인 매튜, A유통을 비롯해 파스란의 대기업들과의 소통을 담당했던 M, 조합과 관련한 사무를 담당했던 엘린, 회계를 담당했던 파비안, 그리고 다른 임직원들에게 변호인을 선임할 수 있고 불리한 진술을 하지 않을 수 있음을 알린 후 그들을 현행범으로 체포했다. 그리고 바로 이어 건물 전체에 대해 샅샅이 압수수색을 시작했다. 압수된 물건들이 모두 검찰의 봉고차에 실려지자, 검사는 체포된 자들을 모두 창문에 쇠창살이 박힌 호송차량에 태웠다. 이후 수사에 이어 재판이 시작되었다. 이즈음 정부는 새로운 시대에 부합하는 정의와 시장질서의 실현을 위해 불가피한 조치라며, K사뿐만이 아니라 다른 다수의 회사나 개인기업에 대해서도 검찰을 통해 수사를 개시하고 있었다.

K사 관련 매튜 등에 대한 혐의는

— 먼저, K사가 로만에 진출한 은행으로부터의 받은 대출금의 액수는 매튜가

제공한 담보물의 가치를 훨씬 초과했는데, 그 경위는 매튜의 주도하에 네 사람(매튜, M, 엘린, 파비안)이 공모해서 위 담보물의 가치를 근거 없이 올리는 한편으로, M과 매튜가 로만으로의 진출에 관해 궁박한 사정에 있던 기업인 은행에 인위적으로 올린 값을 기준으로 대출을 하게 한 바의 부당한 위력을 행사했다는 것이었다.

— 다음으로, 그 구역에 파스란의 다른 대기업들은 배제되고 A유통에 대해서만 허가가 된 것에 관해서는, 허가심사 과정에 A유통이 매튜와의 소통 하에 정부의 심사단과 매튜에게 뇌물을 제공했고, 매튜는 받은 뇌물 중 일부를 M, 엘린, 파비안에게 나눠줬다는 것이었다. 그리고 보따리장수들이 네 개의 구역에서 장사하는 것이 금지된 것은 매튜의 주도하에 네 사람의 공모해서 매튜가 해당 감독기관에 로비를 함으로써 그렇게 된 것이라는 것이었다.

— 마지막으로, K사가 A유통의 공급가격을 간섭할 수 있게 된 것은 M의 주도하에 네 사람이 공모해서 M이 로만으로의 진출에 관해 궁박한 사정에 있던 기업인 A유통에게 부당한 위력을 행사한 결과이며, K사가 조합의 운영과 계산에 관련한 설계를 하고 간섭을 할 수 있게 된 것은 매튜의 주도하에 네 사람의 공모로 매튜가 궁박한 영세자영업자들에게 경제적 안정성을 담보하는 체계라며 속인 결과라는 것이었다.

그러나 수사에서 M에 대한 재판이 끝나기까지 네 사람은 모두 혐의와 공소사실에 대해 전면적으로 부인했다. 뇌물에 관련해서는 A유통의 직원과 통화한 파스란의 다른 대기업 직원의 통화녹취서가 증거로 제출되었는데, 검사는 그 직원이 로만의 법정에 출두할 수 없는 사정에 따른 법률적 판단이 필요하고 또 다른 정황증거가 충분하다고 주장했다. 검사는 다른 공소사실들에 대해서는 정황증거를 잔뜩 제출한 상태에서 증인들을 신청하고 있었다. 한편으로 A유통이 뇌물을 제공했다는 사실을 부인하는 외에는, A유통과 은행은 대체로 공소사실에 부합하는 입장을 조심스럽게나마 보이고 있었다. K사의 다른 임직원 중에도 다수가 구속이나 불구속으로 기소되었다. 재판이 한창 진행 중일 때 법원은 M에 대해서는 먼저 따로 판결을 선고했는데, 결론은 유죄에 해당함을 인정하되 외국인임을 이유로 그를 로만 공화국에서 추방하는 것이었다.

추방판결 확정 후 검사는 이 나라에서는 추방되었으니 당신네가 알아서 처리하라며 M을 로만 주재 파스란대사관으로 넘겼다. 귀국예정자 대기실이라고 이름이 붙은, 한쪽 면이 전부 엉기성기 창살로 된 것이어서 작은 유치장이나 다를 바 없는 방에서 M이 피곤하고 만사 귀찮아 대충 바닥에 누워 있었을 때 구둣발 소리가 들렸다. M이 '이제 호송경찰에 묶여 날 버린 파스란으로 가는구나, 제기랄!' 하며 창살 쪽을 보니, 곧이어 창살 앞에 나타난 자들이라니? 주재연락사무소 체류관리 계장과 산림관리소의 앤이었다. 그들이 나타났을 때 제복을 입은 대기실관리자가 거수경례를 하는 것으로 보나 태연스런 그들의 태도로 보나, 그들이 이곳 대사관의 직원 신분을 가지고 있음에 의문이 없었다. 계장은 주재연락사무소가 없어지고 신설된 대사관에서 과거와 비슷한 일을 하겠구나 싶었지만, 앤은 산림감시소는 어찌하고 왜 이곳에서 근무를 한다는 것이냐? M을 위로한다고 재잘대는 그들의 본새로 보아 '아, 여차여차하여 앤이 이곳으로 옮겨와 이런저런 자질구레한 일을 하는구나!'라는 정도로 싶었다.

여기서 곧 추방되어 파스란에서 계속 영어의 몸으로 있을, 더구나 전혀 반갑지 않은 이들의 위로가 전혀 귀에 들리지 않던 M은 달리 할 말이 없었지만 느닷없이 앤에게 "그 돈 돌려주시오! 삼 분의 일이라도 말이오!"라고, 받아낼 수 있다는 듯이 말했다. 앤은 주춤하더니 대충 넘어가자는 듯이 "몇 푼 되지도 않는 것을 빌어 농담이 가능하시다니, 역시 훌륭한 분이네요."라고 받았다. 이에 M이 "푼돈이라뇨? 당신네들 몇 년 치 월급에…."라고 하는 순간 계장이 "그런 얘기는 나중에 두 사람이 하고요. 그래도 한 마디는 건네는 것이 좋을 것 같아…"라며 말을 끊어버리고는 무슨 뜻인지 앤을 바라

본 후 "어쨌든 결과가 이리되었으니 파스란에서 단기형이라도 받겠지요. 그런데, 출감하시면 그때 로만에 다시 올 필요가 있는지 생각해보시죠. 이번 일은 로만의 국가 차원에서의 큰 변화가 있던 와중에, 그러니까 그 누구도 예측할 수 없이 일어난 일이었고 희생양으로서 성격도 없지는 않다고 보이고, 무엇보다 그동안 이 나라에서 M 씨가 경험한 바의 자산을 그냥 썩히기에는 너무 아깝지를 않느냐! 하는 것이죠."라고 했다. 정말이지 뭐가 뭔지 모르는 사이에 터져버린 사태라 M 스스로도 이것으로서 로만에서의 자신의 존재가 지워지는 것은 터무니없다는 생각이 없지는 않았던 차였던지, 지금 계장의 말이 그리 나쁘게 들리지는 않았던 M은 "아, 예, 예, 그건 그때 가서 생각해야죠."라고 받았다.

이후 계장과 앤이 그렇고 그런 얘기를 늘어놓고 있었을 때 파스란에서 온 경찰 두 명이 대기실로 왔다. 그들은 M에 대한 신병인수를 대사관 측에 확인해 준 후 M을 경찰차량에 태워 파스란으로 이송해 그곳 구치소에 넘겼다. 구치소에 수감되자 얼마지 않아 관련 사건자료를 제시하며 묻는 검사에게 M은 파스란에서 했던 대로 대답을 했는데, 검사는 관심도 없는 사건이지만 법에 있으니 그냥 한다는 듯이 대충 빠르게 조사를 진행한 후 M을 기소해버렸다.

판사는 〈피고인은 로만공화국에 대해서는 그 나라의 공무의 집행을 방해하고 경제 질서에 상당한 해악을 끼쳤으며, 파스란국에 대해서는 국위에 손상을 끼친 바가 크다. 그러나 한편으로는 그로 인해 피고인이 이득을 가진 바는 없는 것으로 보이는 점을 양형에 참작하여… (잠시 판사가 망설이는 순간, M의 머리에는 1년, 2년, 최악의 경우 3년이 신속히 스쳐 가고 있었다.) 그 점을 고려하여 피고인에게 징역 5년을 선고한다.〉라고 하고는, 피고인은 항소를 할 수 있다고 했다. 그리고 판사는 다른 사건을 선고하려고 그 사건번호를 호명했다. M은 항소를 통해 형이 3년으로 줄었고, 그것에 대해 상고는 하지 않음으로써 3년의 형이 확정되었다.

14

다시 탈출

파스란에서 세우지 못한 성을 로만에 찾는다는 뜻이 교도소 3년을 대가로 돌려받았다. 1심에서의 5년은 소시민 판사가 보살핀 체면, 여론에 자유롭지 않았다. 2심에서 3년으로 감형은 시간이 죽이는 자장에 소거된 바에 힘입었을 터이다. 그러나 세상에! 감옥이 천국일 줄은! 지워진 시청각은 생각도 거두어줘 그저 그만이었다. 무엇보다 먹여주고 재워주니 돈을 벌어야만 한다는, 살아 절대 이유를 제거해줬다. 그렇게 감옥은 안식처였고, 밖이 오히려 감옥이었다. 항소 따윈 그만두고 더 오랜 천국을 누렸어야 했는데! 3년 형기의 종료로써 천국으로부터 추방된 M은 다시 바깥 감옥에 갇히자, 대체 뭘 어찌할 바를 모른다. 다시 죄를 지어 그 천국으로 입장하는 것은 어떤가? 도둑질, 강도질, 사기, 강간, 폭력, 무전취식… 그 어느 것이든 형이 너무 낮거나, 귀찮은 준비가 필요하거나, 피해자의 역공에 다칠 수 있거나, 미수에 그칠 공산이 크거나, 그리고 그 어느 것도 심신미약으로 인정되지 않게끔 살얼음을 건너야 할 것이고… 늦은 오후 쪽방 고시원에서 컵라면 국물 한 점까지 털면서 패를 맞춰도 마땅한 수가 없었던 M은 불쑥 밖을 나섰다. 시각에의 배려 여부를 인간에 대한 평가항목의 차원으로써 요구하는 바깥의 지옥은 결코 M의 몰골을 용납지 않을 것이다. 해서, 출옥 보름 만에 동네 목욕탕으로 갔다. 온탕·냉탕을 거듭 오가다 물건이 크다며 흔들고 다니는 자들의 권력도, 목욕탕에 퍼드러져 드러누운 한량도 싫어진 M은 목욕탕이 낯설고 답답해졌다. 바로 쓰레기통에서 주운 일회용 면도기와 샴푸로 제멋대로 자란 수염을 밀고 떡 진 머리를 감고, 수차례 칠한 후에야 일은 비누거품으로 몸을 씻고는 목욕탕을 나왔다.

지금 가면 놈이 사무실에 있을까? 직원들을 내보내고 혼자 꾸려온 지 오래된 놈은, 쌓인 사건서류들이 엉망인 사무실에서 일을 잡고 끙끙대고 있었다. 놈은 근래에 들어서는 사건들이 와서 은행의 이자 독촉은 받지 않는다고 한다. 무슨 전관출신도 아니고 고객이 매달릴 특별한 무기도 없음이니, 일을 낚아 오는 끄나풀이 있음에 틀림이 없을 바였다. 휴일도 없다며 투덜대는 놈의 저간을 보아하니, 달리 볼 것 없이 이놈 저놈의 변호사들이 팽한 사건과의 씨름이 힘겨운 것이렷다. 죽으라고 해야지, 그렇게라도 하면 밥은 먹고 살게 해주는 복잡하고 골치 아픈 사건을 말이다. 그리고 보니 끄나풀도 그리 대단한 놈은 아닐 터였다. 사무실로 배달 온 국밥과 소주를 먹어치우던 놈은, M이 찾아온 사정을 대충은 감했을 바인 듯이 입을 열었다. 3년 동안 면 회 한번 오지 않았음이 죄인지, 조심스레 당분간이라도 자신의 일을 도와줄 뜻이 없느냐고. 오간 술잔에 이미 흥정이 녹아든 바대로 M은 놈에게 술잔을 넘기며 "그래, 그러지 뭐."라고 했다. 어차피 교도소를 나온 날로부터 3년간 변호사 개업을 할 수 없지만 그것보다는 당장 돈이 궁한 처지였다. 게다가, 소장이니 준비서면이니 써주는 틈틈이 '사무장 M'으로 사건 사냥을 나서는 것도 그리 나쁘지 않을 터였다.

놈은 가끔 지나치며 "고시원 생활 불편치 않아?"라고 한다. 그건 〈내 집에서 같이 있자고 하고 싶어도 돈 제대로 주지 않는다고 징징대는 내 마누라가 있으니, 미안하지만 그럴 수 없네!〉라는 놈의 입장을 강변하는 것이렷다. 설령 그렇지 않더라도 아침은 넘기거나 편의점 김밥으로 때우고, 점심·저녁은 어차피 네놈이 해결해 주는 바이니, M은 얼마간의 종잣돈의 그날을 위해서는 악착같이 고시원을 붙잡고 있을 바였다.

놈의 우산 아래 일 년만 있자고 했던 것이 삼 년이나 지나면서 금지되었던 변호사개업도 풀리자, 고시원을 졸업하고 얻은 작은 오피스텔을 사무실 겸용으로(비싼 월세를 감당할 능력이 없는, 달리 선택의 여지없는 자의 재택근무를!) 해서 변호사라는 것을 오랜만에 다시 해보았다. 역시나, 장사꾼 체질이 아니었던, 가진 타이틀이 경량급이었던, 어쨌든 돈 되는 일은 그리 만나지 못해 답답한 날이 두꺼워져 가고 있었다.

그러기를 1년이 되었을 때 로만공화국으로의 입국금지가 해제된 사실은 그 답답함으로부터 다시 탈출의 핑계이거나 이유가 되었다. 7년 전 그 무게가 기어이 M을 안달이 나게 했다. 다시 로만으로의 침투에 마음이 미쳐가고 있은 지 얼마지 않아, 오! 세상에도! 이런 일이라니?! 매튜가 로만의 국회의원으로 있다는 정보였다. 아, 이렇게, 기회란 놈은 기어이 오고야 마는구나! 이젠 정말로 로만의 관리가 되는 거다. 입법위원이나 다른 빛나는 자리가 아니더라도, 적어도 국회의원 보좌관은 되고 말 것이었다. 어쨌든 3급이나 4급일 그 자리를! 더구나, 입법에 빼어날 보좌관으로서의 M을 서로 차지하려는 의원들의 경쟁이라니, 상상만으로도 숨이 막히지를 아니한가! 지체할 수 없다! 그렇지만 그를 바로 찾아가는 것은, 순서도 아니었지만 무엇보다 접근의 안정성과 경제성에 얼마든지 반할 수 있었다.

로만에서 추방된 그때로부터 7년이 지난 이제는, 그 개혁인지 혁명인지 뭔지 하는 것이 낳은 자식이겠지만 언제부터인지 그곳에도 인터넷이라는 것이 있었다. 하지만 엘린, 파비안의 행방에 대해서는 한 올 그림자도 검색되지 않았다. 그들 모두에게 유죄의 칼이 씌워졌더라도(필경 그럴 터지!), 이미 출옥을 했음에 틀림이 없을 터이다(주도한 매튜가 어찌하여 국회의원이 되었는지는 모르지만). 파스란대사관에 전화를 하니 계장도 앤도 그만둔 지 오래되었다고 한다. 지은 짓거리가 어지간했을 저 둘도, 기어이 그 거세었던 개혁의 파고가 휩쓸고 간 것인가? 대사관 직원에게 이리저리 둘러붙여 어렵사리 얻은 앤의 연락처로 전화를 했다. 앤은 M에게 지은 죄업 때문이지 뭣 때문인지 꽁무니를 빼다가는, '로만에 오면 꼭 연락을 바란다!'는 위험한 유혹을 풀칠하며 알아봐 주겠다고 했다. 사흘 후 앤은 엘린은 알 수 없었으나 파비안의 소재는 알아내었다며 불러주었다. N시였다. 파비안! 시집 간 것인지, 뭘 해먹고 살았는지, 너의 가족은 어찌 된 것인지… 따위는 아무 것도 모르지만 어쨌든 파비안의 주소는 손에 쥐었다.

4년을 알뜰히도 모은 돈에서 십 년이 넘은 중고차 하나 뽑아 로만공화국으로 출발했다. 그곳에서의 2년의 끝에 추방된 후 제도의 감옥에서 3년과 밖의 감옥에서 4년… 그렇게 7년 만에 다시 침투할 그곳은 M으로서는 잠재했던 불씨의 탈출이자 스스로 그리는 '도원경(桃源境)'이다. 이젠 일을 이뤄야만 하는, 전혀 달라야만 하는 귀향이다. 추방될 당시 오랜 권위주의 정권이 사실상 무너져 전혀 새로운 돈과 자유가 몸살을 하며 커가고 있었다. 그 후 7년이 지난 지금은 어떻게, 얼마나 변했을까? 인터넷을 통해 그 대략은 그릴 수 있었으나, 몸으로 마시는 그곳의 공기는 아니니 알 수가 없다.

토요일 오후 하행선 고속도로는 놀러 가는 차량들 땜에 엉금엉금 기고 있었다. 빌어먹을! 99%가 오늘이 버겁고 내일은 생각하기 싫다는, 돈이 미워 제 모가지를 가장 많이 버린다는 나라에서 무슨 일인가! 이들은 1%인가? 0.01%인가? 그러나 대충을 보아도 대게가 99% 내에 어딘가에 있을 인간들로 보였고, 그중에 절반은 자기 이름의 땅 한 평 없을 것이었다. 교통방송은 공항 길도 미어터진다는데, 비행기에 몸을 싣고 구름의 도원을 넘나드는 자들은 몇 %의 인간들인가? 걷느니보다 그리 나을 것도 없는 서행에도 모두들 무던히도 견디지만, 마음이 바쁜 M은 그럴 수 없다. 고속도로를 포기하고 국도로 빠졌다. 국도조차 차량정체가 짙어지자 지도를 펼쳐 지방도를 하나를 선택해서 달린다. 사정에 따라 지방도와 국도를 2시간을 번갈아 밟아댄 끝에 로만공화국으로 연결되는 국도가 나타났다. 로만에의 투자를 유인하는 간판이 즐비한 국도를 타고 30분이 지나자, '환영합니다. 여기서부터 로만공화국입니다.'라는 큼직한 간판이 공중에서 걸려 있다.

알아본 바에 의하면 N시는 로만의 수도 P시에서 한참을 내려간 곳에 위치한 중간급에 가까운 도시였다. 국경을 지난 후 만난 휴게소에서 지도를 확인하니 고속도로를 타는 것이 빠를 것으로 보였다. 고속도로를 타고 1시간 가까이를 달려 다시 지방도에서 얼마지 않아 저 아래 N시가 눈앞에 턱 버티는데, 그런데 이게 뭐야? 이런 외진 지방도시에 빼곡히 들어선 고층아파트라니! 그래도 그렇지, 그 7년 사이에? 그럼 M이 살았던 수도 P시는 딴 세상이 되었겠네! M은 당장 차를 돌려 P시부터 보고픈 욕심도 없지 않았지만, 어쨌든 그 일대가 너무 복잡해 지도로는 감을 잡을 수 없었다.

행인에 물으니 M이 찾는 곳은 N시 중에서도 따로 떨어진 곳으로서 더 가야 한다 했다. 도로사정은 그렇지만 그래도 지름길이라며 그가 알려준 지방도를 타니 완만한 경사를 기어야 했다. 그러다 급경사를 만나 휘며 돌던 끝에 산허리에 이르니, 저 아래 도시가 꽉 둘러싼 산에 묻혀 있었다. 산들은 어지간히 높은 허리까지 파헤쳐져 뱃가죽을 허옇게 까발리고 있었고, 시가지는 제멋대로 생겨 먹은 건물들인 듯이 하는 것들이 팽개쳐져 있었다. 파비안은 수도 P시를 떠나 왜 이렇게 묻힌 외지에서 살까? 어쨌든 M이 이르러야 하는 곳이다.

휘어져 흔들리는 내리막길을 달려 시내초입에 이르자, 온갖 소리들이 섞여 기이하게 울렸다. 여기저기 건물을 부수고 짓는 소리, 노점상들과 잡상인들의 호객소리, 술 취한 자들과 그 출처를 알 수 없는 흑인들의 마구잡이로 떠드는 소리, 흙먼지 뒤집어쓰고 찻길 가에서 뛰놀아 아찔한 아이들의 깔깔대는 소리, 내지르는 자동차들과 오토바이들의 굉음이 온 시내를 집어삼키고 있었다. 중심부인 듯이 한 사거리에 이르니 애어른 할 것 없이 도망가고 따라가며 내지르는 고함과 욕설, 어느 집인지 그칠 줄 모르는 아이의 악다구니며 그릇 깨지는 소리, 어디서인지 짖고 다른 곳에서 화답하는 개 짖는 소리, 진행신호가 왔는데도 사거리를 제대로 통과하지는 못하는 차들, 엉킨 차량들의 경적소리와 불쑥불쑥 튀어나오는 삿대질, 섰거나 기는 차들의 열린 창으로 던져지는 울긋불긋한 광고지, 뒷골목 유흥가에서 넘어와 공세 중인 삐끼와 아가씨들, 헬멧을 쓰지 않은 채 남녀가 한몸이 된 오토바이들의 곡예주행… M은 정신을 홀라당 빼앗겨버렸다.

북새통을 빠져나오면서 약도를 보니 사거리를 지나 바로 앞 건물인 듯해서 그곳에 주차를 하고 내렸다. 주차관리실인지 건물경비실인지는 어쨌든 콧구멍만 한 철창박스에는 오가는 계집들의 아랫도리를 훔치는 것으로 틀림이 없을 듯이 한 늙수그레한 사내가 있었다. 그에게 주위 소음 탓에 소리쳐 번지를 대며 물으니까 사내는 고개를 쭉 뽑으며 "뭐라고요?"라고 했다. M이 다시 반복하니까 픽! 웃으며 검지를 아래로 쑤시며 "여기요, 여기 이 건물!"이라고 했다.

407호라고 했지! 엘리베이터가 없었다. 낡아빠진 건물! 지은 지 오래되었을 것이다. 위층으로 오르는 계단과 복도에 쌓인 먼지가 풀풀 날린다. 치킨가게며 슈퍼며 술집의 광고지가 바닥에 떨어져 발에 짓이겨진 채 뒹굴고 있었고, 더러는 세대들의 출입문에 달랑이며 붙어있었다. 숨 가쁘게 올라 407호 초인종을 누르려는 순간 갑자기 열리는 출입문에 덜컹 부딪혀버린 M은 그 자리에 주저앉아버렸다. 문밖으로 나온 젊은 여자는 "어머, 누구세요? 아, 언니 찾아왔나 보네요."라고 하고는, 두 팔로 주저앉은 M의 어깨를 감싸는 듯하더니 "어디 봐요. 이를 어째!" 하며 M에게 손을 내밀었다. M은 "조금 아플 뿐이네요." 하고는 그녀의 손을 잡고 일어섰는데, 여자는 다짜고짜로 M을 집 안으로 끌고 들어갔다. 엉겁결에 잡혀간 M의 눈에 든 실내는 작은 방 두 개, 화장실, 거실이라고 할 수는 좁은 공간과 그것에 붙은 주방이 전부인 듯이 했다. 브래지어, 삼각팬티, 양말, 화장품, 꾸겨진 화장지, 물에 젖은 수건, 먹다 남은 컵라면 따위가 온 집 안에 퍼 늘려 있었다.

여자는 M을 낡은 소파에 강제하다시피 앉히더니 "언니가 요즘도 뛰나 보네, 대단혀, 대단해!"라고 중얼거리고는 M을 빤히 보고 있었다. 바로 눈앞에서 들이대는 여자가 사람을 말아먹을 만치 혹하게 생긴데다 쭉쭉 빠진 탓도 있었지만 어쨌든 얼이 빠져버린 M이 말을 잃고 있자, 여자는 단지 무슨 사무이듯 "에고, 언니 오려면 한참이나 있어야 할 건데, 원래 언니보다 비싸지만 같은 값으로 그냥 저하고 하고 가요. 여기까지 오셔서 기다리다 감질만 나느니 빨리 끝내버리고 다음에 언니든 저든 알아서 하시면 되잖아요. 남자들은 당장 급하잖아요!"라고 말하고는 M의 팔을 잡아 일으켜 방으로 끌었다. 끌려가던 M은 여자의 손을 뿌리치고 출입문으로 내달리며 "지, 지금, 무슨 말인지 모르겠으나, 내가 온 건 그, 그게 아니오. 나중에 다시 오겠소."라고 소리쳤다.

건물을 나와 어찌하나 하다가 그 건물 1층 입구에 위치한 식당으로 들어갔다. 일단 대충 배부터 채워야 할 터였다. 식당 여자는 그릇에 밥과 반찬을 분주히 퍼 담으면서 M을 보는 둥 마는 둥 주문을 툭 던졌다. 저녁으로는 이른 시간이고 달리 손님도 없는데 뭐가 저리 바쁜가? 그냥 밥집인가 했는데 벽에 붙은 메뉴판에 라면·김밥·떡국 따위도 보이는 것이 분식집이기도 한가 싶었다. 잡히는 대로 순두부를 주문했다. 여자는 쳐다보지도 않고 "이것부터 해놓고요."라고 했다. 창밖 사거리에 눈알을 버린 채 있던 M은 멋쩍다거나 어쨌든 편치 않음에 벗어나려는 건지 "이만한 위치라면, 건물을 새로 지으면 좋겠네."라고 했다. 여자는 뭐가 못마땅하다는 건지 꾸겨진 인상으로 M을 휙 보더니 자신의 일을 계속할 뿐이었다. 4층에는 언니 손님을 낚아채서라도 돈에 환장한 여자가 있었는데, 여기 이 여자는 손님이 귀찮다 할 정도로 돈이란 게 필요 없다는 거야! 식당 문을 닫든지! M의 입에서 불식 간에 불만이 튀어나왔다.

M이 "저가 뭘 실수했나요? 시내사거리에 위치했는데, 왜 낡은 건물을 그냥 둘까? 하는 정도였는데! 하긴, 세입자야 장사 잘되고 월세 비싸지 않으면 그만이지! 건물을 따윈 건물주의 관심사항이겠지만!"이라고 했다. 여자는 "그렇게 엉뚱한 말로나 건드리다니! 그런 식으로 툭툭 치는 건, 무임승차가 아니던가요? 모두들 똑같지만, 손님은 또 다른 방식으로 치고 드네요. 바로 말해야지요!"

M은 두 손으로 얼굴을 몇 번이나 훔치고는, 바삐 그게 무슨 말이냐고 했다. 여자는 아무것도 아니란다. "건드리다니요, 무임승차는 뭐며, 대체 뭘 바로 말하라는 거요?"라며 M이 다그쳤다. 여자는 수건으로 손을 닦고 나더니 여전히 적반하장으로 "무슨 말이냐고요? 타인의 입장은 팽개친, 내 목적에만 미쳐있는 것이잖아요!"라고 했다. 이런, 젠장! 머리가 텅 비어버린 M은 벌떡 일어나다가 도로 앉은 후, 오른손을 모로 세워 흔들며 뭔 소린지 구체적으로 시비하라고 요구했다.

그러자 여자는 오래도록 묵혔던 불만을 M에게 모조리 쏟기라도 한다는 듯이 "우선, 다들 그러듯이 선생님도 이 근처 어디 중개업소에 다녀왔겠죠. 무슨 영양가 있는 정보라도 얻었나요. 그래요, 모두들! 근처 중개업소를 거친 후, 누구나 출입이 되는 이런 가게에서 탐색하는 걸로요. 그건 그렇고, 이 건물 경매 받으려고 오셨지만, 그런데 말예요! 예를 들어, 시세 10억짜리 물건을 6억에 경매로 사게 되면, 남는 4억 중에 1억은 써야지를 않나요? 그래도 3억을 벌잖아요. 돈이 돈 번다는 건 그렇다 치더라도, 저도 그렇지만 1년 내내 죽어라 몸빵해도 3천도 못 벌거나 겨우 버는 사람들 수두룩하니(지금 이 나라가 그렇잖아요. 개혁한다느니 어쩐다느니 하고 난 후 몇 년 뒤 정말 진보정부니 뭐니 해서 바뀌었고, 그래서 국민들이 이제 딴 세상이구나! 했지만, 그게 웃기는 게 그렇게 몇 년이 지난 지금 결국에는 부자들, 큰 회사들, 파스란에서 온 대기업들… 뭐, 그쪽도 이 건물 정도로 큰 부동산에 투자를 생각할 정도이니 듣긴 거북할지 모르지만 어쨌든 솔직허니 이러나저러나, 이런 자들만 배부르고 나머지는 모조리 일자리도 벌어먹을 일도 말라비틀어져 내몰린 것이니 말예요.), 그래서 그 정도는 써야죠. 그 1억은 물건취득을 위한 필요비용이지만, 그 돈 중 일부는 물건의 정보제공자에게 지급되어야죠. 임장을 오셨으니, 물론 지금 무슨 소린지 알죠? 또 그런데 말예요? 모두들 라면 따위 기껏 더 써봐야 김치찌개나, 그중에는 입만 가지고 오거나 땜빵한다고 드링크 한 박스 처바르기도 하고요. 하긴 파스란에서 온 투자자들은 좀 낫긴 하더니만. 어쨌든 이 물건은 모두들 '무피투자'로 기어들잖아요. 싸게 잡아 전세보증금으로 상당부분을 뽑아내는 거죠. 또, 대출이라는 남의 돈으로 메울 수도 있잖아요. 손 안 되고 코 풀고도 이후 매달 수십 세대 월세를 받는다는! 다들 임장이랍시며 와선 어물쩍 고급정보를 가지려는 거지만, 이 건물, 그렇게 만만치는 않거든요. 지금 제 말을 인정치 못하시면, 그냥 식사나 하고 가세요."라고 열변을 토했다.

경매 얘기는 무슨 소리인지 그렇고, M이 로만공화국을 떠날 때는 양국 정부차원에서 파스란의 대기업만 진출하고 있던 정도였는데 '파스란에서 온 투자자들'이라니? 게다가 그렇다면, 파스란 사람들이 이런 외진 도시의 부동산에 뛰어든다는 소리인가? M은 기어이 "파스란 사람들이 이런 지방에 경매 받기 위해 임장을 온다는 말인가요?"라고 물었다.

여자는 "무슨 말이에요. 파스란 사람들이 여기 와서는 이 나라 방방곡곡 부동산에 투자하는 얘기를 하고 난리도 아닌데요. 그런 것도 모르다니 댁은 돈은 있지만 경매는 초보인가 보네요. 파스란 돈이 로만사람을 통하는 경우도 있고요. 어쨌든 이 건물 분명히 돈이 되는 물건이지만, 초보라면 그래도 잘 알아보고 사시든지 어쩌든지 하세요.”라고 했다. M은 당신의 말이 흥미는 있지만 자신은 단지 사람을 만나러 온 것일 뿐이라고 했다. 여자는 “그래요? 어떻게나들 시도 때도 없이 와서는 김밥 한 줄, 라면 하나를 달랑 시키고는 이것저것을 캐물어 대던지! 이 건물에 대한 자세하다거나, 정확하다거나, 어쨌든 그런 영양가 있는 정보는 근처 부동산중개업소들도 잘 모르니, 그럴 만도 하지만요. (경매정보제공업체에서 나온 이 건물의 경매물건명세서를 M에게 건네더니) 그 명세서 보시고, 그래도 사람 일 모르니 있는 돈 썩히지 마시고 관심 한 번 가져보세요. 공부하면 경매 할 수 있어요. 다들 공부하잖아요. 공부하다 보면 꽤나 쏠쏠한 수익이 될 물건이 눈에 보이는 거고요.

아, 그런데요. 척 보아도 여력이 있으신 분인데 굳이 경매를, 그러니까 새로 공부해야 하고 복잡하고 또 위험할 수도 있는 경매보다는 아파트 분양을 받는 것이, 더 간단하고 유리하지 않을까 하는 걸 말예요. P시에서도 물론 그런 건 거지만, 여기 아파트도 분양 한번 받으면 봉급쟁이나 저 같은 년 10년 20년 버는 것을 단번에 해치운다고들 하거든요. 그 경쟁이란 게 만만치 않아 당첨되지 못한 사람들은 막 부럽다가 화나고 그러잖아요. 그런데~요, 돈 있는 P시 같은 데 사는 사람들이 이곳이 오히려 더 실속 있다는 걸(분양가가 훨씬 싼 반면 수익률이 더 높으니까요!) 잘 모르는 것 같은데요. 마침 이 동네 중에서도 특히나 값이 오를 곳이어서 경쟁이 높았던 아파트 물건 중에서 하나가 있는데요. 그게 뭐냐면~요, 그 아파트공사 하도급 한 업자가 공대대금을 대신해 받았다가 급한 사정이 생겨 싸게 넘기려고 하는 건데요. 그런데 그게 무슨 법이 그런 경우에는 공식으로는 팔 수 없다는데, 그쪽 전문가가 문제가 없도록 한데요. 그러니까 방법은 있지만 드러내놓고 매물로는 내놓기는 그래서 저같이 가까운 알음알이로 통한다는 건데, 오신 겸에 지금 저랑 가보시는 것은 어때요. 잠깐 얘기 들어보고 아니다 싶으면 그만둬버리면 그만이니 고민할 것도 없고요. 어째요. 바로

이 근처인데요, 예?"라고 했다.

M은 자신이 이곳에 왜 왔는지를 잊어버린 건지 갑자기 예정에 없던 혹한 정보에 빠진 것인지 "그런데요, 분양이든 경매든 모두 부동산투자이니 도로가 정비되고 건물들이 깨끗하고 어쨌든 동네가 모양새가 가져야지 상승가능성을 보고 수요가 일어나는 것이고, 그래서 그 지역 내에 돈도 돌 것이잖아요. 굳이 어려운 것을 따질 것 없이 이런 건 부동산투자의 상식인데, 여긴 온통 산으로 둘러싸여 묻힌 데다 외부에서 진입부터 만만치가 않아요. 또 동네에 들어서기가 무섭게 부딪히는 탁한 공기, 냄새, 소음, 참! 지저분한 동네라고 하면 기분이 그러시겠지만, 솔직히는 참! 난해한 곳이거든요. 온 천지가 어수선한 것이 말예요."라고 말했다.

그러자 여자는 정색을 하며 "그건 모르시는 얘기죠. 고개 너머 동네에 낡은 주택들이 헐리고 아파트가 들어서면서, 그곳 사람들이 전세나 월세가 싼 이 동네로 밀려들었거든요. 그러니 인구가 꾸준히 늘었고, 근래에 들어서는 창고들과 공장들이 들어서면서 이 나라보다 더 후진 나라에서 온 근로자들이 몰려왔고(흑인들이나 그 비스무리한 사람들 못 보셨어요. 그 사람들~요.) 지금도 오고 있는데, 또 계속 가파르게 오르는 고개 너머 동네에서 감당치 못해 오는 사람들로 더욱 넘쳐나고요. 진행 중이라는 거예요. (길 건너 판잣집 같은 2층, 3층의 건물들을 손으로 가리키며) 저기 저 건물들 봐요. 저것들이 제대로 된 집인가요? 비바람 피하고 몸 눕히는 정도지만, 고개 너머 동네에 비해서는 새 발의 피 정도의 보증금에 월세이니 빈방이 없이 늘 꽉 차고, 방이 비면 그날 바로 비집고 들어설 정도예요. 아주 적은 돈이지만 일은 할 수 있는 노인들, 굴릴 몸만 있으면 버텨낼 수 있는 영세업체의 종업원들, 막노동하는 홀아비들, 노래방 나가는 과부들, 외국에서 온 흑인노동자들, 커피배달이나 노래방도우미 나가려고 기를 쓰는 아가씨들(큰 도시서 밀려 난 늙은 작부들도 많고요.), 저 인간들 모조리 합쳐 보세요.

그 숫자 엄청나네요. 저들이 이 동네를 먹여 살린다는 건데, 그러니까, 춥고 썰렁하던 동네가 스스로 먹을거리를 돌리고 돌릴 정도를 훌쩍 넘어버렸다는 거죠. 알뜰히 모으는 살림꾼들도, 내일 같은 건 없는 하루살이들도, 모두 엉겨 붙어 불을 뿜고 있는 거예요. 그렇게 머릿수가 숨 가쁘게 늘어나니 그들의 호주머니를 털려는 지주들, 재력이 있는 자들, 재력이 없더라도 눈치 빠르고 계산 빠삭한 자들, 중개업자나 거간꾼들, 오래전부터 휘젓고 다녔던 온갖 종류의 텃세들(이장이나 반장이나 부녀회장이나 청년회장, 무슨 성씨의 문중 대표나 총무, 지역 고등학교 동창회 임원들, 지역 신문쟁이들, 어깨들, 관공서 끄나풀들… 참, 많기도 하지요.), 이런저런 정보로 어떻게든 돈을 잡으려는 외지인들(수도 P시에서 온 돈 있는 자들이 많지만, 파스란에서 돈 들고 오는 일도 더러 있고요.), 그리고 도대체 알 수 없는 손들을 포함해 땅을 사들이고 급조로 공장이며 창고며 주택이며 가게를 마구잡이로 지어대어 세 놓거나 팔고 있는데, 얼마 전에 팔렸던 것이 계약서 잉크도 마르기 전에 큰 이문이 붙어 다시 팔리고요. 그러니 어떻게 되겠어요! 한 번 오른 집값 땅값이 불붙어 또 오르고….”라고 하는 순간 식당 문이 요란하게 열리더니 들어선 웬 여자가 획 부엌으로 들어갔다.

그리고는 그 여자는 “언니, 나 빨리 라면이라도 먹고 옷 갈아입고 가게 가야 돼, 사람들 막 들이닥쳤나 봐!”라고 하더니 가스레인지에 라면 끓일 냄비를 올려놓았다. 그러자 식당여자는 순두부, 공깃밥, 김치, 볶은 멸치, 장조림을 M에게 가져다주고 나서는 들어선 여자에게 “그래, 마침 잘 왔어! 나 배달 갔다 올게.”라고 하더니 음식그릇들과 소주병을 배달통에 마구잡이로 집어넣더니 배달통을 들고 휑하니 나가버렸다.

15

종말

억센 점퍼와 낡은 청바지로 대충인 행색으로 부엌에 있는 여자는 김치를 종지에 담으면서 힐긋 M을 바라보았다. 이, 이게, 누, 누구인가? '파비안'이 었다! 그녀도 순간 긴가민가했지만 곧이어 M을 알아보고는 입을 딱 벌린 채 서 있었다. 그런데, 그런데 말이야, 이게 뭐야? 이게 뭐냐 말이야?! 이 여자가 왜 이리도, 왜 이따위로 늙어버렸다는 거야?! 그때 법률구호센터에서 편해진 이후부터 살아났던 그 탄탄한 우윳빛이 왜 이다지도 주름진 검은 얼굴로 쪼그라들었으며, 손은 왜 저렇게 거칠어졌다는 거야! 그러고 보니 몸도 더 날씬해진 것이 아니라 말라 비틀어졌네! 이 여자는 그 칠 년 안에 이십 년을 쑤셔 넣었다는 건가?! M은 '왜 이따위로 늙어버렸어!'라며 잔뜩 인상을 꾸기고만 있는데, 파비안은 얼어붙은 채 마냥 눈물만 쏟고 있다. 파스란의 수도에서 여기까지 쉼 없이 달려왔다는 M의 말을 들은 데다 비실대는 M의 상태를 잡은 파비안은 라면 불을 꺼버리고는, 김밥 한 줄을 비닐봉투에 넣고는 옷 갈아입고 금방 오겠다고 하고는 식당을 나갔다.

M은 밥을 순두부에 말아서는 뚝딱 해치웠다. 배를 채우고 나니 정말이지 졸음이 몰려와 의자를 휘청대기까지 했지만 머릿속엔 벌레들인지 뭔지 하는 것들이 파란 불을 켜고 어지러이 기어 다녔다. 돌아온 파비안은 가슴이

훤히 드러나는 블라우스와 짧은 치마를 입었고, 빨간 킬힐을 신고 있었다. 급히 한 진한 화장이었지만 앞서의 모습과 같이 늙어 보이지는 않았다. 파비안은 M에게 따라오라고 했다. 7년의 시간에 묻힌, 묻고 싶은 게 넘치는데 어딜 간다는 거야! 파비안이 데려간 곳은 같은 건물 지하에 있는 술집이었다. 들어서자 그놈의 사랑타령 유행가가 제멋대로 구르는 가운데 저쪽 큼직한 테이블에 사내 다섯과 계집 둘이 둘러앉아 왁자지껄 떠들고 있었다. 파비안이 들어서자 한 사내가 파비안을 향해 손을 쳐들며 서툰 말로 "헤이, 언니! 빨리 마시고 노래방 가야지. 기다렸잖아!"라고 소리쳤고 다른 사내들은 일제히 환호하며 손을 흔들었다. 실내조명이 어두워 M이 이제야 알아보았지만 그들은 흑인 청년들이었다. 파비안도 그들에게 손을 흔들어 주고는, M을 술집 한쪽에 붙은 쪽방으로 데려가더니 두세 시간 후에 돌아올 때까지라도 잠을 청하라며 이불을 깔아주고 나갔다.

늦은 밤 파비안은 세상만사 내 알 바 아니라는 듯이 잠에 떨어진 M을 망연히 보고 있다. 이 사내는 그동안 뭘 하며 어떻게 지냈는가, 파스란에서 다시 처벌받았을 것인데 감옥에 갔다 나온 것인가, 언제 출옥했으며 이 나라엔 왜 또 온 건가, 그렇게 고생하고서도 빈손으로 쫓겨났으면서도 아직도 이 나라에서 이룰 뭣이 남았다는 건가, 이젠 관리들의 뜻만을 알아 살펴 배고픔을 버티거나 살아나야 했던 세상은 아니지만 하루하루 버겁기는 지금도 마찬가지인데, 내 코가 석 자일 뿐인데… 파비안은 M 옆에 누워 눈을 감았다.

다음 날 늦은 아침 일어난 둘은 씻고 밥 먹은 후 M의 차로 어딘가로 가고 있었다. M이 수도를 보고 싶다는 것이었지만, 파비안은 M이 매튜를 생각하고 있다는 것을 안다. 파비안은 저녁에 일해야 하니 갈 수 없다고는 했지만, 매튜 때문에 더욱 그랬을 터였다. 파비안의 뜻을 모르는 M은 찻길만 안내해 주면 빨리 움직여 저녁까지 돌아오겠다며 칭얼대고 졸았다. 기어이 출

발을 했다. 차는 그곳에서 막 벗어난 지방도를 가고 있었는데, 포장도로라
고 하기도 어려울 정도로 거칠고 좁은데다 교행차량까지 적지 않아 서행하
고 있었다. 뭣이 그리도 궁금한 것이 많은지 M은 운전하면서 끊임없이 질
문을 하고 있었는데, 파비안은 짧은 대답을 하다가는 M이 알 수 없는 것들
도 길게 보탠 대답도 했다.

　—아까 엘린 씨가 자살했다고 그랬는데… 그나저나 묘가 P시 근처 어디에 있
　　던가요?

　—병으로 죽었다는 말도 있었기는 한데, 교도소에 나와서 많이 힘들었으니 자
　　살했을 수가 있네요. 호텔 레스토랑 지배인으로 있다가 봐주던 관리가 문
　　제가 있어 옷을 벗자 바로 경리로 내려갔지만(M은 "그게 그랬던 것이오? 도무
　　지 말이 되지 않았는데, 그게…."라고 했다. 하지만 파비안이 알고도 진실을 꺼내지
　　않은 건지는 모르나, M이 관리가 아님이 들통이 남으로써 M과 관계를 가지면서 동
　　시에 M의 신분은닉에 조력했던 바로서 엘린의 입장이나 책임에 오히려 더 큰 이유
　　가 있었지 않았을까 싶다.), 지배인이 된 것은 그녀의 능력이기도 했지만 특별
　　한 경우였으니, 그렇게 경리로 내려간 건 좀 일찍 찾아온 것으로 봐야 할 거
　　예요. 어쨌든 그때도 엘린 씨에게 학벌이란 것이 있었으면(아마도 고등학교를
　　다 마치지 못했을 거예요.) 지배인에서는 내려올 수밖에 없었더라도 호텔에서
　　과장급은 받았을 것이고, 호텔이 아니어도 뭐든 경리보다는 나은 일을 했
　　을 거지요. 교도소에서 나왔을 때는 이미 관리들이 아니라 돈 있는 사람들
　　의 세상이 되었지만, 그때도 그녀가 반반한 학벌이 있었으면 어떻게든 그렇
　　게까지 힘든 일을 하지 않았을 것이고 돈에 시달리지 않았을 것인데… 그때
　　나 지금이나 이 땅에 몸을 둔 자에게는 그리 달라지지 않은 셈이네요. 엘린
　　씨의 묘는 아마 어디에도 없을 거예요. 유서에서인지는 모르지만, 죽기 전에
　　살아 그렇게도 가서 살고자 했던 파스란에 뼈를 뿌려달라고 했다고 하니 말
　　예요. 다 지난 일의 가정에 지나지 않지만 파스란에 가서 함께 살자고 했던
　　그녀의 뜻을 당신이 들어줬다면, 어땠을까? 싶어요. 기회만 주어지만 내조

도 사회활동도 잘할 사람이었던 것은 분명하거든요.

―그래요? 하긴, 산소를 본들 뭘 하겠소. 그런데 파비안 씨는 그렇게 학벌이 빵빵한데 왜 이런 험한 곳에서 살고 있소. 일도 만만치 않은 것 같고요. 동문들도 깔려 있을 것이고 그거와는 별도로 언어구사력도 상당한데, 그 정도면 사람을 후려치든 어쩌든 하다못해 로열패밀리들의 부스러기라도 건질 수는 있잖아요!

엘린이 바랐던 바에 관한 파비안의 회고에 대해 달리 반응이 없는 것으로 보아, M은 '엘린의 청을 들어줬으면 좋았을 거라고? 모르는 소리!'라며 넘어갔을 것으로 보아야 할 터이다. 엘린이 그런 사람이라는 것과 파스란에서 사는 것은, 전혀 다른 것이야! 라며.

―저주받은 년인지… 옛날에 대통령 동상 페인트 사건으로 의혹을 받았다던 그 조카가 또 사고를 친 건데, 어쨌든 간에 제 운명이네요. 저가 교도소에서 나오고 얼마지 않아 대학생 운동단체가 고발기자회견을 했는데, 파스란정 부로부터의 개방제의를 거부하고 있던 당시 정부가 갑자기 그 제의를 수용했었잖아요. 이미 여론이 돌아선 데다 코앞에 닥친 선거 때문에 결국 결단했다고들 알고 있었지만(물론 지금에 와서 보아도 그것 자체는 진실이었지만요), 그 학생들의 주장은 그게 다가 아니라는 거였어요. 뭐냐면~요, 당시 대통령을 비롯한 권부의 핵심들과 야당의 몇몇 실세들과 주요언론인 몇몇이 그 제의를 수용하는 대가로 돈을 받았다는 주장이었어요. 어느 대표가 받아 나누어 가졌다는 거였는데, 그 액수가 당시 이 나라 한해 예산액이 넘을 정도로 엄청난 규모였다는 주장이었고요. 물론 딱 부러지는 증거 따윈 없었죠. 학생들의 주장으로는 이쪽에서 먼저 요구했다는 거였는데, 글쎄요, 파스란쪽에서 먼저 제시한 것이었을 거예요. 물론 그때는 저도 남들처럼 그러려니 했지만, 그 사태를 운명이듯이 받아들이고 나니 필경 그렇게 보이더군요(실제로도 파스란은 그 개방을 통해 그 돈을 훨씬 넘어서는 이익을 얻었을 터겠지만

요.). 자유니 민주니 하는 것이 그때 비로소 이 나라 역사 이래 처음 도래했다고들 하지만(지금 단지 폄훼만 하는 것은 아니지만요.), 밀고 들어온 파스란 자본의 마력은 로만의 오랜 폐쇄를 벗겨주면서 동시에 전혀 새로운 족쇄도 선물했다는 진실에는 사람들은 기어이 입을 닫고 있고요. 학자들이든 뭐든 앞으로도 그럴 것이지요. 정말이지 그 덕분에, 관리가 절대로 지배하던 체제도 극우·극좌도 모조리 몰락한 대신, 자본의 제구력과 돈의 그물을 사랑하는 세상이 되었네요. 건강한 보수·진보를 떠벌리는 자들이 평정한 세상이지만, 대기업과 1%라는 그 자체가 만성적 비정규직·계약직·영세자영업자와의 등식이라는 진실에 대해서는 이러저런 말잔치로 피해들 가버리고요.

실질을 좀 더 보면요, 이젠 대통령이든 정치인이든 힘 있든 돈 많든 그가 누구이든 마음껏 욕하거나 조롱하거나 따지거나 비판하는 세상이 되었다지만, 그런다고 해서 99%의 삶은 전혀 달라진 옷을 입고도 전혀 달라지지 않았네요. 민의를 듣는다느니 개선책이니 하는 것들은 늘 나오지만, 일상의 디테일에서는 그 1%가 가진 견고함과 제어하는 에너지에 의해 시민의 불만이나 절규는 희석되고 먼지가 되어 뿔뿔이 날아가 버릴 뿐이에요. 아, 물론 99% 스스로도 비판하면서도 그 실질은 1%들과도 다름이 없이 늘 돈에 눈이 박혀 호시탐탐인 상태이니, 결국 그놈의 '적당한'이라는 선에서 타협되어 버리고, 그 타협의 평균치라는 것은 전혀 달라진 외양 안에서 늘 허우적대는 늪의 일상으로 굳혀진 것이지만요.

어쨌든 그 학생들 중 주동자로 찍힌 조카하고(늦게 들어가 노가다까지 하며 버티던 대학이었는데, 어느새 그렇게 된 것인지…) 몇은 결국 명예훼손으로 감옥에 갔고요. 학생들에게 정보를 줬다는 퇴직관리도 비밀누설인지 뭔지로 마찬가지로 감옥을 갔지만요(비밀누설이라면서도 그 사실에 대해서는 인정되지 않았으니, 참! 이를 어떻게 해요!). 단지 철없는 학생이라고 넘어가기에는 당시 그 충격파가 상당했거든요. 학생들이 지목한 자들은 대체로가 그 당시에도 정부·여당·야당·언론 등 권력의 핵심에 있었으니까요. 그 후 저와 제 가족은 동상 사건이 재현되듯 다시 설 자리가 없어져 버렸고요. 도저히 길이 없어져 버렸지요.

한편으로 보면요, 역시나 그래요. 언젠가는 그랬죠. 저가 〈결과의 공평으로 연결되지 않는 절차의 공평이나 기회균등은 무의미하거나 가짜〉라는 식으로 말한 일이 있었을 거예요. 개혁이 시작되고 저와 제 가족이 그 오랜 족쇄에서 풀리자 흥분하여 저는 그만 저것을 잊어버렸고, 그 잊은 대가가 그 회사의 설립준비를 비롯해(물론 그때 우리 모두 선택된 자들이라고, 우월한 자들이라고 미쳐 있었지만요.) 저가 들떠 있었을 때부터 언제든지 저를 몰락하게 할 것으로서 제게 잉태하고 있었다고, 그렇게 예정하고 있었던 셈이었죠(그때 우리 모두는 단지 결과적으로, 운이 없어, 새로 형성된 권력지형의 법을 통한 쇼가 우리에게도 불똥으로 튀어, 그렇게 되었다고 여겼지만요.).

그렇지만 이곳에서는, 부지런하면 죽으랄 정도는 아니에요. 저가 할 수 있는 일이 모두 보수가 낮고 거칠지만, 사람들에게 미움만 사지 않으면 뭐든 일거리는 있거든요. 내년에는 작게라도 분식집을 하나 내려고요. 사람들이 자꾸 많아지는 동네이니 그런대로 될 거예요.

아참, 매튜 씨가 국회의원이 된 데에는 출소 후 사면이 있었던 거였고요. 사면을 받은 바에는 아까 말한 대학생들이 기자회견에서 주장한 그 정보를, 그가 그 뜨거운 사실을 당시 권력핵심부에 은밀히 협상의 무기로 사용한 결과가 아닌가 싶은데, 물론 진실은 알 수 없고요.

그리고 솔직히, 정말 억울하기까지 한 것이 있거든요. 우리는 그 실제는 모르지만 어쨌든 사업을 주도했던 매튜 씨는 당시 그 많은 대출금에서 어떻게든 상당한 만치 챙겼을 것으로 볼 바인데, 저와 엘린 씨와 변호사님은 어떻게든 얼마라도 챙길 겨를도 없이 그렇게 갑자기 일이 터져버려 결국 빈털터리로 감옥에 갔고, 그 이후의 삶이 바닥으로 떨어진 건데(변호사님의 삶이 어땠는지는 모르지만요.), 이것도 살아서 가지는 세상의 부조리나 불합리에 운명인 듯이 잡혀버린 것인지도 모르겠네요.

어쨌든 매튜 씨는 애초부터 우리와는 사활의 전제조건을 달리 가지고 있었기에 그런 공략이 가능했을 것이고, 이젠 그나 우리나 서로 잊힌 존재이고 그래야만 하기도 하고요. 아! 한 가지, 당시 그가 영세자영업자 조합에 몰두했던 것은, 그의 오랜 고민에서 나온 것이었고 적어도 그만의 진실이었던 점에는 의문이 없다고 봐요. 다만, 그는 영세자영업자의 문제가 마치 지금처럼 전국전인 사태인 듯이 했지만 그건 자신의 뭔가의 욕구가 그렇게 보이도록 한 것이었지, 그 당시만 해도 사실은 자영업자들이 몰린 도시 일부지역에서만 그랬던 것이었고요.

어쨌든 결과를 보면 그때나 지금이나 그리 달라진 것은 없지만요, 옛날에는 파스란으로부터 독립으로 인해 갑자기 없어진 일자리의 문제를 위정자들이 모르기도 했고 한편으로 어떻게 할 기초체력이 없었기도 한 반면, 지금은 일자리이든 영세자영업자들이든 이 모든 문제에 대해 알고 있고 해결할 능력도 있음에도 불구하고 하지 않는다는 점에서 훨씬 복잡하고 난해졌다는 차이가 있다고 봐요. 뭐냐면~요! 파스란의 대기업들과 원래부터 이 나라 거부였던 자들이 만든 대기업들(물론 이들에도 외국의 자본이 엄청 투입된 상태지만요.)이 개방 초기에는 혁명과도 다름이 없던 서슬 퍼런 분위기 때문에 적극 고용에 임했다가는(파스란 측의 대기업들에게는 이것도 한때 속임수였을 거고요. 그들은 자본이 지배하는 고용시장의 양태와 함수에 대한 많은 경험을 이미 파스란에서 가지고 있었으니까요.), 그리 오래지 않아 핵심 인력을 제외하고는 모조리 외주, 비정규직, 임시직, 계약직, 성과급 등등의 무궁무진한 방식으로 돌려버렸으니까요. 그러니 다시 자영업자들이 폭증해서는 제 살 깎아 먹는 경쟁에 빠져버렸고, 거기다가 더해 그 대기업들이 그 자영업자들이 하고 있던 업종까지 집어먹어 그 시장이 초토화되어 버렸으니, 에고, 더 이상 이러니저러니 할 것도 없네요.

또, 매튜 씨가 국회의원이 된 후에는 정말 의욕적으로 추진했던 영세자영업자 조합의 결성을 좌절시킨 원인을 잡아보면, 공룡의 가게가 들어서 버렸다는 건데요(이게 전부는 아닐지라도 가장 큰 원인이었을 것으로 보는 거지요.). 그 결성의 추진이 겨우 한두 걸음 나간 때 P시에 들어선(나중엔 전국적으로 들어서 버렸지만요.) 매머드급 쇼핑몰에 의해 그의 뜻은 무너진 거였어요. 전체 연면적으로는 학교운동장의 다섯 배는 될 만치 크게 들어선 그것에는 식료·생활·위락 할 것 없는 물건의 구비, 주차시설·에스컬레이터·안내·냉난방 등 월등한 편리, 결코 비싸지 않는 가격, 늦은 밤에도 불이 훤한 매장들, 구경거리가 넘치고 쾌적하고 깔끔하고 있어 보이는 공간… 저러니 지역·인근 가릴 것 없이 상권을 블랙홀로 먹어치웠으니(온 도시 사람들이 따로 날이 없이 소풍하듯 몰려들었으니) 영세자영업자 따위야 볼 것도 없게 되어버린 것이었죠. 정부와 P시는 지역민의 일자리와 지역경제와 세수입이 엄청날 것이라며 저것이 들어서는 것을 허용했지만(규모·총량의 경제에 미쳤고 한편으로 표가 오는 일이라, 대기업들과 제대로 눈이 맞아버린 것이었죠.), 들어서고 나중에 보니 외국자본이니 면세니 자동화니 비정규직이니 하는 것으로 돌아간 것이었으니, 결국 뭐예요?! '부자나라·거지국민'을 향해 쉼 없이 달려가고 있는 셈이네요.

어쨌든 매튜 씨의 그것은 이 나라에서는 먼 훗날에나, 그도 이 땅에 현존하는 모두도 떠난 아주 머나먼 훗날에나 가능할지는 모를, 그는 그것까지는 몰랐고, 그래서 설령 우리 모두가 처벌받은 그 사건이 없었더라도 그가 추진한 그 당시 그 사업도 어차피 실패했을 거지요. 그렇게 그의 그런 뜻도 그러했듯이, 원인이야 어쨌든 적응에 실패해 진화에 동참하지 못한 저와 같이… 옛날에는 관리의, 이제는 돈의, 또 훗날에는 다른 그 무엇의 신화를 사람들이 믿어 희망이자 갇혀 살아왔고 또 그렇게 살아갈 것이지만… 그래도… 그 더 먼 훗날에는, 이 나라에서도 저와 제 가족과 같이 뒤진·탈락한 자들에게 손을 내밀어 함께 승차케 할 그 머나먼 훗날에…."

휘도는 좁은 산길을 가던 그 순간 갑자기 반대편에서 들이닥친 트럭이 다급한 경고음을 울렸다. 별 재미도 없이 길어지던 파비안의 얘기를 듣는 둥 마는 둥 늘어져 운전하고 있던 M이 황급히 핸들을 꺾었지만, 제동할 새

218 도 없이 차는 산 아래쪽으로 미끄러져 갔다. 나무와 바위에 이리저리 부딪히며 빠르게 미끄러져 내리고 있을 때 M은 차 문을 열어젖히고는 밖으로 몸을 던졌다. 비탈진 위치에 던져진 M은 수십 번을 굴러 계곡 아래로 떨어졌다. 한편으로 M이 몸을 던진 후 얼마지 않아 흘러내리던 차는 큰 나무에 걸려 멈췄고, 파비안은 옷이 찢어졌을 뿐 안전벨트에 묶여 있던 몸은 다쳤다고 할 만한 곳은 없었다. M은 계곡의 너럭바위에 뻗어 있었고, 머리에서 흐르는 피는 바위를 적시고 있었다.

　　— 파비안은 왜 '결과의 공평'을 떠들고 있는가? 무슨 헛소리인가? 헛똑똑이… 그나저나 국회의원, 그것도 여당 국회의원이 되었다는 매튜 씨를 빨리 만나야 하는데… 오늘 만날 수 있을까? 오늘은 일요일이던가? 그럼 내일은… 그는 분명 내가 꼭 필요한 사람이라고 했는데… 돈 많고 이젠 힘도 있는 그를 만나야 하는데….

　　몸이 움직이질 않았고 눈앞이 흐려져 갔다. 안간힘을 써도 매튜를 만날 방법이 잡히지 않는다. 누군가 M을 부르는 것 같다. 온 산이 울리는 것이 목 놓아 부르는 것 같은데… 앞이 보이질 않고, 부르는 소리가 먼 바람소리인 듯이 할 때 M의 머리에서 흘러내리고 있는 피는 바위를 더 넓게 적시고 있었다.

탈주자들,
존재조건으로부터의 탈출

증기기관과 기계화의 1차 산업혁명, 전기의 발명이 가져다준 대량생산의 2차 산업혁명, 컴퓨터에 의한 정보화 및 자동화 생산시스템의 3차 산업혁명, 이어 이젠 사물인터넷·인공지능·가상현실 등이 다른 산업·기술과 융합·결합해 구축하는 이른바 '지능정보사회'라는 4차 산업혁명의 기운이 밀려오고 있다. 일자리 상실에 대한 우려의 목소리는, 과학기술의 발전에 따른 산업의 혁명은 피할 수 없는 운명인 반면 삶은 창출될 새로운 일자리와 여력에 의한 복지의 확대에 의해 오히려 더 풍요해질 것이라는 강변에 묻힌다.

혁명으로 불릴 만큼 산업의 근본이 탈바꿈할 때마다 인간의 삶은 더욱 노동으로부터 해방과, 풍요와, 그리고 공평을 취득할 것이라고 했다. 육체노동의 굴레에서의 해방이, 상품의 대량생산과 서비스의 대중화로 인한 물질적 풍요가, 시간과 공간의 확대로 인한 소통과 자유가 신장된다는 기대를 품은 바의 기술진보 역사다. 널리 인간을 이롭게 함으로써 인류의 행복에 기여할 것으로의 믿음이다. 4차의 산업혁명 역사의 시대에는 인간의 지능까지 대신할 기계에 의해 인간은 일로부터 더 많은 해방과 자유를, 나아가 사적 소유권과 대립을 넘어 공유의 경제와 공감의 사회를 선물할 것이라고도 한다.

멀고도 먼 인류의 기원을 따질 것 없이 기록화가 된 인간의 역사가 시작된 지 5,500년이나 흘러 왔지만, 그렇다! 1차 산업혁명조차 거슬러 겨우 이백 삼십여 년 전에 태동하였다. 이젠 땅에서는 24시간 내로 가상의 공간에

220

서는 즉시로 세계 어디든 닿게 되고 소통되는 바는 정말이지, 현재로부터 단지 몇십 년 안에 집중되어 성취되었다. 역사의 시간은 결코 균질하지 않음을 뚜렷이 증거한다.

그러나 일천 년 전이나, 오백 년 전이나, 삼백 년 전이나, 일백 년 전이나, 오십 년 전이나, 이 21세기나 '99% 을들'의 삶은 '저 풍요의 이상향'을 점치는 바를 곧이곧대로 받아들이지는 못한다. '1%의 갑들'이 아닌 '99% 을들'은 저 과학기술의 진보가 정말 삶을 해소하는지 의문을 지우지 못한다.

21세기 현재 우리가 이 땅에서 목도하는 바로도 '1%의 갑과 99%의 을'이라는 지형도의 고착화, 공무원과 같은 창의성과는 거리가 있는 직종의 선호, 중산층의 축소와 극심한 양극화, 일자리 부족과 갈 곳 없는 청년의 긴 그림자, 비정규직·계약직의 일반화, 제 살 까먹을 뿐 출구가 없는 자영업, 여전한 길고 긴 근로시간과 스스로 제 모가지를 버리는 일들, 결혼과 출산의 두려움, 가족해체의 끝장을 보는 독거노인의 급증, 노령화의 질주와 생산가능인구의 감소, 사회적 계급으로 규정지어버리는 기능으로 전락한 지오래된 교육, 화려한 외피를 입은 채 자기검열로 조각난 대화들의 범람, 지역과 계층과 세대의 불신과 분열, 괴담과 혼란스런 정보로 몸살을 하는 온라인과 소셜네트워크서비스(SNS), 현재의 고통과 사회안전망이 없는 미래의 불안, 부자나라와 가난한 시민, 모든 가치를 규정해버린 돈… 저 무거운 부정의 지시어들을 어떻게 이해를 해야 하며, 어찌해야 하는가?!

이로써 이 땅에서의 역사의 시간은, 진화의 과정이 아니라, 다만 반복을 향한 변주에 지나지 않는가? 역사의 어두운 궤적을 읽어온 인문주의자들의 차가운 이해가 괜한 염세의 비아냥거림만은 아니었다는 건가? '객관적 누림이 아닌 상대적 비교를 통한 나의 규정성'이라는 인간의 본질적 질병에 대한 이해만으로는 그 규명이 부족한, 또는 세계의 운명이듯이 단지 욕망의 값으로만 규명되지 않는 그 무엇이 인간을 체포하고 있다는 건가?

이와 같은 시간과 역사에 대한 의혹의 염과 함께, 그 부정의 시대적 주인공으로서의 '돈'의, 인간의 모든 고민과 지혜조차 무력화하는 괴력으로서의 '자본'의 함의에 생각이 머물다가 이 소설은 비롯되었다. 소설의 인물들은 저마다 가진 자신 존재의 조건으로부터 몸살을 하고 있다. 단단한 저마다의 존재의 조건에 앙탈하며 생존·인정의 투쟁에 나선다. 그러나 소설은, 이 서사의 속편이 이어지면 모르겠지만, 능력의 부족으로 인해 '지능정보사회'에 대한 탐색은 고사하고 '기능적 정보의 공간'에 겨우 진입한 정도에 머물렀다.

반동의 역사를 거부한 촛불이 기어이 무혈의 혁명을 이뤘다. 그리고 새로운 정부가 그 정신을 위탁받았다. '참여정부'의 아픈 경험을 되씹은 결과, 값으로의 '개혁'의 바람이 일고 있다. 국민들은 그 바람의 신선함과 그 희망의 메시지를 몸으로 받고 있다. 그러나 경험이 현재를 정초하는 선험(先驗)이 되지는 못했던 숱한 역사의 함의를 기억할 것이고, 전체로서 시민의 고통과 욕망이 엉켜 나을 어둠의 불가사의는 더욱 기억할 것이다. '역사의 함의'는 좌절된 제도를 메우려는 인치(人治)의 좌충우돌과 한계, 성취된 제도에 대한 반동이나 피로감, 말잔치에 밀려 실기(失期)할 인간의 어리석음, 인간을 객체로 전락시키는 기술로서의 법치(法治)의 위험이 그 대표물일 것이다. '어둠의 불가사의'는 경제나 불측의 외인(外因)으로 인한 실망과 지지의 철회, 논리적 이유가 들어설 수 없는 변덕, 불식 간에 들어서 버린 새로운 타성, 그리고 이유 있는 항변 등이 기이하게 얽힌 조합체로서의 그것일 것이다.

소설이 홀로 우는 울타리를 떠나 다시 삶의 도구로써 인간의 나태함에 시비를 거는 문으로 들어설 것인지, '바른말은 하지 말고 이미지 관리에 전력하자!'라는 정치와 '갑들'의 문법에 분노의 마이크가 주어질지, 오래도록 역사를 규정해버린 '이념의 지극한 불균형'을 깨는 빛이 들 것인지, '기술, 제도, 인간의 의식' 이것들이 어떻게 어울려 '돈의 질주'를 달랠지… 그리 크게는 자신이 없는 가운데, 공존으로 진화하고 널리 인간이 이로워질 땅을 향한 인간 의지의 산물을 기다린다. 젊어 먼저 별이 된 사람에게 이 이야기를 바친다.

제9요일
이봉호 지음 | 280쪽 | 15,000원

4차원 문화중독자의 창조에너지 발산법 천 개의 창조에너지가 비수처럼 숨어 있는 책! 창조능력을 끌어올리는 세상에서 가장 쉬운 방법이 소개되어 있다. 음악, 영화, 미술, 도서, 공연 등의 문화콘텐츠로 우리 삶뿐 아니라 업무능력까지 향상시키는 특급비결을 일러준다.

광화문역에는 좀비가 산다
이봉호 지음 | 240쪽 | 15,000원

4차원 문화중독자의 좀비사회 탈출법 대한민국의 현주소는 탈진사회 1번지! 천편일률적인 탈진사회의 감옥으로부터 손쉽게 탈출하는 방법을 담고 있다. 무한속도와 무한자본, 무한경쟁에 함몰된 채 주도권을 제도와 규율 속에 저당 잡힌 이들의 심장을 향해 날카로운 일침을 날린다.

나는 독신이다
이봉호 지음 | 260쪽 | 15,000원

자유로운 영혼의 독신자들, 독신에 반대하다! 치열한 삶의 궤적을 남긴 28인의 독신이야기! 자신만의 행복한 삶을 창조한 독신남녀 28人을 소개한다. 외로움과 사회의 터울 속에서 평생을 씨름하면서도 유명한 작품과 뒷이야기를 남긴 그들의 스토리는 우리의 심장을 울린다.

H502 이야기
박수진 지음 | 284쪽 | 15,000원

어떻게 하면 살아남을 수 있을까? 낙오하는 즉시 까마귀밥이 되는 끔찍한 삶을 사는 장수풍뎅이들. 매일 살벌한 싸움을 할 수밖에 없는 상자 속은 마치 인간사회의 단면 같다. 주인공인 H502 장수풍뎅이는 그 안에서 피나는 노력 끝에 능력과 힘을 키우며 점점 강해지고 단단해지는 법을 익힌다. 그러던 어느 날 상자 밖으로 탈출할 절호의 기회가 찾아오는데 과연….

나쁜 생각
이봉호 지음 | 268쪽 | 15,000원

4차원 문화중독자의 세상 훔쳐보는 방법 컬처홀릭의 작지만 발칙한 중독일기 41 . 미련하게도 인간 스스로 자유와 행복을 구속하기에 복잡다단한 삶 속에서 중독의 지배를 받는다. 악성중독균과 쓸 만한 중독균을 비교분석해 당신의 미래를 꿈꾸게 하고 삶을 지탱하는 힘을 줄 것이다.

그는 대한민국의 과학자입니다
노광준 지음 | 616쪽 | 20,000원

황우석 미스터리 10년 취재기 세계를 발칵 뒤집은 황우석사건의 실체와 그 후 황 박사의 행보에 대한 기록. 10년간 연구를 둘러싸고 처절하게 전개된 법정취재, 연구인터뷰, 줄기세포의 진실과 기술력의 실체, 죽은 개복제와 매머드복제 시도에 이르는 황 박사의 최근근황까지 빼곡히 적어놓았다.

대지사용권 완전정복
신창용 지음 | 508쪽 | 48,000원

고급경매, 판례독법의 모든 것! 대지사용권의 기본개념부터 유기적으로 얽힌 공유지분, 공유물분할, 법정지상권 및 관련실체법과 소송법의 모든 문제를 꼼꼼히 수록. 판례원문을 통한 주요판례 분석 및 해설, 하급심과 상고심 대법원 차이, 서면작성 및 제출방법, 민사소송법 총정리도 제공했다.

음악을 읽다

이봉호 지음 | 221쪽 | 15,000원

4차원 음악광의 전방위적인 음악도서 서평집 40   음악중독자의 음악 읽는 방법을 세세하게 소개한다. 40권의 책으로 '가요, 록, 재즈, 클래식' 문턱을 넘나들며, 음악의 신세계를 탐방한다. 신해철, 밥 딜런, 마일스 데이비스, 빌 에반스, 말러, 신중현, 이석원을 비롯한 수많은 국내외 뮤지션의 음악이야기가 담겨있다.

남편의 반성문

김용원 지음 | 221쪽 | 15,000원

잘못된 결혼습관, 바로 잡을 수 있다!   일상을 들여다보고 잘못된 결혼습관이 있다면 지금 당장 버려라. 부부의 이름으로 살다가 실패한 수백 쌍의 이혼사례로부터 얻은 '결혼생활을 지키기 위해 조심해야 할 행동유형 지침'을 공개했다. 알면 지킬 수 있고, 모르면 망치게 된다. 모든 남녀문제가 술술 풀린다.

몸여인

오미경 지음 | 서재화 감수 | 239쪽 | 14,800원

자녀와 함께 걷는 동의보감 길!   동의보감과 음양오행 시선으로 오장육부를 월화수목금토일, 7개의 요일로 나누어 몸여행을 떠난다. 몸 중에서도 오장(간, 심, 비, 폐, 신)과 육부(담, 소장, 위장, 대장, 방광, 삼초)가 마음과 어떻게 연결되고 작용하는지 오장육부와 인문학 여행으로 자세히 탐험한다.

대통령의 소풍

김용원 지음 | 205쪽 | 12,800원

노무현을 다시 만나라! 우리 시대를 위한 진혼곡   노무현 대통령을 모델로 삶과 죽음의 갈림길에 선 한 인간의 고뇌와 소회를 그렸다. 대통령 탄핵의 실체를 들여다보고 우리의 정치현실을 보면서 인간 노무현을 현재로 불러들인다. 작금의 현실과 가정을 들이대며 역사 비틀기와 작가적 상상력으로 탄생한 정치소설이다.

어떻게 할 것인가

김무식 지음 | 237쪽 | 12,800원

포기하지 않는 자들의 자문법   정상에 오르기 위해 스스로를 연마하고 자기와의 싸움에서 승리한 자들의 인생지침을 담았다. 절대로 포기하지 않고 끈질기게 도전하면서 할 수 있다는 자신감과 열정을 끌어올린 이들의 자문자답 노하우를 익힐 수 있다. 포기하지 않는 한 누구에게나 기회는 있다. 공부하고 인내하면서 기회를 낚아챌 준비를 하라. 당신에게도 신의 한 수는 남아 있다!

탈출

신창용 지음 | 221쪽 | 12,800원

존재의 조건을 찢는 자들   자본의 유령에 지배당하는 나라 '파스란'에서 신분이 지배하는 나라인 '로만'에 침투해, 로만의 절대신분인 관리가 되고자 진력하는 'M'. 하지만 현실은 그에게 등을 돌리고 그를 비롯한 인물들은 저마다 가진 존재의 조건으로부터 탈출하려고 온몸으로 발버둥치는데… . 그들은 과연 후세의 영광을 위한 존재로서 역사의 시간을 왔다가는 자들인가 아닌가…

이 책을 읽을
당신과 함께
하고 싶습니다!

카 페 **cafe.naver.com/stickbond**
블로그 **blog.naver.com/stickbond**
포스트 **post.naver.com/stickbond**

stickbond@naver.com

이 책을 읽은
당신과 함께
하고 싶습니다!